Die Nacht und die Musik

Lawrence Block konnte mit seinen 17 Matthew-Scudder-Romanen die Herzen von Lesern in der ganzen Welt gewinnen – und auch eine Vielzahl von Literaturpreisen, wie den Edgar Allan Poe Award (Edgar), den Shamus Award, den deutschen Marlowe-Preis und den japanischen Maltese Falcon Award. Und es ist vor allem Matt Scudder, der Block Auszeichnungen für sein Lebenswerk eingebracht hat: Grand Master Award (Mystery Writers of America), The Eye (Private Eye Writers of America) und Cartier Diamond Dagger (UK Crime Writers Association).

Aber Scudder war auch der Star mehrerer Kurzgeschichten, die hier alle vereint sind, von zwei Novellen aus den späten siebziger Jahren (»Aus dem Fenster« und »Eine Kerze für die Stadtstreicherin«) über »Im frühen Licht des Tages« (Edgar Award) und »Der barmherzige Engel des Todes« (Shamus Award) bis hin zu »Ein letzter Abend im Grogan's«, einer bewegenden und elegischen Kurzgeschichte, die in dieser Sammlung zum ersten Mal veröffentlich wird. Es waren die Kurzgeschichten, die die Reihe zu mehreren Zeitpunkten, als der Fluss der Romane unterbrochen war, am Leben hielten. Sie führten Scudder auf andere Pfade und zeigten uns unbekannte Gegenden seiner Welt.

Einige dieser Geschichten erschienen in Magazinen wie *Alfred Hitchcock, Ellery Queen* und *Playboy*. Die titelgebende Vignette, »Die Nacht und die Musik«, wurde für das Programm eines Jazzfestivals in New York geschrieben; eine andere, »Mick Ballou starrt den schwarzen Bildschirm an«, wurde bislang nur im limitierten Einblattdruck veröffentlicht. Und die letzte Geschichte, in der sich Matt und Elaine mit Mick und Kristin Ballou an einem Tisch in einer geschlossenen Kneipe in Hell's Kitchen wiederfinden, erscheint in dieser Sammlung zum ersten Mal.

Mehrere Geschichten blicken vom Zeitpunkt des Erzählens zurück in die Vergangenheit, wenn Scudder aus seinem früheren Leben als Cop berichtet: zuerst als Streifenpolizist an der Seite des legendären Vince Mahaffey, dann als NYPD Detective mit einem Doppelleben. In »Auf der Suche nach David« befinden sich Matt und Elaine im Urlaub in Florenz, als sie einen Mann treffen, den Matt Jahrzehnte zuvor verhaftet hat; jetzt erfährt Matt endlich das Motiv hinter einem brutalen Mord.

Neben den elf Kurzgeschichten und Novellen enthält *Die Nacht und die Musik* eine Liste der siebzehn Scudder-Romane in chronologischer Reihenfolge sowie ein Nachwort des Autors, in dem dieser Auskunft über den Ursprung und die Erstveröffentlichung der einzelnen Geschichten gibt.

Versüßt wird die Sammlung mit einer Einleitung von Brian Koppelman, der nicht nur ein bekannter Drehbuchautor und Regisseur ist (*Billions, Solitary Man, Ocean's 13*), sondern auch ein ausgewiesener Matt-Scudder-Fan.

DIE NACHT UND DIE MUSIK

(Die Matthew-Scudder-Kurzgeschichten)

LAWRENCE BLOCK

Aus dem Amerikanischen von Stefan Mommertz

A LAWRENCE BLOCK PRODUCTION

ERWACHSENWERDEN MIT MATT SCUDDER

Eine Würdigung von Brian Koppelman

Etwa um die Zeit meines 14. Geburtstages, im Jahr 1980, überredete ich meine Eltern dazu, mich allein mit der Long Island Rail Road nach Manhattan fahren zu lassen, damit ich den Mysterious Bookshop in der westlichen 56th Street aufsuchen konnte. Und dort, in Otto Penzlers Laden zwischen der 6th und 7th Avenue, begegnete ich zum ersten Mal Matt Scudder.

Der Mysterious Bookshop war ein einschüchternder Ort, vor allem für einen Buchladen. Man musste zum Eingang ein paar Stufen hinabsteigen und es gab eine schwere Tür, die hinter einem ins Schloss fiel. Im Inneren herrschte Totenstille; es lief keine Fahrstuhlmusik. Es gab keinen freundlichen Mitarbeiter am Informationsschalter. Und auch keine anderen Kunden. Nur einen stummen, bärtigen Kerl hinter dem Verkaufstresen am Eingang, der eine verblüffende (und leicht verstörende) Ähnlichkeit mit Stephen Kings Autorenfoto aus den siebziger Jahren hatte.

Damals las ich vor allem Spionageromane. Aber am Tag meiner Jungfernsolofahrt mit der Port-Washington-Linie der LIRR suchte ich nach etwas anderem. Ich wusste nur nicht genau, nach was. Was ziemlich dumm war, denn das bedeutete, dass ich mit dem schaurigen Stephen King hinter dem Tresen reden musste. Der las gerade, schien ziemlich in sein Buch vertieft zu sein und überhaupt nicht in der Stimmung dafür, sich von einem Teenager aus Nassau County stören zu lassen.

Also stand ich einfach nur planlos herum, bis seine Augen einen Moment lang über dem Buch schwebten. Da nahm ich all meinen Mut zusammen und fragte ihn, ob er mir etwas empfehlen könne.

»Was liest du gerne?«, fragte er.

Ich murmelte irgendetwas von wegen »Eine Menge Zeug.«

»Stehst du auf lustige Bücher?«

»Nicht wirklich«, sagte ich. »Ich denke, ich mag es, wenn es sich so anfühlt, als würde es wirklich passieren.«

»Oh«, sagte er, »dann bist du vielleicht bereit für etwas Hartgesottenes.«

1

Hartgesotten. Den Ausdruck hatte ich noch nie zuvor gehört. Aber er hörte sich richtig an. Vor allem, wenn es etwas war, für dass man »bereit« sein musste.

»Ja«, sagte ich, »geben Sie mir etwas Hartgesottenes.«

Er streckte hinter dem Tresen den Arm in die Höhe und griff nach drei Büchern.

»Das hier ist, was du brauchst«, sagte er und hielt mir die drei Bücher hin: *Die Sünden der Väter, Drei am Haken* und *Mitten im Tod.* »Die sind von Lawrence Block.«

Ich bezahlte sie, machte mich auf den Weg zurück zur Penn Station und stieg in den nächsten Zug. Ich fand einen Sitzplatz und fing schon an, *Die Sünden der Väter* zu lesen, bevor der Zug losgefahren war.

Fünfundfünfzig Minuten später hätte ich fast meine Haltestelle verpasst.

Meine Mutter holte mich vom Bahnhof ab, aber ich bezweifle, dass ich auf der Fahrt nach Hause mehr als zwei Wörter zu ihr sagte; ich las einfach weiter. Und ich erinnere mich daran, wie ich durch die Haustür kam, meinen Schwestern zunickte und auf mein Zimmer ging, die ganze Zeit über lesend.

Der falsche Stephen King hatte Recht gehabt. Matt Scudder war wirklich genau das, was ich brauchte.

Ich verschlang alle drei Bücher. Ich bin mir nicht sicher, warum ich mich so für Scudder begeistern konnte, wo sich unsere Lebenserfahrung doch so sehr voneinander unterschied – ich hatte noch nie einen Drink gehabt, hatte noch nie jemanden getötet, weder absichtlich noch unabsichtlich, hatte kaum Mädchen geküsst. Aber irgendwie ergab er für mich Sinn.

Vielleicht war das so, weil es nichts Unechtes an Matt Scudder gab. Wenn Matt trinken wollte, trank er. Wenn er kämpfen wollte, kämpfte er. Und wenn er nicht mit einem reden wollte, dann tat er das nicht. Zum Teufel, selbst wenn man sein Klient war, würde er nicht versuchen, einen zu bezaubern, er würde nicht versprechen, dass er den Fall lösen würde, würde nicht einmal versprechen, einem mitzuteilen, was er unternahm, um ihn zu lösen.

Scudder war kein Unschuldsengel. Er wusste, dass die Welt im Kern verkommen war. Aber das bedeutete nicht, dass er ebenso sein musste. Er würde einen Cop bestechen, um Informationen zu bekommen, aber er würde sich selbst nicht darüber anlügen, was das bedeutete und welchen Preis er womöglich dafür würde zahlen müssen.

Für einen Teenager wie mich, der gerade erst anfing, all die Wege zu erfahren, auf denen die Welt versucht, einen dazu zu zwingen, das Beste in einem selbst zu kompromittieren, der gerade erst anfing festzustellen, dass die meisten Erwachsenen Lügner sind, war Matt Scudders Weigerung, bei dem Bullshit aller anderen mitzumachen, etwas, das mich direkt ansprach. Und Scudder war ein mit Makeln behafteter, gebrochener Held. Alle Spione, über die ich gelesen hatte, waren fast schon übermenschlich gewesen. Scudder hingegen konnte sich gerade noch an das klammern, was von seiner Menschlichkeit, seinen Fähigkeiten und seinem Charakter übrig war. Er wusste es. Er berichtete den Lesern davon. Und ich liebte ihn dafür.

Ich liebe ihn noch immer dafür. Kurz nachdem ich *Mitten im Tod* ausgelesen hatte, beschloss ich, jedes Buch zu lesen, das jemals über Scudder geschrieben werden würde. Im Unterschied zu fast allen anderen Versprechen, die ich mir selbst als Jugendlicher gab, habe ich dieses gehalten. Zum Glück für mich sind die Bücher nur noch besser geworden. An einem gewissen Punkt traf Larry Block bewusst oder unbewusst die Entscheidung, gewaltig große Stücke von sich selbst mit seiner Figur zu vermischen. Und so ist Matt Scudder gealtert, hat mit dem Trinken aufgehört, hat mit der Hurerei aufgehört, hat mit ... fast allem aufgehört, nur um wieder hineingezogen zu werden, wenn ihn etwas wütend oder interessiert genug macht, Anteil zu nehmen. Und so nehme ich weiter Anteil, auch wenn meine Besuche im Mysterious Bookshop (jetzt Downtown zu finden) sehr viel seltener geworden sind, auch wenn die Zeit, die ich mit dem Lesen von Literatur verbringe, sehr viel weniger geworden ist, auch wenn mein vierzehn Jahre altes Ich weiter und weiter entfernt zu sein scheint von der Person, die ich heute bin.

Ich habe einen fünfzehn Jahre alten Sohn. Vor zwei Wochen ist er zum ersten Mal allein mit dem Zug gefahren. Nach Washington DC. Er benötigte ein Buch für die Reise. Also ging ich mit ihm zum Bücherregal, nahm *Die Sünden der Väter* heraus und sagte ihm: »Das ist, was du brauchst.« Er lächelte. Aber nicht halb so sehr wie ich.

Die letzte Geschichte in dieser Sammlung handelt von Matt und Mick Ballou. Im Laufe der letzten zwanzig Jahre ist ihre Freundschaft zur Seele der Reihe geworden; sie bedeutet mir mehr als jede andere Freundschaft in der Literatur. Sie ist das einzige Zugeständnis an das Romantische, das Lawrence Block bereit ist, uns in den Matt-Scudder-Büchern zu geben. Das eine Zugeständnis an die Möglichkeit, an die Hoffnung, an Brüderlichkeit, Akzeptanz, Ehre und Wahrheit zwischen Menschen. Aber vor allem ist da Versöhnlichkeit. Allein schon der Akt, dass diese beiden Männer einander bis spät in die Nacht gegenübersitzen, ist Versöhnlichkeit. Das Reden, manchmal Lachen, manchmal einfach nur Dasitzen, bis das Licht der aufgehenden Sonne durch die Scheiben von Grogan's dringt, bedeutet, dass es für jeden von uns einen sicheren Hafen gibt, einen Ort, an dem niemand über uns richtet, wo uns niemand verurteilt, wo wir so sein können, wie wir sind, abgehalftert, sündig, ruiniert. Sie haben ihre Makel, Matt und Mick, aber sie sind perfekt. Und wenn wir Zeit mit ihnen verbringen, glauben wir, dass wir es auch sind.

AUS DEM FENSTER

An ihrem letzten Tag war nichts außergewöhnlich. Sie schien ein wenig geistesabwesend zu sein, vielleicht machte sie sich über irgendetwas Gedanken, vielleicht aber auch nicht. Das war bei Paula nichts Neues.

In den drei Monaten, die sie im Armstrong's gearbeitet hatte, war sie nie eine gute Kellnerin gewesen. Sie vergaß Bestellungen und brachte andere durcheinander, und wenn man bezahlen oder eine neue Runde bestellen wollte, war es schier unmöglich, ihre Aufmerksamkeit zu erregen. Es gab Tage, an denen sie durch ihre Schicht wandelte wie ein Geist durch Wände, und es schien, als ob sie eine geheimnisvolle Technik der Astralprojektion perfektioniert hatte, die ihr gestattete, ihren Geist auf einen Spaziergang zu schicken, während ihr großer, schlanker Körper damit beschäftigt war, Essen und Getränke zu servieren und leere Tische abzuwischen.

Sie strengte sich an. Sehr sogar. Sie brachte immer ein Lächeln zustande. Manchmal war es das mutige Lächeln derjenigen, die gerade noch am Leben sind, und dann wieder war es ein angespanntes, sprödes Grinsen, hinter dem eine Handvoll Amphetamine steckte. Aber man nimmt, was man kriegen kann, um durch den Tag zu kommen und ein Lächeln, egal welcher Art, ist besser als gar keines. Sie kannte die Namen der meisten Stammgäste im Armstrong's, und wenn man von ihr begrüßt wurde, fühlte man sich immer, als ob man nach Hause kam. Wenn es das einzige Zuhause ist, das man hat, weiß man so etwas zu schätzen.

Es war wahrscheinlich nicht die ideale Karriere für sie und es war sicherlich nicht das, was ihr vorgeschwebt hatte, als sie nach New York gekommen war. Man legt es mindestens genauso wenig darauf an, in einer Kneipe in der 9th Avenue zu kellnern, wie man absichtlich zu einem Ex-Cop wird, der die Monate mit der Hilfe von Bourbon und Kaffee überdauert. So etwas Großartiges wird einem aufgedrängt. Wenn man so jung ist wie Paula Wittlauer, versucht man durchzuhalten im Wissen, dass die Dinge irgendwann einmal besser werden. Wenn man in meinem Alter ist, hofft man einfach nur, dass sie nicht mehr viel schlimmer werden.

Sie hatte die Frühschicht, von Mittag bis acht, Dienstag bis Samstag. Trina fing um sechs an, weshalb zur Stoßzeit für das Abendessen zwei Kellnerinnen arbeiteten. Um acht würde Paula dorthin verschwinden, wohin auch immer sie ging, und Trina würde für weitere sechs Stunden oder so Tassen mit Kaffee und Gläser mit Bourbon bringen.

Paulas letzter Tag war ein Donnerstag Ende September. Die Sommerhitze schien langsam die Segel zu streichen. Am Morgen hatte es einen kühlenden Regenschauer gegeben und danach hatte sich die Sonne nicht mehr blicken lassen. Ich kam gegen vier mit einer Ausgabe der *New York Post* herein und las sie, während ich den ersten Drink des Tages genoss. Um acht war ich mit ein paar Krankenschwestern aus dem Roosevelt Hospital im Gespräch, die über einen Assistenzarzt mit Messias-Komplex mosern wollten. Ich gab zustimmendes Gegrunze von mir, als Paula an unserem Tisch vorbeihuschte und mir noch einen guten Abend wünschte.

Ich sagte: »Dir auch, Kleine.« Blickte ich hoch? Lächelten wir uns an? Zum Teufel, ich erinnere mich nicht.

»Bis Morgen, Matt.«

»Klar«, sagte ich. »So Gott will.«

Offenbar wollte er nicht. Gegen drei schloss Justin und ich spazierte um den Block zu meinem Hotel. Es dauerte nicht lange, bis der Kaffee und der Bourbon sich gegenseitig neutralisierten. Ich ging zu Bett und schlief ein.

Mein Hotel befindet sich in der 57th Street zwischen 8th und 9th Avenue. Es steht auf der nach Norden gerichteten Seite des Blocks und mein Zimmer geht zur Straße, nach Süden. Aus meinem Fenster kann ich das World Trade Center am Ende von Manhattan sehen.

Ich kann auch Paulas Gebäude sehen. Es befindet sich auf der anderen Seite der 57th Street, etwa hundert Meter Richtung Osten, ein imposantes Hochhaus, das mir, stünde es direkt gegenüber, den Blick auf das Trade Center versperren würde.

Sie wohnte im siebzehnten Stock. Irgendwann nach vier sprang sie aus einem hochgelegenen Fenster. Sie fiel über den Bürgersteig hinaus und prallte, etwa einen Meter vom Bordstein entfernt, zwischen zwei geparkten Autos auf die Straße.

Im Physikunterricht auf der Highschool erklären sie einem, dass fallende Körper mit neun Komma acht Metern pro Sekunde beschleunigen. Also würde sie in der ersten Sekunde neun Komma acht Meter gefallen sein, in der zweiten neunzehn Komma sechs und dann neunundzwanzig Komma vier. Da sie so etwa sechzig Meter gefallen sein musste, glaube ich nicht, dass sie länger als vier Sekunden in der Luft war.

Es musste sich aber sehr viel länger angefühlt haben.

Ich stand gegen zehn oder halb elf auf. Als ich mich an der Rezeption nach Post erkundigte, erzählte mir Vinnie, dass es in der Nacht auf der anderen Straßenseite einen Springer gegeben hatte. »Eine Dame«, sagte er – ein Wort, das man nicht mehr sehr häufig hört. »Sie ist splitternackt gehüpft. Da könnte man sich den Tod holen.«

Ich blickte ihn an.

»Ist auf der Straße gelandet, knapp neben einem Cadillac. Das wäre 'ne Kühlerfigur, oder? Frag mich, was die Versicherung dazu sagen würde. Wie nennt man das, höhere Gewalt?« Er kam hinter dem Pult hervor und ging mit mir bis zur Tür. »Da drüben«, sagte er und deutete. »Der Lieferwagen des Blumenhändlers steht an der Stelle, wo sie aufgeschlagen ist. Gibt eh nichts zu sehen. Sie haben sie mit einem Spachtel und einem Schwamm aufgesammelt und dann alles abgespritzt. Als meine Schicht begann, war schon keine Spur mehr von ihr zu sehen.«

»Wer war sie?«

»Wer weiß das schon?«

Ich musste an diesem Morgen einiges erledigen und während ich das tat, dachte ich manchmal an die Springerin. Sie sind gar nicht so selten, und in der Regel bringen sie es in den Stunden vor der Morgendämmerung hinter sich. Man sagt, dass es dann immer am dunkelsten ist.

Irgendwann am frühen Nachmittag kam ich am Armstrong's vorbei und beschloss, für einen schnellen Drink reinzuschauen. Ich stand an der Theke und blickte mich um, um Paula zu grüßen, aber sie war nicht da. Eine blasse Rothaarige namens Rita hatte ihre Schicht übernommen.

Dean stand hinter der Theke. Ich fragte ihn nach Paula. »Schwänzt sie heute die Schule?«

7

»Hast du nicht gehört?«

»Hat Jimmy sie gefeuert?«

Er schüttelte den Kopf und bevor ich weiter raten konnte, klärte er mich auf.

Ich trank meinen Drink. Ich hatte eine Verabredung mit irgendjemandem wegen irgendetwas, aber das war plötzlich nicht mehr wichtig. Ich warf zehn Cent in das Telefon und sagte die Verabredung ab, dann ging ich zurück zur Theke und bestellte noch einen Drink. Meine Hand zitterte leicht, als ich das Glas hob. Sie war ein wenig ruhiger, als ich es wieder hinstellte.

Ich ging die 9th Avenue hinunter und setzte mich in die St. Paul's Church. Für zehn bis zwanzig Minuten oder so. Ich zündete eine Kerze für Paula an und noch ein paar für andere Verstorbene, und ich saß da und dachte nach: über das Leben und den Tod und hochgelegene Fenster. Ungefähr zu der Zeit, als ich den Polizeidienst quittierte, fand ich heraus, dass Kirchen sehr gute Orte sind, um über solche Sachen nachzudenken.

Nach einer Weile ging ich zu ihrem Wohnhaus und stand auf dem Asphalt vor dem Haus. Der Lieferwagen des Blumenhändlers war weggefahren und ich blickte auf die Stelle, an der sie aufgeschlagen war. Es gab, wie Vinnie mir versichert hatte, keine Spuren von dem, was passiert war. Ich legte den Kopf in den Nacken und blickte hoch; ich fragte mich, aus welchem Fenster sie gesprungen sein mochte. Ich blickte auf den Asphalt und dann wieder hoch, und ein plötzliches Schwindelgefühl packte mich. Während ich da stand, musste ich die Aufmerksamkeit des Portiers erregt haben. Er kam aus dem Gebäude an den Straßenrand, offensichtlich begierig darauf, über die ehemalige Mieterin zu sprechen. Er war schwarz und etwa so alt wie ich, und er schien ebenso stolz auf seine Uniform zu sein wie der Kerl auf dem Rekrutierungsposter des Marine Corps. Die Uniform sah wirklich gut aus: Brauntöne, Schulterstücke, glänzende Messingknöpfe.

»Furchtbare Geschichte«, sagte er. »Ein junges Mädchen, das das ganze Leben noch vor sich hatte.«

»Kannten Sie sie gut?«

Er schüttelte den Kopf. »Sie hat mich immer angelächelt, immer gegrüßt, mich immer mit meinem Namen angesprochen. Sie hatte es immer eilig, ist hereingeeilt, dann wieder hinausgeeilt. Man hätte nicht gedacht, dass sie irgendwelche Sorgen hatte. Aber man weiß ja nie.«

»Ja, man weiß nie.«

»Sie wohnte im siebzehnten Stock. Ich würde niemals so hoch wohnen wollen, selbst wenn ich keine Miete bezahlen müsste.«

»Sind Sie nicht schwindelfrei?«

Ich weiß nicht, ob er meine Frage gehört hatte. »Ich wohne im ersten Stock. Das ist genau richtig für mich. Kein Lift und nein, kein hohes Fenster.« Seine Stirn legte sich in Falten und er sah so aus, als ob er noch etwas sagen wollte, aber dann schickte sich jemand an, das Gebäude zu betreten, und er machte sich auf den Weg, die Person aufzuhalten. Ich blickte wieder hoch und versuchte, die Fenster bis zum siebzehnten Stock zu zählen, aber das Schwindelgefühl kehrte zurück und ich gab es auf.

»Sind Sie Matthew Scudder?«

Ich blickte hoch. Das Mädchen, das mir die Frage gestellt hatte, war sehr jung, mit langem, glattem braunem Haar und großen hellbraunen Augen. Ihr Gesicht war offen und wirkte schutzlos, ihre Unterlippe zitterte. Ich bestätigte, Matthew Scudder zu sein, und deutete auf den Stuhl mir gegenüber. Sie blieb stehen.

»Ich bin Ruth Wittlauer«, sagte sie.

Der Name sagte mir nichts, bis sie hinzufügte: »Paulas Schwester.« Dann nickte ich und prüfte ihr Gesicht auf Familienähnlichkeiten. Wenn es welche gab, entgingen sie mir. Es war zehn Uhr abends, Paula Wittlauer war seit achtzehn Stunden tot und ihre Schwester stand erwartungsvoll vor mir, mit einem Gesicht, in dem sich Entschlossenheit und Unsicherheit auf seltsame Weise mischten.

Ich sagte: »Mein Beileid. Möchten Sie sich nicht setzen? Kann ich Ihnen einen Drink bestellen?«

»Ich trinke keinen Alkohol.«

»Kaffee?«

»Ich habe den ganzen Tag über Kaffee getrunken. Von dem verdammten Kaffee bin ich ganz nervös. Muss ich unbedingt etwas trinken?«

Sie stand offenbar kurz davor, die Fassung zu verlieren. Ich sagte: »Nein, natürlich nicht. Sie müssen nichts bestellen.« Und ich nahm Blickkontakt mit Trina auf und signalisierte ihr, dass sie nicht herkommen sollte. Sie nickte kurz und ließ uns in Ruhe. Ich schlürfte meinen Kaffee und beobachtete Ruth Wittlauer über den Rand der Tasse hinweg.

»Sie haben meine Schwester gekannt, Mr. Scudder.«

»Oberflächlich. Wie ein Gast eine Kellnerin kennt.«

»Die Polizei sagt, dass sie sich umgebracht hat.«

»Und Sie glauben das nicht?«

»Ich weiß, dass es nicht so war.«

Ich beobachtete ihre Augen, während sie sprach, und war bereit zu glauben, dass sie von dem überzeugt war, was sie sagte. Sie glaubte nicht daran, dass Paula aus eigenem Antrieb aus dem Fenster gesprungen war, nicht eine einzige Sekunde lang. Natürlich bedeutete das nicht, dass sie damit Recht hatte.

»Was denken Sie, ist passiert?«

»Sie wurde ermordet.« Sie sagte das ganz sachlich. »Ich weiß, dass sie ermordet wurde. Und ich glaube zu wissen, wer es getan hat.«

»Wer?«

»Cary McCloud.«

»Kenne ich nicht.«

»Es könnte auch jemand anderes gewesen sein«, fuhr sie fort. Sie zündete sich eine Zigarette an und rauchte ein paar Sekunden lang schweigend. »Ich bin mir aber ziemlich sicher, dass es Cary war«, sagte sie.

»Warum?«

»Sie lebten zusammen.« Sie runzelte die Stirn, als ob ihr klar wurde, dass Zusammenleben kein wirklich überzeugender Beweis für einen Mord war. »Er wäre dazu fähig«, sagte sie vorsichtig. »Deshalb denke ich, dass er es getan hat. Ich glaube nicht, dass jeder Mensch in der Lage wäre, einen Mord zu begehen. In der Hitze des Augenblicks, klar, da können Menschen den Verstand verlieren, aber es vorsätzlich tun und jemanden aus einem … aus einem … jemanden einfach vorsätzlich aus einem—«

Ich legte meine Hand auf ihre. Sie hatte lange, feingliedrige Finger und ihre Haut war kühl und trocken. Ich befürchtete, dass sie zu weinen anfangen, die Fassung verlieren oder sonst etwas tun würde, aber nichts dergleichen geschah. Es war ihr einfach nicht möglich, das Wort »Fenster« auszusprechen, und jedes Mal, wenn sie es wollte, stockte sie.

»Was sagt die Polizei?«

»Selbstmord. Die sagen, dass sie sich umgebracht hat.« Sie zog an ihrer Zigarette. »Aber die kennen sie nicht, haben sie nicht gekannt. Wenn Paula sich hätte umbringen wollen, hätte sie Pillen genommen. Sie mochte Pillen.«

»Ich hatte den Eindruck, dass sie Aufputschmittel nahm.«

»Aufputschmittel, Beruhigungsmittel, Quaalude-Pillen, Barbiturate. Und sie mochte Gras und sie trank gerne.« Sie senkte die Augen. Meine Hand lag noch immer auf ihrer. Sie blickte auf unsere Hände und ich nahm meine weg. »Ich hab mit all dem nichts am Hut. Ich trinke Kaffee, das ist mein einziges Laster, und selbst das mache ich nicht oft, weil ich davon nervös werde. Der Kaffee ist der Grund, weshalb ich heute Abend so zappelig bin. Nicht ... diese Sache.«

»Okay.«

»Sie war vierundzwanzig. Ich bin zwanzig. Die kleine Schwester, die brave kleine Schwester, denn so hat sie mich immer haben wollen. Sie machte alle möglichen Sachen und gleichzeitig sagte sie mir immer, ich sollte so etwas nicht tun; es würde mich in schlechte Gesellschaft bringen. Ich denke, wegen ihr bin ich anständig geblieben. Weniger wegen dem, was sie mir gesagt hat, sondern weil ich gesehen habe, wie sie lebte und was sie mit sich anstellte, und das wollte ich nicht für mich. Ich dachte, dass das, was sie mit sich anstellte, verrückt war, aber gleichzeitig hab ich sie wohl auch vergöttert. Sie war immer meine Heldin. Ich habe sie geliebt, bei Gott, wirklich. Ich fange erst jetzt an zu erkennen, wie sehr ich sie geliebt habe, und nun ist sie tot und er hat sie umgebracht. Ich weiß, dass er sie umgebracht hat. Ich weiß es einfach.«

Nach einer Weile fragte ich sie, was sie von mir erwartete.

»Sie sind Detektiv.«

»Nicht im offiziellen Sinn. Ich war mal Polizist.«

»Könnten Sie ... herausfinden, was passiert ist?«

»Ich weiß nicht.«

»Ich habe versucht, mit der Polizei zu reden. Es war, als ob ich zu einer

11

Wand gesprochen hätte. Ich kann mich nicht einfach abwenden und nichts tun. Verstehen Sie das?«

»Ich denke schon. Nehmen wir an, ich untersuche die Sache und es sieht immer noch nach Selbstmord aus?«

»Sie hat sich nicht umgebracht.«

»Nun, nehmen wir an, am Ende komme ich zu dem Schluss, dass sie es doch getan hat?«

Sie dachte darüber nach. »Dann würde ich es immer noch nicht glauben müssen.«

»Nein«, stimmte ich zu. »Wir können selbst entscheiden, was wir glauben wollen.«

»Ich habe Geld.« Sie legte ihre Handtasche auf den Tisch. »Ich bin die brave Schwester, ich arbeite in einem Büro. Ich habe fünfhundert Dollar bei mir.«

»So viel Geld sollte man in dieser Gegend nicht mit sich herumtragen.«

»Genügt es, um Sie zu engagieren?«

Ich wollte ihr Geld nicht. Sie hatte fünfhundert Dollar und eine tote Schwester, und wenn sie sich von dem Geld trennte, würde die Schwester auch nicht wieder lebendig werden. Ich hätte umsonst arbeiten können, aber das wäre nicht gut gewesen, denn dann hätte keiner von uns beiden es ernst genommen.

Und ich muss Miete zahlen und Unterhalt für zwei Jungs, und das, was Armstrong's für Kaffee und Bourbon will. Ich nahm ihr vier Fünfzig-Dollar-Scheine ab und sagte, dass ich mein Bestes geben würde, um sie zu verdienen.

Nachdem Paula Wittlauer auf dem Asphalt aufgeprallt war, hatte ein Streifenwagen des Achtzehnten Reviers davon Wind bekommen und sich des Falls angenommen. Einer der Cops im Streifenwagen war ein Typ namens Guzik. Ich hatte ihn nicht gekannt, als ich noch im Polizeidienst war, aber wir waren uns seitdem begegnet. Ich mochte ihn nicht sonderlich und vermutete, dass das auf Gegenseitigkeit beruhte. Aber er war einigermaßen anständig und hatte auf mich einen kompetenten Eindruck gemacht. Am nächsten Morgen erwischte ich ihn am Telefon und lud ihn zum Mittagessen ein.

Wir trafen uns in einem Italiener in der 56th Street. Er gönnte sich Kalbsragout mit Paprika und mehrere Gläser Rotwein. Ich war nicht hungrig, überwand mich dann aber doch zu einem kleinen Steak.

Während er sein Kalbsfleisch kaute, sagte er: »Die kleine Schwester, was? Ich hab mit ihr gesprochen, weißt du? Die ist so hübsch und proper, die könnte einem das Herz brechen, wenn man es zuließe. Und natürlich will sie nicht glauben, dass ihr Schwesterchen freiwillig aus dem Fenster gehüpft ist. Ich hab gefragt, ob sie katholisch ist, denn dann gäbe es den religiösen Aspekt, aber das war sie nicht. Ist auch egal, denn der Durchschnittspfarrer wäre großzügig. Das sind die besten Anwälte, die es gibt, zur Hölle, zweitausend Jahre Praxis, da müssen sie einfach gut sein. Ich hab einen ähnlichen Ansatz gewählt. Ich sagte ihr: ›Hören Sie, da waren all diese Pillen. Nehmen wir an, Ihre Schwester hat ein paar davon geschluckt und ein bisschen Wein getrunken und ein bisschen Gras geraucht. Und dann ging sie zum Fenster, um frische Luft zu schnappen. Dort wurde es ihr schwindelig und vielleicht hat sie das Bewusstsein verloren und höchstwahrscheinlich hat sie überhaupt nicht mitgekriegt, was mit ihr passierte.‹ Es geht nicht um eine Lebensversicherung, Matt. Also, wenn sie denken will, dass es ein Unfall war, werde ich ihr nicht Selbstmord ins Ohr brüllen. Auch wenn es das ist, was im Bericht steht.«

»Du schließt Unfall aus?«

»Auf jeden Fall. Keine Frage.«

»Sie denkt an Mord.«

Er nickte. »Erzähl mir was Neues. Sie behauptet, dass dieser McCloud ihr Schwesterchen abgemurkst hat. McCloud ist der Freund. Es ist nur so, dass er in einem Nachtclub an der Ecke 53rd und 12th war, als die Schwester sich da runter gestürzt hat.«

»Habt ihr das nachgeprüft?«

Er zuckte mit den Schultern. »Es ist nicht wasserdicht. Er ist gekommen und gegangen, er könnte schnell mal bei ihr vorbeigeschaut haben, aber dann ist da noch die Sache mit der Tür.«

»Welche Sache?«

»Hat sie dir nicht davon erzählt? Paula Wittlauers Apartment war abgeschlossen und die Türkette war vorgelegt. Der Hausmeister hat die Tür für uns aufgesperrt, aber wir mussten ihn zurück in den Keller schicken, um einen Bolzenschneider zu holen, damit wir die Türkette durchtrennen konnten. Man kann die Türkette nur von innen vorlegen, und wenn sie vorgelegt ist, lässt sich die Tür nur ein paar Zentimeter weit öffnen. Also ist Wittlauer entweder von selbst aus dem Fenster gesprungen oder sie wurde von einem Gummimann rausgeschubst, und dann ist er durch den Türspalt geschlüpft, ohne die Türkette abzunehmen.«

»Oder der Mörder hat das Apartment gar nicht verlassen.«

»Hä?«

»Habt ihr das Apartment durchsucht, nachdem der Hausmeister zurückgekommen war und die Türkette für euch durchgeschnitten hatte?«

»Wir haben uns natürlich umgeschaut. Das Fenster stand offen, daneben befand sich ein Haufen Kleidung. Du weißt, dass sie nackt rausgesprungen ist?«

»Äh, ja.«

»Da war kein dickleibiger Killer, der sich im Gebüsch versteckt hat, wenn es das ist, was du meinst.«

»Ihr habt die Wohnung sorgfältig unter die Lupe genommen?«

»Wir haben unsere Arbeit getan.«

»Okay. Unters Bett geguckt?«

»Sie hatte ein Plattform-Bett. Kein Platz, um darunter zu kriechen.«

»Schränke?«

Er trank von seinem Wein, stellte das Glas etwas zu heftig auf den Tisch zurück und starrte mich an. »Worauf zum Teufel willst du hinaus? Hast du einen Grund anzunehmen, dass sich jemand in dem Apartment befand, als wir ankamen?«

»Ich gehe nur die Möglichkeiten durch.«

»Herrgott. Denkst du wirklich, jemand ist dämlich genug, in dem Apartment zu bleiben, nachdem er sie aus dem Fenster geschmissen hat? Sie hat bestimmt zehn Minuten auf der Straße gelegen, bevor wir ins Gebäude gingen. Wenn jemand sie getötet hat, was nicht der Fall war, aber falls doch, dann hätte er schon halb in Texas sein können, bevor wir die Tür erreichten. Und würde das nicht mehr Sinn ergeben, als in den Schrank zu springen und sich hinter Mänteln zu verstecken?«

14

»Und wenn der Mörder vermeiden wollte, dem Portier zu begegnen?«

»Dann hat er immer noch das ganze Gebäude, um sich zu verstecken. Dieser eine Mann am Eingang ist die einzige Sicherheitsmaßnahme des Gebäudes, und was zählt der schon? Und nehmen wir an, der Mörder versteckt sich im Apartment und wir entdecken ihn. Was passiert dann? Die Schlinge legt sich um seinen Hals, das passiert dann.«

»Nur, dass ihr ihn nicht entdeckt habt.«

»Weil er nicht da war, und wenn ich anfange, kleine Männchen zu sehen, die nicht da sind, dann ist der Zeitpunkt gekommen, an dem ich den Dienst quittiere und mir meine Papiere abhole.«

Hinter seinen Worten verbarg sich eine unausgesprochene Herausforderung. Ich hatte den Dienst quittiert, aber nicht, weil ich kleine Männchen gesehen hatte. Eines Nachts vor ein paar Jahren war ich in einer Bar, die überfallen wurde. Ich folgte den beiden Männern, die den Barkeeper getötet hatten, auf die Straße. Einer meiner Schüsse verfehlte sein Ziel und ein junges Mädchen starb, und danach begann ich zwar nicht, kleine Männchen zu sehen oder Stimmen zu hören, aber ich verließ meine Frau und unsere Kinder, quittierte den Dienst und fing an, ernsthaft zu trinken. Aber vielleicht wäre das auch alles so gekommen, wenn ich Estrellita Rivera nicht getötet hätte. Die Menschen ändern sich und das Leben stellt mit uns die beschissensten Dinge an.

»Es war nur so ein Gedanke«, sagte ich. »Die Schwester denkt, dass es Mord war, weshalb ich nach einem Weg gesucht habe, wie es passiert sein könnte.«

»Vergiss es.«

»Vermutlich hast du Recht. Ich frage mich aber, warum sie es getan hat.«

»Brauchen die überhaupt einen Grund? Ich war im Badezimmer und ihr Medizinschränkchen sah aus wie eine Apotheke. Alles, was das Herz begehrt. Vielleicht war sie so zugedröhnt, dass sie dachte, sie kann fliegen. Das würde erklären, warum sie nackt war. Man kann nicht fliegen, wenn man angezogen ist. Das weiß jeder.«

Ich nickte. »Hat man Drogen in ihrem Blut gefunden?«

»Drogen in ihrem ... oh Mann, Matt. Sie ist siebzehn Stockwerke runtergestürzt, und das ziemlich schnell.«

»In weniger als vier Sekunden.«

»Hä?«

»Nichts«, sagte ich. Ich hielt mich nicht damit auf, ihm etwas aus dem Physikunterricht und von fallenden Körpern zu erzählen. »Keine Autopsie?«

»Natürlich nicht. Du hast Springer gesehen. Du warst selber viele Jahre lang bei der Polizei, du weißt, wie ein Mensch nach so einem Sturz aussieht. Wenn du es genau wissen willst, da hätte auch eine Kugel in ihrem Schädel stecken können und niemand würde sich die Mühe machen, nach ihr zu suchen. Die Todesursache war Sturz aus großer Höhe. Das wurde so aufgeschrieben und das war so, und frag mich nicht, ob sie zugedröhnt war oder schwanger oder sonst irgendwas, denn wer zum Teufel kann das wissen und wer zum Teufel will es wissen, okay?«

»Woher wusstet ihr überhaupt, wer es war?«

»Ihre Schwester hat sie identifiziert.«

Ich schüttelte den Kopf. »Ich meine, woher wusstet ihr, in welches Apartment ihr gehen müsst? Sie war nackt, also hatte sie keinen Ausweis bei sich. Hat der Portier sie erkannt?«

»Machst du Witze? Der hat sich nicht mal nahe genug rangetraut, um sie anzuschauen. Er stand neben dem Gebäude und hat ein paar Flaschen billigen Wein gekotzt. Der hätte nicht mal seinen eigenen Hintern erkennen können.«

»Woher wusstet ihr dann, wer sie war?«

»Das Fenster.« Ich blickte ihn an. »Es war das einzige, das mehr als ein paar Zentimeter offen stand, Matt. Und bei ihr brannte Licht. War ganz einfach.«

»Daran hatte ich nicht gedacht.«

»Nun, ja. Ich war dort und wir blickten einfach nach oben und da war ein offenes Fenster, in dem Licht brannte, und das war unser erstes Ziel. Du hättest auch daran gedacht, wenn du da gewesen wärst.«

»Vermutlich.«

Er trank seinen Wein aus und stieß dezent gegen seinen Handrücken auf. »Es war Selbstmord«, sagte er. »Das kannst du der Schwester sagen.«

»Werde ich. Geht es in Ordnung, wenn ich einen Blick in das Apartment werfe?«

»Wittlauers Apartment? Wir haben es nicht versiegelt, wenn du das meinst. Du solltest in der Lage sein, dem Hausmeister den Schlüssel abzu-luchsen.«

»Ruth Wittlauer hat mir einen Schlüssel gegeben.«

»Dann geh hin. Es gibt kein Polizeisiegel an der Tür. Willst du dich um-schauen?«

»Damit ich der Schwester sagen kann, dass ich dort war.«

»Ja. Vielleicht findest du ja einen Abschiedsbrief. Den habe ich gesucht, einen Abschiedsbrief. Wenn man auf so etwas stößt, zerstreut das die Zwei-fel von Freunden und Angehörigen. Wenn es nach mir ginge, würde es ein Gesetz geben: Kein Selbstmord ohne Abschiedsbrief.«

»Wäre schwierig durchzusetzen.«

»Ganz einfach«, sagte er. »Wenn man keinen Abschiedsbrief hinter-lässt, muss man zurückkommen und weiterleben.« Er lachte. »Das würde sie zum Schreiben bringen. Darauf kannst du dich verlassen.«

Der Portier war derselbe, mit dem ich am Vortag gesprochen hatte. Er kam nicht auf die Idee, mich zu fragen, was ich in dem Haus wollte. Ich fuhr mit dem Lift nach oben und ging den Korridor entlang zu 17G. Der Schlüssel, den mir Ruth Wittlauer gegeben hatte, öffnete mir die Tür. Es gab nur ein Schloss. Das ist für Hochhäuser völlig normal. Durch einen Portier, egal, wie nachlässig er auch sein mochte, erhalten die Mieter ein Gefühl der Si-cherheit. Die Bewohner von kleineren Mehrparteienhäusern ohne Pförtner bringen drei oder vier zusätzliche Schlösser an ihren Wohnungstüren an und kauern dann immer noch ängstlich dahinter.

Das Apartment hatte etwas Unfertiges an sich und ich spürte, dass Paula dort erst ein paar Monate gewohnt hatte, ohne es wirklich zu ihrem Heim zu machen. Auf dem Holzparkett lagen keine Teppiche. Die Wände schmück-ten ein paar ungerahmte Poster, die von rotem Klebeband an Ort und Stelle gehalten wurden. Es handelte sich um ein L-förmiges Studioapartment, in dem das Plattform-Bett den Fuß des L bildete. In der Wohnung lagen Zei-tungen und Zeitschriften herum, aber keine Bücher. Ich sah Ausgaben von *Variety*, *Rolling Stone*, *People* und *The Village Voice*.

Beim Fernseher handelte es sich um ein winziges Sony-Modell, das auf einer Kommode stand. Es gab keine Stereoanlage, dafür aber mehrere

Dutzend Schallplatten, vor allem Klassik, aber auch Folk-Musik: Pete Seeger, Joan Baez und Dave Van Ronk. Auf der Kommode neben dem Fernseher entdeckte ich ein staubfreies Rechteck.

Ich sah in den Schubladen und Schränken nach. Jede Menge Kleidung von Paula. Ich kannte einiges davon, zumindest dachte ich das.

Jemand hatte das Fenster geschlossen. Es gab zwei Fenster, die sich öffnen ließen, eines in der Schlafnische, das andere im Wohnbereich. Eine Reihe von unbehelligten Topfpflanzen vor dem Fenster in der Nische legte nahe, dass sie aus dem anderen gesprungen war. Ich überlegte mir, warum sich jemand die Mühe gemacht hatte, das Fenster zu schließen. Vielleicht für den Fall, dass es regnete. Das war sehr vernünftig. Aber ich vermutete, dass die Handlung nicht ganz so durchdacht und eher instinktiv gewesen war, so wie wenn man ein Tuch über das Gesicht einer Leiche legt.

Ich ging ins Badezimmer. Der Mörder konnte sich in der Duschkabine versteckt haben. Falls es einen Mörder gegeben hatte.

Warum dachte ich noch immer an Mord?

Ich nahm das Medizinschränkchen in Augenschein. Es gab kleine Tuben und Fläschchen mit Kosmetika, allerdings deutlich weniger als auf einem der beiden Nachttischchen. Ich fand ein Gefäß mit Aspirin und anderen Kopfschmerzmitteln, eine Tube mit antibiotischer Salbe, mehrere verschreibungspflichtige und rezeptfreie Mittel gegen Heuschnupfen, ein Päckchen Heftpflaster, eine Rolle medizinisches Klebeband, eine Schachtel mit Mullkompressen. Ohrenstäbchen, eine Bürste, mehrere Kämme. Eine Zahnbürste in ihrer Halterung.

Es gab keine Fußabdrücke auf dem Boden der Duschkabine. Natürlich hätte er barfuß sein können. Oder er hätte das Wasser aufdrehen und seine Spuren beseitigen können, bevor er verschwand.

Ich ging durch den Wohnraum und untersuchte das Fensterbrett. Ich hatte Guzik nicht gefragt, ob sie es auf Fingerabdrücke abgesucht hatten, aber ich war mir ziemlich sicher, dass sich niemand die Mühe gemacht hatte. An ihrer Stelle hätte ich mir das auch geschenkt. Durch meinen Blick auf das Fensterbrett erfuhr ich nichts Neues. Ich öffnete das Fenster etwa dreißig Zentimeter weit und streckte meinen Kopf hinaus, aber als ich nach unten blickte, wurde ich wieder von einem äußerst unangenehmen Schwindelgefühl gepackt und zog mich sofort wieder ins Zimmer zurück. Das Fenster ließ ich jedoch offen stehen. Ein wenig frische Luft würde dem Apartment guttun.

Es gab vier Klappstühle. Zwei von ihnen waren zusammengefaltet gegen eine Wand gelehnt, einer stand in der Nähe des Betts und der vierte neben dem Fenster. Sie waren königsblau und aus widerstandsfähigem Kunststoff. Auf dem am Fenster lag Paulas Kleidung. Ich sah den Haufen durch. Sie hatte die Kleidung sorgfältig über den Stuhl gelegt, sich aber nicht die Mühe gemacht, sie zusammenzufalten.

Man kann nicht wissen, wie sich Selbstmörder verhalten werden. Einer zieht sich einen Smoking an, bevor er sich das Hirn wegpustet. Der andere zieht sich aus. Nackt bin ich in die Welt gekommen und nackt werde ich sie auch wieder verlassen, oder so.

Ein Rock. Darunter eine Strumpfhose. Dann eine Bluse und darunter ein Büstenhalter mit zwei kleinen, leicht gepolsterten Körbchen. Ich legte die Kleidung so zurück, wie ich sie vorgefunden hatte, und fühlte mich wie ein Totenschänder.

Das Bett war nicht gemacht. Ich setzte mich auf den Rand und blickte durch das Zimmer auf ein Mick-Jagger-Poster. Ich weiß nicht, wie lange ich so saß. Zehn Minuten vielleicht.

Auf dem Weg aus dem Apartment sah ich mir die Türkette an. Ich hatte sie gar nicht bemerkt, als ich hereingekommen war. Die Kette war fein säuberlich durchtrennt worden. Die eine Hälfte hing noch von dem Schlitz an der Tür, die andere baumelte von der Befestigung am Türrahmen. Ich schloss die Tür und fügte die beiden Hälften aneinander. Dann ließ ich sie wieder los, so dass sie locker herunterhingen. Ich fügte die Enden noch einmal zusammen, bevor ich das Ende der Kette aus dem Schlitz befreite und ins Badezimmer ging, um das Klebeband zu holen. Ich nahm die Rolle zur Tür mit, riss ein Stück ab und benutzte es, um die beiden Kettenhälften miteinander zu verbinden. Danach trat ich aus dem Apartment und versuchte, die Türkette von außen vorzulegen, aber sie rutschte aus dem Leukoplast, sobald ich ein bisschen Druck ausübte.

Ich ging wieder in das Apartment und starrte die Türkette an. Ich kam zu dem Schluss, dass ich ziellos vorging und dass Paula Wittlauer aus freien Stücken aus dem Fenster gesprungen sein musste. Ich untersuchte noch einmal das Fensterbrett. Die dünne Rußschicht gab keinen Hinweis in die eine oder andere Richtung. Die New Yorker Luft ist verschmutzt und der Ruß konnte sich innerhalb weniger Stunden angesammelt haben, selbst bei geschlossenem Fenster. Es hatte nichts zu sagen.

Ich blickte noch einmal auf den Kleiderhaufen auf dem Stuhl, dann noch einmal auf die Türkette und dann fuhr ich mit dem Fahrstuhl in den Keller und fand dort den Hausmeister oder einen seiner Gehilfen. Ich fragte ihn nach einem Schraubenzieher. Er gab mir einen langen mit einem Griff aus bernsteinfarbenem Kunststoff. Er fragte mich weder, wer ich war, noch wollte er wissen, was ich mit dem Werkzeug bezweckte.

Ich kehrte zu Paula Wittlauers Apartment zurück und löste die Türkette von den Befestigungen an der Tür und dem Rahmen. Dann verließ ich das Hochhaus und ging um die Ecke zu einem Eisenwarenladen in der 9th Avenue. Es gab dort eine gute Auswahl an Türketten, aber ich wollte eine, die identisch mit der war, die ich mitgebracht hatte, und deshalb musste ich die 9th Avenue bis zur 50th Street hinabgehen und vier Läden abklappern, bis ich endlich fand, was ich suchte.

Wieder zurück in Paulas Apartment brachte ich die neue Türkette an. Dabei nutzte ich die Löcher, die für die Befestigung der ursprünglichen Kette verwendet worden waren. Ich zog die Schrauben mit dem Schraubenzieher des Hausmeisters fest. Dann stellte ich mich in den Korridor und spielte mit der Kette. Meine Hände sind groß und nicht sonderlich geschickt, aber trotzdem war ich in der Lage, die Kette von außen vorzulegen und sie wieder zu lösen.

Ich weiß nicht, wer sie angebracht hatte, Paula oder ein Vormieter oder jemand von der Hausverwaltung, aber diese Türkette hatte in etwa so viel Sicherheit geboten wie die hygienische Schutzhülle auf der Klobrille in einem Motelzimmer. Als Beweis dafür, dass Paula allein gewesen war, als sie aus dem Fenster fiel, war sie wertlos.

Ich brachte die ursprüngliche Türkette wieder an, steckte die neue in meine Tasche, nahm den Lift in den Keller und gab den Schraubenzieher zurück. Den Mann, dem ich ihn zurückgab, schien dies zu überraschen.

Es dauerte ein paar Stunden, bis ich Cary McCloud aufgetrieben hatte. Ich hatte herausgefunden, dass er abends in einem Club namens The Spider's

Web im West Village an der Bar arbeitete. Ich kam gegen fünf dort an. Der Typ hinter der Theke hatte knotige Handgelenke und einen vorstehenden Unterkiefer und war nicht Cary McCloud. »Der fängt erst um acht an«, erklärte er mir. »Und heute hat er sowieso frei.« Ich fragte ihn, wo ich McCloud finden könnte. »Manchmal schaut er am Nachmittag rein, aber heute war er nicht hier. Wo man sonst noch nach ihm suchen könnte, kann ich Ihnen nicht sagen.«

Eine Menge Leute konnten mir das nicht sagen, aber dann trieb ich doch jemanden auf, der dazu in der Lage war. Man kann zwar den Polizeidienst quittieren, man hört aber niemals auf, wie ein Cop auszusehen und sich so anzuhören. In manchen Situationen ist das ein Nachteil, manchmal nützt es aber auch. Schließlich fand ich einen Mann in einer Bar im gleichen Block wie das Spider's Web, der gelernt hatte, dass es am besten war, mit der Polizei zu kooperieren, wenn es keine Nachteile bringt. Er gab mir eine Adresse in der Barrow Street und sagte mir auch, welche Klingel ich drücken sollte.

Ich ging zu dem Gebäude und drückte eine Reihe anderer Klingeln, bis mir jemand die Hauseingangstür öffnete. Ich wollte Cary nicht warnen, dass er Besuch bekommen würde. Ich stieg die zwei Stockwerke zu dem Apartment hoch, in dem er sich befinden sollte. Sein Name hatte nicht neben der Klingel am Hauseingang gestanden. Dort hatte gar kein Name gestanden.

Laute Rockmusik dröhnte durch die Wohnungstür. Ich stand eine Minute lang davor, dann trommelte ich laut genug dagegen, damit man mich trotz der E-Gitarren hören würde. Einen Moment später wurde die Musik leiser gestellt. Ich hämmerte noch einmal gegen die Tür und eine Männerstimme fragte, wer dort sei.

Ich antwortete: »Polizei. Aufmachen!« Das ist ein Vergehen, aber ich erwartete nicht, deshalb Schwierigkeiten zu bekommen.

»Worum geht's?«

»Mach auf, McCloud.«

»Oh, Mann«, sagte er. Er hörte sich müde und gereizt an. »Wie habt ihr mich überhaupt gefunden? Gebt mir eine Minute. Ich will mich anziehen.«

Manchmal ist es genau das, was sie sagen, während sie das Magazin in ihre automatische Pistole schieben. Dann ballern sie eine Handvoll Kugeln durch die Tür und in dich hinein, wenn du noch immer dahinter stehst. Aber seiner Stimme fehlte diese Art von Schärfe und ich hatte nicht genug

Angst, um zur Seite zu treten. Stattdessen legte ich mein Ohr an die Tür und konnte drinnen Flüstern hören. Es war nicht möglich auszumachen, worüber sie sprachen oder welche Art von Person sich bei ihm befand. Die Musik war zwar leiser gestellt worden, aber sie war immer noch laut genug, um das Gespräch zu übertönen.

Die Tür öffnete sich. Er war groß und dünn, mit eingefallenen Wangen und buschigen Augenbrauen, und er machte einen heruntergekommenen, fertigen Eindruck. Er musste Anfang dreißig gewesen sein und sah auch nicht viel älter aus, aber man spürte, dass er in zehn Jahren zwanzig Jahre älter aussehen würde. Sofern er noch so lange lebte. Er trug geflickte Jeans und ein T-Shirt, auf das »The Spider's Web« aufgedruckt war. Unter der Aufschrift befand sich ein Spinnennetz, an dessen einem Ende sich eine machohafte Spinne befand, die grinsend zwei ihrer acht Arme ausstreckte, um eine zögerliche, mädchenhafte Fliege in Empfang zu nehmen.

Er bemerkte, dass ich das T-Shirt betrachtete, und brachte ein Grinsen zustande. »Dort arbeite ich«, sagte er.

»Ich weiß.«

»Also, kommen Sie in meine gute Stube. Nichts Besonderes, aber mein Zuhause.«

Ich folgte ihm hinein und schloss die Tür. Das Apartment war etwa fünfundzwanzig Quadratmeter groß und enthielt nichts, was man guten Gewissens als Möbel hätte bezeichnen können. In einer Ecke lag eine Matratze auf dem Boden, daneben standen ein paar Pappschachteln. Die Musik kam von einer Stereoanlage; Plattenspieler, Tuner und zwei Boxen, die in einer Reihe an der gegenüberliegenden Wand standen. Zu meiner rechten war eine geschlossene Tür. Ich vermutete, dass sie ins Badezimmer führte und sich dort gerade ein Mädchen versteckt hielt.

»Ich vermute, es ist wegen Paula«, sagte er. Ich nickte. »Ich bin das doch mit euch Typen schon durchgegangen«, sagte er. »Ich war absolut nicht in der Nähe, als es passiert ist. Fünf oder sechs Stunden, bevor sie sich umgebracht hat, hab ich sie zum letzten Mal gesehen. Ich hab im Web gearbeitet und sie kam vorbei und saß an der Bar. Ich hab ihr ein paar Drinks serviert, dann ist sie abgezogen.«

»Und Sie haben weitergearbeitet.«

»Bis ich zugemacht habe. Kurz nach drei hab ich alle rausgeschmissen, und bis ich durchgefegt hatte und der Müll rausgebracht war und die Fenstergitter verschlossen waren, war es fast schon vier. Dann bin ich hierher gekommen und habe Sunny abgeholt und wir sind zusammen in den Schuppen in der 53rd gegangen.«

»Und wann sind Sie dort angekommen?«

»Mann, keine Ahnung. Ich trag zwar eine Uhr, aber ich werfe nicht jede verdammte Minute einen Blick darauf. Ich denke, ich hab fünf Minuten bis hierher gebraucht und dann hab ich mir mit Sunny ein Taxi geschnappt und nach höchstens zehn Minuten waren wir in Patsy's. Das ist der Schuppen, der bis in den Morgen geöffnet hat, aber ich hab Ihren Kollegen das schon alles erzählt. Warum reden Sie nicht miteinander und lassen mich in Ruhe?«

»Warum kommt Sunny nicht raus und erzählt mir ihre Version?« Ich nickte in Richtung Badezimmertür. »Vielleicht kann sie sich ein bisschen genauer an die Zeit erinnern.«

»Sunny? Die ist vor einer Weile gegangen.«

»Sie ist nicht im Badezimmer?«

»Nein. Im Badezimmer ist niemand.«

»Was dagegen, wenn ich nachsehe?«

»Nur wenn Sie mir einen Durchsuchungsbefehl zeigen können.«

Wir starrten uns gegenseitig an. Ich sagte ihm, dass ich der Meinung war, seinen Worten vertrauen zu können. Er sagte, man könnte sich darauf verlassen, dass er immer die Wahrheit sage. Ich sagte, diesen Eindruck hätte ich auch.

Er fragte: »Was soll der Aufwand eigentlich? Ich weiß, Sie müssen Ihre Formulare ausfüllen, aber warum lassen Sie mich nicht in Frieden? Sie hat sich umgebracht und ich war meilenweit entfernt, als es passierte.«

Es könnte so gewesen sein. Die Zeitangaben waren vage und wer auch immer Sunny sein mochte, die Chancen standen ziemlich gut, dass sie nicht mehr Zeitgefühl hatte als ein Koalabär. Es gab zahlreiche Möglichkeiten, wie er ein paar Minuten Zeit gefunden haben konnte, die 57th Street hochzulaufen und Paula aus dem Fenster zu werfen, aber irgendwie passte es nicht und er wirkte einfach nicht wie ein Mörder auf mich. Ich verstand, was Ruth gemeint hatte, und ich stimmte mit ihr überein, dass er zu Mord fähig wäre, aber ich dachte nicht, dass er diesen bestimmten Mord begangen hatte.

Ich fragte: »Wann sind Sie zu Paulas Apartment zurückgegangen?«

»Wer sagt, dass ich dort war?«

»Sie haben Ihre Kleidung geholt, Cary.«

»Das war gestern Nachmittag. Zum Teufel, ich hab meine Klamotten und meine anderen Sachen gebraucht.«

»Wie lange haben Sie dort gewohnt?«

Er wurde vorsichtig. »Ich hab nicht wirklich dort gewohnt.«

»Wo haben Sie dann gewohnt?«

»Ich hab nicht wirklich irgendwo gewohnt. Die meisten meiner Sachen hab ich bei Paula gehabt und ich war meistens bei ihr, aber es war kein echtes Zusammenleben. Wir waren beide zu ungebunden für so etwas. Und überhaupt, die Sache mit Paula ging gerade irgendwie zu Ende. Sie war etwas zu verrückt für meinen Geschmack.« Er verzog den Mund zu einem Lächeln. »Ein bisschen verrückt ist gut«, sagte er. »Aber wenn sie zu verrückt sind, wird es etwas zu anstrengend.«

Oh, er könnte sie getötet haben. Er könnte jeden töten, wenn es sein musste, wenn jemand zu anstrengend wurde. Aber wenn er klug morden würde, einen Selbstmord auf so kunstvolle Weise vortäuschen und die Türkette beim Verlassen des Apartments vorlegen würde, dann würde er einen Zeitpunkt wählen, für den er ein felsenfestes Alibi hatte. Er war nicht der Typ, der gleichzeitig so präzise und so nachlässig war.

»Also sind Sie hingegangen und haben Ihre Sachen geholt.«

»Richtig.«

»Darunter die Stereoanlage und die Platten.«

»Die Stereoanlage gehört mir. Von den Schallplatten hab ich die Folk-Platten und den klassischen Scheiß dort gelassen, weil sie Paula gehört hatten. Ich hab nur meine eigenen Platten genommen.«

»Und die Stereoanlage.«

»Richtig.«

»Und vermutlich haben Sie den Kassenzettel noch.«

»Wer hebt so einen Scheiß auf?«

»Was ist, wenn ich Ihnen sage, dass Paula den Kassenzettel aufgehoben hat? Was ist, wenn ich sage, dass er sich unter ihren Papieren und den geplatzten Schecks befand?«

»Sie bluffen.«

»Sind Sie sich da sicher?«

»Nein. Aber wenn Sie das behaupten würden, würde ich vermutlich sagen, dass sie mir die Anlage geschenkt hat. Sie werden mich nicht wegen des Diebstahls einer Stereoanlage anklagen wollen, oder?«

»Warum sollte ich? Die Toten zu bestehlen ist eine heilige Tradition. Sie haben auch die Drogen genommen oder etwa nicht? Paulas Medizinschränkchen hat ausgesehen wie eine Apotheke, aber als ich in ihrer Wohnung war, gab es dort nichts Stärkeres als Excedrin. Das ist der Grund, weshalb sich Sonny im Badezimmer versteckt. Wenn ich die Tür öffne, werden all die schönen Pillen in der Toilette verschwinden.«

»Das können Sie schon denken, wenn Sie möchten.«

»Und ich kann mit einem Durchsuchungsbefehl zurückkommen, wenn ich möchte.«

»Genau.«

»Ich sollte an die Tür klopfen, nur damit Sie keine Drogen mehr haben werden, aber das ist der Mühe nicht wert. Das ist Paula Wittlauers Anlage. Ich vermute, sie ist ein paar hundert Dollar wert. Und Sie sind nicht ihr Erbe. Stöpseln Sie das Ding aus und packen Sie es ein, McCloud. Ich werde es mitnehmen.«

»Einen Teufel werden Sie tun.«

»Doch, das werde ich.«

»Wenn Sie irgendetwas außer Ihrem eigenen Arsch hier abschleppen wollen, holen Sie sich eine richterliche Anordnung. Dann können wir uns darüber unterhalten.«

»Ich brauche keine Anordnung.«

»Sie können nicht ohne–«

»Ich brauche keine Anordnung, weil ich kein Cop bin. Ich bin ein Detektiv, McCloud. Ich arbeite privat und ich arbeite für Ruth Wittlauer, und das ist die Person, die die Anlage bekommen wird. Ich weiß nicht, ob sie sie will oder nicht, aber das ist dann ihr Problem. Sie will Paulas Pillen nicht, deshalb können Sie sich die selbst einwerfen oder sie Ihrer Freundin geben. Sie können sie sich auch in den Arsch stecken, was mich betrifft. Aber ich werde hier mit der Anlage rausgehen, und ich werde über Sie hinwegsteigen, wenn es sein muss, und ich glaube nicht, dass Ihnen das Spaß machen würde.«

»Sie sind nicht mal ein Bulle.«

»Richtig.«

»Sie haben keinerlei Befugnis.« Er schien völlig erstaunt. »Sie haben gesagt, dass Sie ein Bulle sind.«

»Sie können mich gerne anzeigen.«

»Sie können die Anlage nicht mitnehmen. Sie dürften nicht einmal in dieser Wohnung sein.«

»Das ist richtig.« Es juckte mir in den Fingern. Ich konnte das Blut in meinen Adern spüren. »Ich bin größer als Sie«, sagte ich. »Und ich bin um einiges härter. Es würde mir ziemlich viel Spaß machen, die Scheiße aus Ihnen herauszuprügeln. Ich mag Sie nicht. Es gefällt mir nicht, dass Sie sie nicht getötet haben, denn jemand hat es getan und es wäre mir eine Freude, es Ihnen anzuhängen. Aber Sie haben es nicht getan. Stöpseln Sie die Anlage aus und packen Sie sie ein, damit ich sie mitnehmen kann, oder ich werde Sie zusammenfalten.«

Es war mir Ernst und er spürte es. Er überlegte, ob er es auf einen Versuch ankommen lassen sollte, entschied dann aber, dass es die Sache nicht wert war. Vielleicht war es keine sonderlich gute Anlage. Während er sie abbaute, schüttete ich seine Kleidung aus einer der Schachteln auf den Boden und wir packten die Anlage hinein. Als ich verschwinden wollte, sagte er, dass er jederzeit zur Polizei gehen und ihnen sagen könnte, was ich getan hatte.

»Ich denke nicht, dass Sie das tun sollten«, sagte ich.

»Sie haben gesagt, dass sie umgebracht wurde.«

»Richtig.«

»Quatschen Sie nur?«

»Nein.«

»Es ist Ihr Ernst?« Ich nickte. »Sie hat sich nicht selbst umgebracht? Ich dachte, dass es gar keine Zweifel gibt. Jedenfalls hab ich die Polizisten so verstanden. Interessant. Irgendwie könnte man sagen, dass mir dadurch eine Last von den Schultern fällt.«

»Inwiefern?«

Er zuckte mit den Schultern. »Wissen Sie, ich dachte, dass sie vielleicht verzweifelt war, weil es mit uns beiden nicht geklappt hat. Im Web war die Atmosphäre etwas angespannt, wenn Sie wissen, was ich meine. Unsere Geschichte ging zu Ende, und ich hab mich mit Sunny getroffen und Paula hat sich mit anderen Männern getroffen. Ich dachte mir, dass das vielleicht den Ausschlag gegeben hat. Vermutlich hab ich mir die Schuld gegeben oder so.«

»Ich kann sehen, wie Sie das fertiggemacht hat.«

»Ich hab nur gesagt, was mir durch den Kopf ging.«

Ich antwortete darauf nichts.

»Mann«, sagte er. »Mich macht nichts fertig. Wenn man solche Dinge an sich herankommen lässt, ist man geliefert.«

Ich nahm den Karton auf die Schulter und ging die Treppe hinab.

Ruth Wittlauer hatte mir ihre Adresse in der Irving Place und eine 5er Telefonnummer in Gramercy Park gegeben. Ich wählte die Nummer und erhielt keine Antwort, weshalb ich zur Hudson Street ging und ein Taxi Richtung Norden nahm. An der Rezeption meines Hotels lagen keine Nachrichten für mich vor. Ich verstaute Paulas Stereoanlage in meinem Zimmer, wählte noch einmal Ruths Nummer und ging dann zum Achtzehnten Revier. Guzik war nicht mehr im Dienst, aber der diensthabende Polizist riet mir, mein Glück in einem Restaurant um die Ecke zu versuchen. Dort fand ich ihn, wie er mit einem anderen Cop namens Birnbaum Heineken vom Fass trank. Ich setzte mich an ihren Tisch, bestellte mir einen Bourbon und für die beiden noch eine Runde.

Ich sagte: »Ich möchte dich um einen Gefallen bitten. Ich möchte, dass Paula Wittlauers Apartment versiegelt wird.«

»Wir halten das nicht für nötig«, erinnerte mich Guzik.

»Und der Freund hielt die Stereoanlage des toten Mädchens für nötig.« Ich erzählte ihm, wie ich die Anlage von Cary McCloud zurückgeholt hatte. »Ich arbeite für Ruth, Paulas Schwester. Das mindeste, was ich tun kann, ist sicherzustellen, dass sie das bekommt, was ihr zusteht. Sie ist im Moment nicht dazu in der Lage, das Apartment auszuräumen, und die Miete ist bis Oktober bezahlt. McCloud hat einen Schlüssel und wer weiß, wer noch alles einen hat. Wenn ihr ein Siegel an die Tür klebt, wird das die Grabräuber fernhalten.«

»Vermute, das könnten wir tun. Reicht es morgen noch?«

»Heute wäre besser.«

»Was gibt's da groß zu stehlen? Du hast die Stereoanlage gerettet und ich hab nichts Anderes gesehen, das von Wert gewesen wäre.«

»Die Dinge haben einen subjektiven Wert.«

Er starrte mich an und runzelte die Stirn. »Ich werde einen Anruf machen«, sagte er. Er ging zum Telefon im hinteren Teil des Restaurants und ich quatschte mit Birnbaum, bis Guzik zurückkam und mir mitteilte, dass es erledigt werde.

Ich sagte: »Noch etwas, über das ich nachgedacht habe. Ihr müsst einen Fotografen vor Ort gehabt haben. Jemanden, der Bilder von der Leiche gemacht hat und so.«

»Klar. Das ist der normale Ablauf.«

»Ging er auch in ihr Apartment hoch? Hat er dort ein paar Fotos geschossen?«

»Ja. Warum?«

»Ich dachte, dass ich vielleicht mal einen Blick darauf werfen könnte.«

»Wozu?«

»Man kann nie wissen. Der Grund, weshalb ich wusste, dass es sich in McClouds Apartment um Paulas Anlage handelte, war, dass ich das Muster im Staub auf der Kommode gesehen hatte. Wenn ihr Innenaufnahmen habt, sehe ich vielleicht noch etwas, das nun fehlt, und kann McCloud dazu bringen, es meiner Mandantin zurückzugeben.«

»Und deshalb willst du die Fotos sehen?«

»Genau.«

Er warf mir einen Blick zu. »Die Tür war von innen versperrt. Mit einer Türkette.«

»Ich weiß.«

»Und es war niemand im Apartment, als wir hineingingen.«

»Auch das weiß ich.«

»Du bist noch immer auf der Suche nach einem Mörder, oder? Herrgott, der Fall ist abgeschlossen und der Grund, weshalb er abgeschlossen wurde, ist, dass sich die alberne Tussi selbst umgebracht hat. Wozu der Aufstand?«

»Ich mache keinen Aufstand. Ich möchte nur die Fotos sehen.«

»Um zu sehen, ob jemand ihr Pessar gestohlen hat, oder was?«

»So ungefähr.« Ich trank den Rest meines Drinks. »Du brauchst sowieso einen neuen Hut, Guzik. Das Wetter ändert sich und ein Mann wie du brauchst einen Hut für den Herbst.«

»Wenn ich Geld genug für einen Hut hätte, würde ich vielleicht losziehen und mir einen kaufen.«

»Eben«, sagte ich.

Er nickte und wir sagten Birnbaum, dass wir nicht lange brauchen würden. Ich ging mit Guzik um die Ecke zum Revier. Unterwegs steckte ich ihm zwei Zehner und einen Fünfer zu, fünfundzwanzig Dollar, im Polizeijargon der Preis für einen Hut. Er ließ die Scheine verschwinden.

Ich wartete an seinem Schreibtisch, während er Paula Wittlauers Akte holte. Es gab etwa ein Dutzend Schwarzweißabzüge, zwanzig mal fünfundzwanzig, Hochglanz mit hohem Kontrast. Ungefähr die Hälfte von ihnen zeigte Paulas Leiche aus verschiedenen Blickwinkeln. Ich interessierte mich eigentlich nicht für diese Aufnahmen, zwang mich aber dazu, sie dennoch anzusehen – damit ich nicht vergaß, worum es bei diesem Fall ging.

Bei den restlichen Fotos handelte es sich um Innenaufnahmen des L-förmigen Apartments. Ich bemerkte das weit offen stehende Fenster, die Kommode, auf der sich die Stereoanlage befand, den Stuhl, auf dem ihre Kleidung wahllos abgelegt war. Ich trennte die Innenaufnahmen von denen der Leiche und erklärte Guzik, dass ich die Fotos vorerst behalten wollte. Er hatte nichts dagegen.

Er legte den Kopf zur Seite und sah mich an. »Hast du etwas entdeckt, Matt?«

»Nichts, worüber es sich zu reden lohnt.«

»Wenn dem doch so ist, dann möchte ich davon hören.«

»Klar.«

»Genießt du dein Leben? Als Privatdetektiv arbeiten, herumschnüffeln?«

»Es scheint das Richtige für mich zu sein.«

Er dachte darüber nach und nickte. Dann ging er zur Treppe und ich folgte ihm.

Später am selben Abend gelang es mir, Ruth Wittlauer zu erreichen. Ich packte die Anlage in ein Taxi und fuhr damit zu ihr. Sie wohnte in einem gut gepflegten Sandsteinhaus eineinhalb Blocks vom Gramercy Park. Ihr Apartment war zwar nicht teuer eingerichtet, aber die Möbelstücke schienen sorgfältig ausgewählt worden zu sein. Es war sauber und ordentlich. Ihre Radiouhr war auf einen Sender eingestellt, der Kammermusik spielte. Sie hatte Kaffee gemacht und ich akzeptierte eine Tasse und nippte daran, während ich ihr erzählte, wie ich die Anlage von Cary McCloud zurückbekommen hatte.

»Ich war mir nicht sicher, ob Sie etwas damit anfangen können«, sagte ich. »Aber ich sah keinen Grund, weshalb er sie behalten sollte. Sie können sie jederzeit verkaufen.«

»Nein, ich werde sie behalten. Ich habe nur einen Plattenspieler, den ich für zwanzig Dollar in der 14th Street gekauft habe. Paulas Anlage hat ein paar hundert gekostet.« Sie überwand sich zu einem Lächeln. »Also haben Sie schon mehr erarbeitet, als ich Ihnen gegeben habe. Hat er sie umgebracht?«

»Nein.«

»Sind Sie sicher?«

Ich nickte. »Er würde jemanden töten, wenn er einen Grund hätte, aber ich denke nicht, dass er einen hatte. Und wenn er sie umgebracht hätte, hätte er niemals die Anlage oder die Drogen genommen. Und er hätte sich nicht so verhalten, wie er es tat. Ich hatte nicht einen Moment lang das Gefühl, dass er sie umgebracht hat. Und in solchen Situationen muss man auf sein Bauchgefühl hören. Wenn einen das auf etwas hinweist, kann man in der Regel auch die Fakten finden, die es untermauern.«

»Und Sie sind sicher, dass sich meine Schwester selbst umgebracht hat?«

»Nein. Ich bin mir ziemlich sicher, dass jemand nachgeholfen hat.«

Ihre Augen weiteten sich.

Ich sagte: »Es handelt sich größtenteils um eine Ahnung. Aber es gibt auch ein paar Fakten, die dafür sprechen.« Ich erzählte ihr von der Türkette: davon, dass sie für die Polizei den Beweis für Paulas Selbstmord darstellte, und davon, wie mein Experiment gezeigt hatte, dass man sie auch von außen vorlegen konnte. Ruth wühlte dies sehr auf, ich erklärte ihr aber, dass das an sich noch überhaupt nichts bewies, nur dass Selbstmord weiterhin eine theoretische Möglichkeit blieb.

Dann zeigte ich ihr die Fotos, die ich von Guzik bekommen hatte. Ich wählte ein Foto aus, das den Stuhl mit Paulas Kleidung zeigte, aber nicht zu viel vom Fenster. Ich wollte Ruth nicht dazu zwingen, das Fenster sehen zu müssen.

»Der Stuhl«, sagte ich und deutete auf ihn. »Mir ist es aufgefallen, als ich im Apartment Ihrer Schwester war. Ich wollte ein Foto in die Hände bekommen, das damals aufgenommen worden war, um sicherzugehen, dass die Sachen nicht von den Polizisten oder McCloud oder sonst irgendjemand umgeräumt worden waren. Aber die Kleidung ist genauso angeordnet, wie sie es war, als ich dort war.«

»Ich verstehe nicht.«

»Die Annahme ist, dass Paula sich ausgezogen und ihre Kleidung auf den Stuhl gelegt hat. Dann soll sie zum Fenster gegangen sein und sich hinausgestürzt haben.« Ihre Lippen bebten, aber sie riss sich zusammen und ich fuhr fort. »Oder vielleicht hatte sie sich vorher ausgezogen und geduscht oder geschlafen und ist dann zurückgekommen und gesprungen. Aber sehen Sie sich den Stuhl an. Sie hat ihre Kleidung nicht ordentlich zusammengelegt, sie hat sie nicht weggeräumt. Und sie hat sie auch nicht einfach auf den Boden fallen lassen. Ich bin kein Experte darin, wie Frauen sich ausziehen, aber ich glaube nicht, dass es viele auf diese Weise tun würden.«

Ruth nickte. Sie wirkte nachdenklich.

»Das würde an und für sich noch nicht so viel bedeuten. Wenn sie aufgebracht oder zugedröhnt oder verwirrt gewesen war, könnte sie die Sachen einfach so, wie sie sie ausgezogen hat, auf den Stuhl geworfen haben. Aber dem war nicht so. Die Reihenfolge der Kleidungsstücke stimmt nicht. Der Büstenhalter liegt unter der Bluse, die Strumpfhose unter dem Rock. Sie hat ihren BH abgenommen, nachdem sie die Bluse ausgezogen hatte, also sollte er sich eigentlich über der Bluse befinden, nicht unter ihr.«

»Natürlich.«

Ich hob die Hand. »Das ist noch kein Beweis, Ruth. Es kann jede Menge anderer Erklärungen geben. Vielleicht ist alles auf den Boden gefallen und sie hat die Sachen dann aufgehoben und dabei die Reihenfolge durcheinander gebracht. Vielleicht hat einer der Cops die Sachen durchgesehen, bevor der Fotograf mit seiner Kamera kam. Es ist nicht wirklich aussagekräftig.«

»Aber Sie denken, dass sie ermordet wurde.«

»Ja, ich denke, das tue ich.«

»Der Ansicht war ich schon die ganze Zeit. Natürlich hatte ich auch einen Grund dafür.«

»Vielleicht hab ich auch einen. Ich weiß nicht.«

»Was werden Sie jetzt tun?«

»Ich denke, ich werde ein wenig herumstochern. Ich weiß nicht viel über Paulas Leben. Ich muss mehr darüber erfahren, wenn ich herausfinden will, wer sie umgebracht hat. Aber Sie müssen die Entscheidung treffen, ob ich weitermachen soll.«

»Natürlich will ich das. Warum sollte ich nicht?«

»Weil es vermutlich zu nichts führen wird. Nehmen wir an, dass sie nach ihrem Gespräch mit McCloud aufgebracht war und einen Fremden aufgegabelt und mit zu sich nach Hause genommen hat, der sie dann umgebracht hat. Wenn das der Fall war, werden wir nie herausfinden, wer es war.«

»Sie werden weitermachen, oder?«

»Ich denke, dass ich das möchte.«

»Es wird allerdings kompliziert werden. Und Sie werden eine Weile brauchen. Ich vermute, Sie werden mehr Geld wollen.« Ihr Blick war sehr direkt. »Ich habe Ihnen zweihundert Dollar gegeben. Ich habe noch dreihundert, die ich dafür ausgeben kann. Es macht mir nichts aus, Ihnen die zu geben, Mr. Scudder. Ich habe bereits ... die ersten zweihundert haben sich ja schon gelohnt, oder? Die Anlage. Wenn die dreihundert aufgebraucht sind, nun, dann können Sie mir sagen, ob Sie denken, dass es sich lohnt, an der Sache dranzubleiben. Ich könnte mir momentan nicht mehr leisten, aber wir könnten es so einrichten, dass ich Sie später bezahle oder so.«

Ich schüttelte den Kopf. »Es wird nicht mehr werden«, sagte ich. »Egal, wie lange ich damit zubringe. Und sie behalten die dreihundert für den Augenblick, in Ordnung? Ich werde sie später nehmen, wenn ich sie brauche und sie mir verdient habe.«

»Das hört sich nicht richtig an.«

»Für mich schon«, antwortete ich. »Und begehen Sie nicht den Fehler zu denken, dass ich ein Wohltäter bin.«

»Aber Ihre Zeit ist wertvoll.«

Ich schüttelte den Kopf. »Nicht für mich.«

*   *   *

Ich brachte die nächsten drei Tage damit zu, mir ein Bild von Paula Wittlauers Leben zu machen. Es stellte sich als verschwendete Zeit heraus, aber die Zeit ist immer bereits vergangen, bevor man erkennt, dass man sie verschwendet hat. Und ich hatte die Wahrheit gesagt, als ich geäußert hatte, dass meine Zeit nicht wertvoll ist. Ich hatte nichts Besseres zu tun und meine Blicke in die Details von Paulas Welt sorgten dafür, dass ich beschäftigt war.

Ihr Leben bestand aus mehr als nur einer Kneipe an der 9th Avenue und einem Apartment in der 57th Street, aus mehr als nur Getränke zu servieren und das Bett mit Cary McCloud zu teilen. Sie machte auch andere Sachen. Einmal wöchentlich ging sie zur Gruppentherapie in die West 79th Street. Dienstagmorgens hatte sie Gesangsunterricht in der Amsterdam Avenue. Sie hatte einen Ex-Freund, mit dem sie sich gelegentlich traf. Sie trieb sich in ein paar Bars in der Nachbarschaft und in welchen im Village herum. Sie tat dieses und jenes, sie ging hierhin und dorthin, und ich war damit beschäftigt, mich durch die Stadt zu schleppen und mit allen möglichen Leuten zu sprechen. Es gelang mir, einiges über die Person, die sie gewesen war, und das Leben, das sie geführt hatte, zu erfahren, ohne etwas über die Person herauszufinden, die dafür gesorgt hatte, dass sie auf dem Asphalt aufgeschlagen war.

Gleichzeitig versuchte ich, ihre Aktivitäten in der letzten Nacht ihres Lebens nachzuvollziehen. Offenbar war sie mehr oder weniger direkt, nachdem sie ihre Schicht im Armstrong's beendet hatte, ins Spider's Web gegangen. Möglicherweise hatte sie einen kurzen Zwischenstopp in ihrem Apartment eingelegt, um sich zu duschen und umzuziehen, aber sie hatte sich ohne langes Federlesen auf den Weg in den südlichen Teil Manhattans begeben. Irgendwann gegen zehn hatte sie das Web verlassen und ich konnte ihrer Spur in ein paar andere Bars im Village folgen. In keiner von ihnen war sie länger geblieben; nach ein, zwei schnellen Drinks war sie weitergezogen. Sie war immer allein gegangen, soweit sich die Leute erinnern konnten. Das bewies gar nichts, denn vielleicht hatte sie auf ihrem Weg zurück Richtung Norden auch irgendwo anders einen Halt eingelegt oder sie hatte einfach jemanden auf der Straße aufgegabelt, was sie, wie ich herausfand, in ihrem jungen Leben schon mehr als einmal getan hatte. Vielleicht hatte sie ihren Mörder getroffen, als er gerade an einer Straßenecke herumhing, oder sie hatte ihn angerufen, um mit ihm zu vereinbaren, dass sie sich in ihrer Wohnung treffen würden.

Ihre Wohnung. Die Portiers hatten um Mitternacht Schichtwechsel, aber es war unmöglich herauszufinden, ob sie vorher oder nachher nach Hause gekommen war. Sie hatte dort gelebt, sie war eine ganz normale Mieterin gewesen, und es war nichts Bemerkenswertes, wenn sie das Gebäude betrat oder es verließ. Es war etwas, das sie jede Nacht tat. Als sie zum letzten Mal nach Hause kam, gab es deshalb für den Portier keinen Grund anzunehmen, dass es das letzte Mal sein würde, und deshalb auch keinen Grund, sich daran zu erinnern.

War sie alleine nach Hause gekommen oder in Begleitung? Darüber konnte mir niemand Auskunft geben, was vermuten ließ, dass sie allein gewesen war. Hätte sie einen Begleiter gehabt, wäre ihre Ankunft ein kleines bisschen erinnerungswürdiger gewesen. Aber auch das bewies überhaupt nichts, denn ich stand eines Nachts auf der anderen Seite der 57th Street und beobachtete den Portier ihres Gebäudes. Der nahm seine Aufgabe bei weitem nicht so ernst, wie sein Kollege vom Nachmittag es getan hatte. Er war fast ebenso lange von der Tür fort, wie er sich dort aufhielt.

Sie hätte in der Gesellschaft von sechs türkischen Matrosen hereingesegelt sein können und es bestand trotzdem die Möglichkeit, dass sie niemand gesehen haben würde.

Der Portier, der Dienst gehabt hatte, als sie aus dem Fenster gefallen war, war ein Ire mit wässrigen Augen und Leberflecken auf den Händen. Er hatte nicht gesehen, wie sie aufgeprallt war. Er hatte sich in der Lobby aufgehalten, um Schutz vor dem Wind zu suchen, und er war erst nach draußen geeilt, als er den Aufprall des Körpers auf der Straße gehört hatte.

Er konnte über das Geräusch, das der Aufprall verursacht hatte, nicht hinwegkommen.

»Plötzlich war da dieses Geräusch«, sagte er. »Aus heiterem Himmel gab es dieses Geräusch, und vielleicht habe ich es mir nur eingebildet, aber ich könnte schwören, dass ich es in meinen Beinen gespürt habe. Ich könnte schwören, dass sie die Erde zum Beben gebracht hat. Ich hatte keine Ahnung, was passiert war, und dann bin ich rausgerannt und, Herrgott, da war sie.«

»Haben Sie keinen Schrei gehört?«

»Auf der Straße hielt sich zu dieser Zeit niemand auf. Zumindest nicht auf dieser Seite. Es gab niemanden, der hätte schreien können.«

»Hat sie nicht geschrien, während sie gefallen ist?«

»Hat jemand gesagt, dass sie geschrien hat? Ich habe jedenfalls nichts gehört.«

Schreien Menschen, wenn sie sich im freien Fall befinden? In Kinofilmen und im Fernsehen tun sie das in der Regel. Während meiner Zeit bei der Polizei hatte ich einige von ihnen gesehen, nachdem sie gesprungen waren, und als ich zu ihnen kam, hing kein Echo eines Schreis mehr in der Luft. Und mehrmals war ich dabei, als auf jemanden, der an einer Dach- oder Fensterkante stand, eingeredet wurde, aber jedes Mal war das Reden erfolgreich und ich musste nicht mit ansehen, wie ein Körper sich im freien Fall gemäß den unabänderlichen Gesetzen der Physik beschleunigte.

Konnte man innerhalb von vier Sekunden einen richtigen Schrei ausstoßen?

Ich stand auf der Straße an der Stelle, an der sie aufgeprallt war, und blickte nach oben zu ihrem Fenster. Ich zählte still vier Sekunden ab. Eine Stimme kreischte in meinem Gehirn. Es war Donnerstagnacht, genauer gesagt Freitagmorgen, ein Uhr. Zeit für mich, mich um die Ecke ins Armstrong's zu begeben, denn in ein paar Stunden würde Justin dichtmachen und ich würde dann betrunken genug sein wollen, um schlafen zu können.

Und eine Stunde später oder so würde sie seit einer Woche tot sein.

Ich hatte mich selbst in eine ziemlich düstere Stimmung gebracht, als ich das Armstrong's erreichte. Ich verzichtete auf den Kaffee und kroch direkt in die Bourbonflasche, und es dauerte nicht lange, bis sie das tat, was sie tun sollte. Sie ließ die Ecken und Kanten meiner Gedanken verschwimmen, so dass ich die bösen, dunklen Dinge, die dort lauerten, nicht mehr sehen konnte.

Als Trina ihre Schicht beendet hatte, setzte sie sich zu mir und ich spendierte ihr ein paar Drinks. Ich erinnere mich nicht, worüber wir sprachen. Ein Teil unseres Gesprächs, aber bei weitem nicht das ganze, hing mit Paula Wittlauer zusammen. Trina hatte Paula nicht sonderlich gut gekannt – ihr Kontakt hatte sich weitgehend auf die zwei Stunden am Tag beschränkt, wenn sich ihre Schichten überschnitten –, aber sie kannte sich ein wenig mit der Art von Leben, das Paula geführt hatte, aus. Es hatte ein oder zwei

Jahre gegeben, in denen sich Trinas eigenes Leben nicht sehr von dem Paulas unterschieden hatte. Nun hatte sie die Dinge mehr oder weniger unter Kontrolle, und vielleicht wäre irgendwann auch einmal der Zeitpunkt gekommen, an dem Paula ihr Leben in den Griff bekommen hätte, aber das würden wir jetzt nicht mehr herausfinden.

Ich vermute, es war fast gegen drei, als ich Trina nach Hause begleitete. Unsere Unterhaltung war rücksichtsvoll und nachdenklich geworden. Auf der Straße sagte sie, dass es eine lausige Nacht sei, um allein zu sein. Ich dachte an hochgelegene Fenster und böse Gestalten in dunklen Ecken und nahm ihre Hand.

Sie wohnte in der 56th Street zwischen der 9th und der 10th Avenue. Während wir an der Ampel an der 57th warteten, blickte ich zu Paulas Gebäude hinüber. Wir waren weit genug entfernt, um die oberen Stockwerke sehen zu können. Nur wenige Fenster waren erleuchtet.

In diesem Moment hatte ich die Eingebung.

Ich habe niemals verstanden, was Menschen dazu veranlasst, an Dinge, wie etwa unscheinbare Wahrnehmungen, zu denken, die dann größere Erkenntnisse auslösen. Die Gedanken scheinen mir einfach zu kommen. Nun waren sie da, und etwas in mir klickte und die Anspannung löste sich.

Ich sagte etwas dieser Art zu Trina.

»Du weißt, wer sie getötet hat?«

»Nicht genau«, antwortete ich. »Aber ich weiß, wie ich es herausfinden werde. Und dass es bis morgen warten kann.«

Die Ampel wurde grün und wir gingen über die Straße.

Sie schlief noch, als ich ging. Ich stieg aus dem Bett und zog mich leise an, dann verließ ich ihre Wohnung. Ich trank Kaffee und aß ein getoastetes Milchbrötchen im Red Flame. Dann ging ich über die Straße zu Paulas Gebäude. Ich begann im zehnten Stock und arbeitete mich nach oben, indem ich die drei oder vier in Frage kommenden Apartments in jedem Stockwerk prüfte. Viele der Bewohner waren nicht zu Hause. Ich arbeitete mich bis ins oberste Stockwerk vor, das vierundzwanzigste, und als ich fertig war, hatte ich drei, die in Frage kamen, in meinem Notizbuch notiert und eine Liste von mehr als einem Dutzend Wohnungen, die ich am Abend noch einmal abklappern wollte.

Um halb neun an diesem Abend klingelte ich an der Tür des Apartments 21G. Es lag vier Stockwerke höher und direkt über Paulas Wohnung. Der Mann, der die Tür öffnete, trug eine Lee Cordhose und ein Hemd mit einem vertikalen blauen Streifen auf weißem Grund. Seine Socken waren dunkelblau und er trug keine Schuhe.

Ich sagte: »Ich möchte mit Ihnen über Paula Wittlauer reden.«

Seine Gesichtszüge entgleisten und ich vergaß meine drei anderen Optionen für immer, denn das war der Mann, den ich gesucht hatte. Er stand einfach da. Ich drückte die Tür auf und trat auf ihn zu, und er trat automatisch zurück, um mir Platz zu machen. Ich schloss die Tür hinter mir und ging an ihm vorbei durch den Raum zum Fenster. Es gab keine Spur von Staub oder Ruß auf dem Fensterbrett. Es war makellos, so sauber geschrubbt wie die Hände von Lady Macbeth.

Ich wandte mich ihm zu. Er hieß Lane Posmantur und ich vermute, er war um die vierzig. Er hatte einen Bauchansatz und seine dunklen Haare hatten begonnen, dünner zu werden. Er trug eine dicke Brille, was es erschwerte, in seinen Augen zu lesen, aber das spielte keine Rolle. Ich musste seine Augen nicht sehen.

»Sie haben sie aus diesem Fenster geworfen«, sagte ich. »Oder etwa nicht?«

»Ich weiß nicht, wovon Sie reden.«

»Möchten Sie wissen, wie ich draufgekommen bin, Mr. Posmantur? Ich dachte an all die Dinge, die niemand bemerkt hat. Niemand hat gesehen, wie sie das Gebäude betrat. Keiner der beiden Portiers erinnerte sich daran, weil es nichts war, an das sie sich erinnern würden. Niemand sah, wie sie aus dem Fenster gefallen ist. Die Polizisten mussten nach einem offenen Fenster suchen, um herauszufinden, um wen es sich handelte. Sie haben sie aufgrund des Fensters, aus dem sie fiel, identifiziert.

Und niemand hat gesehen, wie der Mörder das Gebäude verließ. Nun, das ist die eine Sache, die jemandem hätte auffallen sollen, und dieser Punkt hat mich stutzig gemacht. Allein war das nicht wirklich bedeutsam, aber es hat dazu geführt, dass ich etwas intensiver nachgeforscht habe. Nachdem sie auf der Straße gelandet war, war der Portier aufmerksam geworden. Er würde sich an diejenigen erinnern, die von diesem Moment an das Gebäude betraten oder es verließen. Also ist mir in den Sinn gekommen, dass der Mörder vielleicht noch immer im Gebäude war, und dann kam mir der Gedanke, dass sie von jemandem getötet worden war, der in diesem Gebäude lebt. Und von diesem Moment an ging es nur noch darum, Sie zu finden, denn plötzlich ergab alles einen Sinn. «

Ich erzählte ihm von der Kleidung auf dem Stuhl. »Sie hat sich nicht ausgezogen und die Kleidung so abgelegt. Ihr Mörder hat ihre Kleidung platziert, und er hat sie auf den Stuhl gelegt, damit es so aussah, als hätte sie sich in ihrem eigenen Apartment ausgezogen, wodurch man annehmen würde, dass sie aus ihrem eigenen Fenster gestürzt wäre.

Aber sie ist aus Ihrem Fenster gestürzt, oder etwa nicht? «

Er blickte mich an. Nach einem Augenblick sagte er, dass er dachte, es wäre besser, wenn er sich hinsetzen würde. Er ging zu einem Sessel und nahm darin Platz. Ich blieb stehen.

Ich sagte: »Sie kam hierher. Ich denke, sie hat sich ausgezogen und Sie sind mit ihr ins Bett gegangen. Ist das richtig? «

Er zögerte, dann nickte er.

»Warum entschlossen Sie sich, sie umzubringen? «

»Ich habe sie nicht umgebracht. «

Ich sah ihn an. Er wich meinem Blick aus, dann sah er mir in die Augen und wandte sich wieder ab. »Erzählen Sie mir, was passiert ist«, forderte ich ihn auf. Er blickte wieder weg und eine Minute verging. Dann begann er zu reden.

Es war ungefähr so abgelaufen, wie ich es mir gedacht hatte. Sie lebte mit Cary McCloud zusammen, aber hin und wieder traf sie sich mit Lane Posmantur auf eine schnelle Nummer. Er war Laborant im Roosevelt Hospital und brachte von Zeit zu Zeit Drogen mit nach Hause und vielleicht machte ihn das zumindest zum Teil für sie interessant. In dieser Nacht war sie kurz nach zwei vorbeigekommen und sie waren ins Bett gestiegen. Sie war wirklich high, sagte er, und er selbst hatte auch Pillen eingeworfen. Das war etwas, womit er erst kürzlich angefangen hatte, vielleicht hing es mit ihr zusammen.

Sie gingen ins Bett und machten schmutzige Sachen, dann schliefen sie vielleicht für eine Stunde oder so, und dann wachte sie auf und war durch den Wind. Sie wurde völlig hysterisch und er versuchte, sie zu beruhigen. Er schlug ihr ein paar Mal ins Gesicht, um sie zu Verstand zu bringen, aber die Schläge hatten keine Wirkung. Sie stolperte und fiel über den Couchtisch und kam merkwürdig auf, und als er sich endlich zusammenriss und zu ihr ging, lag sie da, den Kopf in einem unnatürlichen Winkel, und er wusste, dass sie sich das Genick gebrochen hatte, und als er ihren Puls fühlen wollte, gab es nichts mehr zu fühlen.

»Alles, woran ich denken konnte, war, dass sie tot in meinem Apartment lag und voller Drogen war und ich in der Scheiße steckte.«

»Deshalb haben Sie sie aus dem Fenster geworfen.«

»Ich wollte sie in ihr eigenes Apartment bringen. Ich fing an, sie anzuziehen, aber es war unmöglich. Und selbst wenn sie angezogen gewesen wäre, hätte ich im Korridor oder im Aufzug jemandem begegnen können. Es war verrückt.

Ich hab sie hiergelassen und bin zu ihrer Wohnung gegangen. Ich dachte, dass mir Cary vielleicht helfen würde. Ich hab geklingelt, aber niemand hat reagiert. Ich schloss die Tür mit ihrem Schlüssel auf, aber die Türkette war vorgelegt. Dann hab ich mich daran erinnert, dass sie sie von außen vorzulegen pflegte. Sie hatte mir gezeigt, wie sie das tun konnte. Ich hab es an meiner eigenen ausprobiert, aber die ist fachgerecht angebracht und die Kette ist nicht lang genug. Ich hab ihre Türkette gelöst und bin in ihre Wohnung gegangen.

Dann hatte ich die Idee. Ich ging zurück in mein Apartment und hab ihre Kleidung genommen und bin zurückgeeilt und hab sie auf den Stuhl gelegt. Ich hab ihr Fenster weit geöffnet. Als ich ihre Wohnung verließ, schaltete ich das Licht an und legte die Türkette wieder vor.

Ich bin in mein eigenes Apartment zurückgekehrt. Ich fühlte noch einmal ihren Puls und sie war tot. Sie hatte sich nicht bewegt oder so, und ich konnte nichts mehr für sie tun. Alles, was ich tun konnte, war, mich selbst aus der Sache rauszuhalten, und dann, dann hab ich das Licht hier ausgemacht und mein Fenster geöffnet und ihre Leiche rübergeschleppt und, Herrgott, ich hätte es fast nicht über mich gebracht, aber es war ein Unfall und sie war tot und ich hatte so große Angst –«

»Und Sie haben sie aus dem Fenster geworfen und es geschlossen.« Er nickte. »Und wenn sie sich das Genick gebrochen hatte, war das wegen dem

Fall. Und die Drogen, die sich in ihrem Körper befanden, hatte sie selbst genommen und man würde sowieso keine Autopsie vornehmen. Und Sie wären in Sicherheit.«

»Ich hab ihr nichts angetan«, sagte er. »Ich hab mich nur geschützt.«

»Glauben Sie das wirklich, Lane?«

»Was wollen Sie damit sagen?«

»Sie sind kein Arzt. Vielleicht war sie tot, als Sie sie aus dem Fenster geworfen haben, vielleicht auch nicht.«

»Sie hatte keinen Puls mehr.«

»Sie konnten keinen Puls finden. Das heißt nicht, dass sie keinen mehr hatte. Haben Sie es mit künstlicher Beatmung versucht? Wussten Sie, ob es noch Hirnaktivität gab? Nein, natürlich nicht. Alles, was Sie wissen, ist, dass Sie nach ihrem Puls suchten und keinen fanden.«

»Sie hatte sich das Genick gebrochen.«

»Vielleicht. Wie viele Menschen, die sich das Genick gebrochen haben, sind Ihnen schon unter die Finger gekommen? Und manche Menschen brechen sich das Genick und überleben trotzdem. Worauf es ankommt, ist, dass Sie nicht wissen konnten, ob sie tot war, und Sie waren zu sehr damit beschäftigt, Ihre eigene Haut zu retten, um das zu tun, was Sie hätten tun sollen. Sie hätten einen Krankenwagen rufen sollen. Sie wissen, dass Sie das hätten tun sollen, und Sie wussten es damals schon, aber Sie wollten aus der Sache rauskommen. Ich habe Junkies gekannt, die ihre Kumpel an einer Überdosis sterben ließen, weil sie nicht in die Sache hineingezogen werden wollten. Sie haben noch einen draufgesetzt. Sie haben sie aus einem Fenster geworfen und einundzwanzig Stockwerke auf die Straße fallen lassen, nur damit Sie nicht in die Sache hineingezogen werden. Und trotz allem, was Sie zu wissen glauben, könnte sie noch am Leben gewesen sein, als Sie sie losgelassen haben.«

»Nein«, sagte er. »Nein. Sie war tot.«

Ich hatte Ruth Wittlauer gesagt, dass sie glauben konnte, was sie wollte. Die Menschen glauben das, was sie glauben wollen. Das galt auch für Lane Posmantur.

»Vielleicht war sie tot«, sagte ich. »Vielleicht ist das auch Ihre Schuld.«

»Was wollen Sie damit sagen?«

»Sie haben gesagt, dass Sie sie geschlagen haben, damit sie zu sich kommt. Wie sehr haben Sie sie geschlagen, Lane?«

»Ich habe ihr nur leicht ins Gesicht geschlagen.«

»Nur ein erfrischender Klaps, um sie wieder zur Vernunft zu bringen.«

»Ja, genau.«

»Zur Hölle, Lane. Wer weiß, wie hart Sie sie geschlagen haben? Wer weiß, ob Sie sie gestoßen haben oder nicht? Sie war nicht die einzige hier, die unter Drogen stand. Sie haben gesagt, dass sie zugedröhnt war. Nun, ich denke, Sie selbst waren vielleicht auch ein bisschen zugedröhnt. Und sie waren müde und erschöpft, und Paula machte in ihrem Apartment herum und sie ging Ihnen auf die Nerven, und dann haben Sie ihr eine gescheuert und sie geschubst und ihr noch eine gescheuert und sie noch mal geschubst–«

»Nein!«

»Und dann ist sie hingefallen.«

»Es war ein Unfall.«

»Es ist immer ein Unfall.«

»Ich habe ihr nichts angetan. Ich mochte sie. Sie war ein nettes Mädchen, wir kamen gut miteinander aus, ich habe ihr nichts angetan. Ich–«

»Ziehen Sie Ihre Schuhe an, Lane.«

»Wozu?«

»Wir gehen aufs Polizeirevier. Es ist nur ein paar Blocks entfernt, nicht sehr weit von hier.«

»Bin ich verhaftet?«

»Ich bin kein Polizist.« Ich hatte bislang nicht die Gelegenheit gehabt zu sagen, wer ich war, und er hatte nie daran gedacht nachzufragen. »Ich heiße Scudder. Ich arbeite für Paulas Schwester. Ich vermute, ich kann vom Jedermann-Festnahmerecht Gebrauch machen. Ich möchte, dass Sie mit mir auf das Revier kommen. Dort gibt es einen Polizisten namens Guzik, und mit dem können Sie reden.«

»Ich habe nichts zu sagen«, sagte er. Er dachte einen Moment lang nach. »Sie sind kein Cop.«

»Nein.«

»Was ich Ihnen gesagt habe, hat nichts zu bedeuten.« Er atmete tief ein und richtete sich ein wenig in seinem Sessel auf. »Sie können nichts beweisen«, sagte er. »Gar nichts.«

»Vielleicht kann ich etwas beweisen und vielleicht auch nicht. Sie haben wahrscheinlich Fingerabdrücke in Paulas Apartment hinterlassen. Ich habe dafür gesorgt, dass die Wohnung versiegelt wurde, und vielleicht wird man dort Spuren von ihnen finden. Ich weiß nicht, ob Paula hier Fingerabdrücke hinterlassen hat oder nicht. Sie haben vermutlich alles abgewischt. Aber womöglich gibt es Nachbarn, die wissen, dass Sie mit ihr geschlafen haben, und vielleicht hat Sie jemand beobachtet, wie Sie in der betreffenden Nacht zwischen den Apartments hin und hergeeilt sind, und es ist nicht ausgeschlossen, dass ein Nachbar gehört hat, wie Sie beide miteinander kämpften, unmittelbar bevor sie aus dem Fenster gefallen ist. Wenn Polizisten wissen, wonach sie suchen müssen, Lane, werden sie es in der Regel früher oder später auch finden. Die Schwierigkeit ist zu wissen, wonach man suchen soll.

Aber darum geht es nicht einmal. Ziehen Sie Ihre Schuhe an, Lane. So ist es Recht. Nun werden wir Guzik aufsuchen, so heißt er, und er wird Sie über Ihre Rechte aufklären. Er wird Ihnen sagen, dass Sie das Recht haben zu schweigen, und das ist die Wahrheit, Lane, das ist ein Recht, das Sie haben. Und wenn Sie davon Gebrauch machen und sich einen vernünftigen Anwalt nehmen und das tun, was er Ihnen rät, dann können Sie davonkommen, Lane, das denke ich wirklich.«

»Warum sagen Sie mir das?«

»Warum?« Ich begann, mich müde und erschöpft zu fühlen, aber ich fuhr fort. »Weil zu schweigen das Schlimmste ist, was Sie tun könnten, Lane. Glauben Sie mir, es ist wirklich das Schlimmste, was Sie tun könnten. Wenn Sie klug sind, erzählen Sie Guzik alles, woran Sie sich erinnern können. Sie machen eine vollständige, freiwillige Aussage und lesen sie noch einmal durch, wenn sie abgetippt ist, und dann unterschreiben Sie sie.

Denn Sie sind nicht wirklich ein Mörder, Lane. Es fällt Ihnen nicht leicht. Wenn Cary McCloud Paula umgebracht hätte, hätte ihm das nicht einmal eine schlaflose Nacht bereitet. Aber Sie sind kein Soziopath. Sie standen unter Drogen und waren ein bisschen irre und Sie hatten Angst und haben etwas Falsches getan und es zehrt an Ihnen. Sie haben in dem Augenblick, als ich heute Abend hier hereinmarschiert bin, die Fassung verloren. Sie könnten es clever angehen lassen und der Verurteilung entgehen, Lane, aber im Endeffekt wird das nur dazu führen, dass Sie sich selbst geißeln.

Denn Sie leben hoch oben, Lane, und der Erdboden ist nur vier Sekunden entfernt. Und wenn Sie sich aus der Verantwortung stehlen, werden Sie immer daran denken müssen. Sie werden die Sache niemals abhaken können, und eines Tages oder eines Nachts werden Sie das Fenster öffnen und Sie werden hinausspringen, Lane. Sie werden sich an das Geräusch erinnern, das Paulas Körper machte, als er auf der Straße aufschlug–«

»Nein!«

Ich nahm seinen Arm. »Kommen Sie«, sagte ich. »Wir gehen zu Guzik.«

EINE KERZE FÜR DIE STADTSTREICHERIN

Er war ein dürrer junger Mann in einem blauen Nadelstreifenanzug. Sein Hemd war weiß und hatte einen Button-down-Kragen. Er trug eine Brille mit ovalen Gläsern in einem braunen Schildplattrahmen. Das Haar war dunkelbraun; kurz, aber nicht zu kurz, sorgfältig gekämmt und rechts gescheitelt. Ich bemerkte ihn, als er hereinkam, und beobachtete, wie er am Tresen eine Frage stellte. Billie arbeitete in dieser Woche an den Nachmittagen. Ich sah, wie Billie dem jungen Mann zunickte und dann seine schläfrigen Augen zu mir herüberwandern ließ. Ich senkte den Kopf und betrachtete die Tasse Kaffee mit einem Schuss Bourbon vor mir, während der Mann an meinen Tisch kam.

»Matthew Scudder?« Ich blickte zu ihm hoch und nickte. »Ich bin Aaron Creighton. Ich habe in Ihrem Hotel nach Ihnen gesucht. Der Mann an der Rezeption sagte mir, dass ich Sie hier finden könnte.«

»Hier« war Armstrong's, eine Kneipe in der 9th Avenue, gleich um die Ecke von meinem Hotel in der 57th Street. Die Mittagsmeute hatte sich verabschiedet, mit Ausnahme einiger Nachzügler im vorderen Bereich, deren Zungen vom Alkohol schwerer wurden. In den Straßen draußen herrschte Mai-Sonnenschein. Der Winter war kalt, dunkel und lang gewesen. Ich konnte mich nicht erinnern, wann mir ein Frühling jemals willkommener gewesen war.

»Ich habe letzte Woche ein paar Mal versucht, Sie telefonisch zu erreichen, Mr. Scudder. Ich vermute, Sie haben meine Nachrichten nicht bekommen.«

Ich hatte zwei davon bekommen und sie ignoriert, da ich weder wusste, wer er war, noch was er wollte, und nicht willig war, für die Antwort ein Zehn-Cent-Stück springen zu lassen. Aber ich spielte das Spiel mit. »Es ist ein billiges Hotel«, sagte ich. »Man hält es dort mit dem Ausrichten von Nachrichten nicht immer so genau.«

»Das kann ich mir vorstellen. Äh, gibt es einen Ort, an dem wir uns unterhalten können?«

»Wie wäre es mit hier?«

Er blickte sich um. Ich vermute, er war es nicht gewohnt, seine Geschäfte in einer Kneipe abzuwickeln, aber offenkundig entschied er, dass er eine Ausnahme machen konnte. Er stellte seine Aktentasche auf den Boden und nahm mir gegenüber auf der anderen Seite des Tisches Platz. Angela, die neue Tageskellnerin, eilte herbei, um seine Bestellung aufzunehmen. Er warf einen Blick auf meine Tasse und sagte, dass er auch gerne einen Kaffee hätte.

»Ich bin Anwalt«, sagte er. Mein erster Gedanke war, dass er nicht wie ein Strafverteidiger aussah, aber dann wurde mir klar, dass er sich wahrscheinlich mit Zivilsachen abgab. Meine Arbeit als Polizist hatte mir viel Erfahrung mit Strafverteidigern verschafft. Es gab sie in unterschiedlichen Sorten, er gehörte jedoch zu keiner von ihnen.

Ich wartete darauf, dass er mir sagen würde, warum er mich engagieren wollte. Aber dann verblüffte er mich.

»Ich wickle einen Nachlass ab«, sagte er. Er machte eine kurze Pause und schenkte mir ein zweckmäßiges, aber wohlwollendes Lächeln. »Ich habe die erfreuliche Pflicht, Ihnen mitteilen zu dürfen, dass Sie eine kleine Erbschaft gemacht haben, Mr. Scudder.«

»Jemand hat mir Geld vermacht?«

»Zwölfhundert Dollar.«

Wer konnte gestorben sein? Ich hatte schon seit langer Zeit keinen Kontakt mehr zu meinen Verwandten. Meine Eltern waren vor Jahren gestorben und wir hatten nie engen Kontakt zum Rest der Familie gehabt.

Ich fragte: »Wer–?«

»Mary Alice Redfield.«

Ich wiederholte den Namen laut. Er klang nicht völlig unbekannt, aber ich hatte keine Ahnung, wer Mary Alice Redfield sein konnte. Ich blickte Aaron Creighton an. Hinter der Brille konnte ich seine Augen nicht ausmachen, aber auf den Lippen deutete sich ein Lächeln an, als ob meine Reaktion nicht unerwartet gewesen wäre.

»Sie ist tot?«

»Seit fast drei Monaten.«

»Ich habe sie nicht gekannt.«

»Sie kannte Sie. Sie haben sie wahrscheinlich auch gekannt, Mr. Scudder. Vielleicht kannten Sie nur ihren Namen nicht.« Sein Lächeln wurde breiter. Angela hatte seinen Kaffee gebracht. Er gab Milch und Zucker hinein, rührte um, nahm einen Schluck und nickte anerkennend. »Miss Redfield wurde umgebracht.« Er sagte es, als hätte er Übung darin bekommen, eine Phrase auszusprechen, die ihm nicht völlig natürlich über die Lippen kam. »Sie wurde Ende Februar auf ziemlich brutale Weise und ohne ersichtlichen Grund ermordet, ein weiteres unschuldiges Opfer der Straßenkriminalität.«

»Sie hat in New York gelebt?«

»Oh ja. In diesem Viertel.«

»Und sie wurde hier umgebracht?«

»In der West 55th Street zwischen 9th und 10th Avenue. Ihre Leiche wurde in einer Gasse gefunden. Man hat mehrmals auf sie eingestochen und sie mit ihrem eigenen Schal erdrosselt.«

Ende Februar. Mary Alice Redfield. West 55th Street zwischen 9th und 10th Avenue. Ein schändlicher Mord. Eine tote Frau in einer Gasse, erstochen und erdrosselt. Normalerweise hielt ich mich über Morde auf dem Laufenden, vielleicht war das ein Relikt meiner Zeit im Polizeidienst. Vielleicht konnte ich aber einfach auch nicht damit aufhören, von der Unmenschlichkeit der Menschen gegenüber anderen Menschen fasziniert zu sein. Mary Alice Redfield hatte mir zwölfhundert Dollar hinterlassen. Und jemand hatte sie erstochen und erdrosselt, und–

»Mein Gott«, sagte ich. »Die Stadtstreicherin.«

Aaron Creighton nickte.

New York ist voll von ihnen. Egal ob East Side oder West Side, jedes Viertel hat sein eigenes Kontingent an Stadtstreicherinnen. Einige von ihnen sind Alkoholikerinnen, aber die meisten haben ohne die Hilfe von Hochprozentigem den Verstand verloren. Sie gehen auf den Straßen, kauern auf Treppen oder in Hauseingängen. Sie finden Predigten, die in Stein gemeißelt sind, und Schätze in Mülltonnen. Sie reden mit sich selbst, mit Passanten, mit Gott. Manchmal murmeln sie. Ab und zu kreischen sie.

Sie schleppen ihre Sachen mit sich herum, diese Stadtstreicherinnen. Die

Einkaufstüten sind der gemeinsame Nenner. Die meisten von ihnen scheinen paranoid zu sein, und in ihrem Wahn sind sie davon überzeugt, dass ihre Besitztümer sehr wertvoll sind und ihre Feinde es darauf abgesehen haben. Deshalb lassen sie die Einkaufstüten nie aus den Augen.

Es hatte eine Kolonie dieser Damen gegeben, die sich in der Grand Central Station angesiedelt hatte. Sie saßen die ganze Nacht über im Wartesaal und suchten bisweilen einzeln die Toilette auf. Sie sprachen kaum miteinander, aber irgendeine Art von Gruppentrieb sorgte dafür, dass sie sich miteinander wohlfühlten. Allerdings war das Wohlgefühl nicht so stark, dass sie ihre kostbaren Tüten anderen zur Aufbewahrung überlassen hätten, weshalb jede einzelne, bedauernswerte Verrückte ihre Einkaufstüten mit auf die Toilette schleppte und wieder zurück.

Mary Alice Redfield war so eine Stadtstreicherin gewesen. Ich wusste nicht, wann sie sich im Viertel niedergelassen hatte. Seit ich den Polizeidienst quittiert und mich von meiner Frau und meinen Söhnen getrennt hatte, lebte ich im selben Hotel, und das waren jetzt schon einige Jahre. War Miss Redfield schon so lange in der Gegend gewesen? Ich konnte mich nicht erinnern, wann ich ihr zum ersten Mal begegnet war. Wie so vieles anderes festes Inventar des Viertels war sie Teil der Kulisse gewesen. Wäre ihr Tod nicht so brutal und plötzlich gewesen, hätte ich vielleicht niemals bemerkt, dass sie nicht mehr hier war.

Ich hatte ihren Namen nicht gekannt. Aber offenbar hatte sie meinen gekannt und etwas für mich gefühlt, das sie dazu veranlasst hatte, mir Geld zu hinterlassen. Warum hatte sie überhaupt Geld zum Vererben gehabt?

Sie war einer Art von Geschäft nachgegangen. Sie hatte, umgeben von drei oder vier Einkaufstüten, auf einer Getränkekiste aus Holz gesessen und Zeitungen verkauft. An der Ecke 57th Street und 8th Avenue gibt es einen Zeitungsstand, der die ganze Nacht über geöffnet ist. Dort kaufte sie ein paar Dutzend Zeitungen, trug sie einen Block in westlicher Richtung bis zur Kreuzung mit der 9th Avenue und öffnete ihren Laden in einem Hauseingang. Sie verkaufte die Zeitungen zum Einkaufspreis, auch wenn ich vermute, dass sie manchmal ein paar Cent Trinkgeld bekam. Ich konnte mich selbst an mehrere Gelegenheiten erinnern, bei denen ich eine Zeitung von ihr kaufte und das Wechselgeld für meinen Dollarschein ablehnte. Brot, das über das Wasser fährt? Vielleicht, wenn es das war, was sie dazu veranlasst hatte, mir das Geld zu hinterlassen.

Ich schloss die Augen und versuchte, sie mir vor meinem inneren Auge in Erinnerung zu rufen. Eine untersetzte Frau, eher stämmig als dick. Um die eins sechzig groß. Normalerweise in unförmiger Kleidung; farblose graue und schwarze Kleidungsstücke, je nach Jahreszeit in unterschiedlich vielen Schichten. Ich erinnerte mich daran, dass sie manchmal einen Hut getragen hatte, ein altes Stück aus Stroh, in dem Papier- und Plastikblumen steckten. Und ich erinnerte mich an ihre Augen, große und arglose blaue Augen, die viele Jahre jünger waren als der Rest von ihr.

Mary Alice Redfield.

»Familienvermögen«, sagte Aaron Creighton. »Sie war nicht reich, aber sie stammte aus einer wohlsituierten Familie. Eine Bank in Baltimore hat sich um ihr Geld gekümmert. Von dort stammte sie ursprünglich, aus Baltimore, wobei sie schon länger, als sich irgendjemand erinnern kann, in New York gelebt hat. Die Bank hat ihr jeden Monat einen Scheck geschickt. Nicht sehr viel, ein paar hundert Dollar, aber sie hat kaum etwas davon ausgegeben. Sie hat ihre Miete bezahlt–«

»Ich dachte, sie hat auf der Straße gelebt?«

»Nein, sie hatte ein möbliertes Zimmer in einem Haus etwas weiter die Straße entlang von der Stelle, an der sie umgebracht wurde. Zuvor hatte sie in einem Wohnheim in der 10th Avenue gelebt, aber sie ist umgezogen, als dieses Gebäude verkauft wurde. Das war vor sechs oder sieben Jahren, und von da an bis zu ihrem Tod hat sie in der 55th Street gewohnt. Das Zimmer kostete sie achtzig Dollar im Monat. Das einzige Geld in ihrem Zimmer war in einer Kaffeedose, sie war voller Ein-Cent-Stücke. Ich habe mich bei den Banken erkundigt, aber sie scheint nirgendwo ein Sparbuch gehabt zu haben. Ich vermute, sie hat das Geld ausgegeben, verloren oder verschenkt. Sie war nicht sehr fest in der Realität verankert.«

»Nein, vermutlich nicht.«

Er nippte an seinem Kaffee. »Wahrscheinlich hätte sie in eine geschlossene Einrichtung gehört«, sagte er. »Zumindest ist es das, was die Leute sagen würden, aber sie kam in der Welt da draußen zurecht, sie hat sich durchgeschlagen. Ich weiß nicht, ob sie auf Körperpflege geachtet hat, und ich habe keine Ahnung, wie ihr Gehirn funktioniert hat, aber ich denke, dass sie glücklicher war, als sie es in einer Einrichtung gewesen wäre. Meinen Sie nicht auch?«

»Wahrscheinlich.«

»Natürlich war sie schutzlos, wie sich herausgestellt hat, aber in den Straßen New Yorks kann jeder einem Mord zum Opfer fallen.« Gedankenverloren runzelte er kurz die Stirn. Dann fuhr er fort: »Sie ist vor zehn Jahren in unsere Kanzlei gekommen. Das war noch vor meiner Zeit.« Er nannte den Namen seiner Kanzlei, eine Aneinanderreihung angelsächsischer Nachnamen. »Sie wollte ein Testament aufsetzen. Das ursprüngliche Testament war ein sehr einfaches Dokument, mit dem sie alles ihrer Schwester hinterließ. Dann kam sie im Laufe der Jahre hin und wieder zu uns, um Nachträge hinzuzufügen, mit denen sie verschiedenen Personen bestimmte Summen vermachte. Zum Zeitpunkt ihres Todes hatte sie insgesamt zweiunddreißig derartige Vermächtnisse hinzugefügt. Eines belief sich auf zwanzig Dollar – es war für einen Mann namens John Johnson, den wir noch nicht ausfindig machen konnten. Der Rest bewegt sich zwischen fünfhundert und zweitausend Dollar.« Er lächelte. »Mir wurde die Aufgabe zugeteilt, die Erben ausfindig zu machen.«

»Wann hat sie mich in ihr Testament aufgenommen?«

»Vor zwei Jahren im April.«

Ich versuchte, mich daran zu erinnern, was ich damals für sie getan haben konnte. Wie ich ihr Leben mit meinem in Berührung gebracht hatte. Nichts.

»Natürlich könnte man das Testament anfechten, Mr. Scudder. Es wäre leicht, Miss Redfields Geschäftsfähigkeit anzuzweifeln, und ein Verwandter könnte das Testament zweifellos für unwirksam erklären lassen. Aber niemand will es anfechten. Die Gesamtsumme, um die es sich handelt, beläuft sich auf etwas mehr als eine Viertelmillion Dollar–«

»So viel.«

»Ja. Miss Redfield hat sehr viel weniger bekommen, als ihre Besitztümer über die Jahre hinweg eingebracht haben. Deshalb ist das Kapital mit der Zeit gewachsen. Nun, die konkreten Vermächtnisse, die sie verfügt hat, belaufen sich auf insgesamt achtunddreißigtausend Dollar, plus/minus ein paar hundert Dollar, und der Rest des Nachlasses geht an Miss Redfields

Schwester. Bei der Schwester – eine gewisse Mrs. Palmer – handelt es sich um eine Witwe mit erwachsenen Kindern. Sie liegt mit Krebs, Herzproblemen und, soweit ich weiß, Diabetes-bedingten Komplikationen im Krankenhaus und hat nicht mehr lange zu leben. Ihre Kinder möchten, dass der Nachlass abgewickelt wird, bevor die Mutter stirbt, und sie haben genug lokalen Einfluss, dafür zu sorgen, dass der Erbschein sehr schnell ausgestellt wird. Deshalb bin ich autorisiert, Schecks über die volle Summe der jeweiligen Vermächtnisse auszustellen, wenn die Bedachten bereit sind, Generalquittungen zu unterschreiben, mit denen sie erklären, dass mit dieser Auszahlung jeglicher Anspruch auf weitere Zahlungen aus der Erbmasse an sie erlischt.«

Es gab noch mehr Juristenlatein, das jedoch weniger wichtig war. Dann legte er mir Papiere zur Unterschrift vor und die Prozedur endete damit, dass ein Scheck auf dem Tisch lag. Er war auf mich ausgestellt und belief sich auf zwölfhundert Dollar und null Cent.

Ich sagte Creighton, dass ich seinen Kaffee übernehmen würde.

Ich hatte noch Zeit, mir einen weiteren Drink zu gönnen und trotzdem rechtzeitig vor Schalterschluss zur Bank zu kommen. Ich ließ einen Teil von Mary Alice Redfields Vermächtnis meinem Sparbuch gutschreiben. Den Rest ließ ich mir in bar auszahlen und schickte davon Anita und den Jungs Geld per Postanweisung. Ich erkundigte mich in meinem Hotel, ob es Nachrichten für mich gab. Es gab keine. Ich genehmigte mir einen Drink im McGovern's und einen weiteren im Polly's Cage. Es war noch nicht mal fünf Uhr, aber in der Kneipe war schon einiges los.

Es wurde ein interessanter Abend. Ich aß beim Griechen zu Abend und las dabei die *Post*, dann suchte ich Joey Farrell's in der 58th Street auf. Schließlich fand ich mich gegen halb elf oder so wieder im Armstrong's ein. Ich verbrachte die Zeit dort zum Teil allein an dem Tisch, an dem ich normalerweise sitze, und zum Teil am Tresen im Gespräch. Ich achtete darauf, meine Drinks langsam zu trinken, mischte den Bourbon mit Kaffee und sorgte dafür, dass eine Tasse längere Zeit vorhielt. Zwischendurch trank ich sogar mehrmals ein Glas Wasser.

Aber so etwas funktioniert nie richtig. Wenn man es darauf anlegt, sich zu betrinken, schafft man es auch irgendwie. Die Hindernisse, die ich mir in den Weg legte, sorgten nur dafür, dass ich länger wach blieb. Um halb drei hatte ich vollbracht, was ich mir vorgenommen hatte. Ich hatte mir meinen Teil gegönnt und konnte nach Hause gehen, um den Rausch auszuschlafen.

Ich wachte gegen zehn auf. Mein Kater war nicht so stark, wie ich es verdient gehabt hätte, und ich konnte mich an nichts erinnern, was passiert war, nachdem ich das Armstrong's verlassen hatte. Ich lag in meinem eigenen Bett in meinem eigenen Hotelzimmer. Und meine Kleidung hing säuberlich im Schrank, was an einem Morgen danach immer ein gutes Zeichen ist. Aber ein gewisser Zeitabschnitt war meiner Erinnerung nicht zugänglich; er war gestrichen, verschwunden.

Als mir so etwas zum ersten Mal passierte, machte ich mir deswegen Sorgen. Aber es ist etwas, an das man sich gewöhnen kann.

Es war das Geld, die zwölfhundert Dollar. Ich konnte es nicht verstehen. Ich hatte nichts getan, um sie zu verdienen. Ich hatte sie von einer armen, kleinen, reichen Frau geerbt, deren Namen ich nicht einmal gekannt hatte.

Ich hatte nicht einen Moment lang daran gedacht, die Kohle abzulehnen. Schon früh während meiner Laufbahn als Polizist hatte ich einen wichtigen Grundsatz gelernt: Wenn einem jemand Geld in die Hand drückte, schloss man die Finger darum und steckte es in die Tasche. Ich hatte diese Lektion sehr gründlich gelernt und nie einen Grund gehabt, ihre Anwendung zu bereuen. Ich war nicht mit ausgestreckter Hand herumspaziert und hatte auch nie Geld in Verbindung mit Drogen oder Mord genommen, aber ich hatte mir alle sauberen Bestechungsgelder, die mir über den Weg liefen, geschnappt und noch einiges mehr, das einer genaueren Untersuchung nicht standgehalten hätte. Wenn Mary Alice der Ansicht war, dass ich zwölfhundert Dollar verdient hatte, wer war ich dann, das in Frage zu stellen?

Aber leider war es nicht ganz so einfach. Denn irgendwie nagte das Geld an mir.

Nach dem Frühstück ging ich zur St. Paul's Church, wo aber gerade ein Gottesdienst stattfand; ein Priester las die Messe, weshalb ich nicht dort blieb. Ich ging die 53rd Street bis zur St. Benedict the Moor's Church und saß dort ein paar Minuten lang in einer der hinteren Reihen. Ich besuche

Kirchen, um nachzudenken, und ließ es auf einen Versuch ankommen, aber mein Hirn wusste nicht, in welche Richtung es sich bewegen sollte.

Ich steckte sechs Zwanzig-Dollar-Scheine in die Almosenbüchse. Ich zahle meinen Zehnten. Das ist eine Gewohnheit, die ich annahm, nachdem ich den Dienst quittiert hatte, und ich weiß immer noch nicht, warum ich es mache. Gott allein weiß es. Oder vielleicht ist er genauso verblüfft wie ich. Diesmal besaß der Akt jedoch eine Art ausgleichender Gerechtigkeit: Mary Alice Redfield hatte mir aus für mich unerfindlichen Gründen zwölfhundert Dollar vermacht. Und aus ebenso unerfindlichen Gründen gab ich eine zehnprozentige Provision an die Kirche weiter.

Auf dem Weg nach draußen hielt ich an und zündete ein paar Kerzen für mehrere Personen an, die nicht mehr am Leben waren. Eine davon war für die Stadtstreicherin. Ich wusste zwar nicht, wie ihr das nutzen konnte, aber ich konnte mir auch nicht vorstellen, dass es ihr schaden würde.

Ich hatte damals mehrere Zeitungsberichte über den Mord gelesen. Normalerweise bleibe ich auf dem Laufenden, was Nachrichten über Verbrechen betrifft. Ein Teil von mir hat offenbar niemals damit aufgehört, Polizist zu sein. Nun ging ich zur Bibliothek in der 42nd Street, um mein Gedächtnis aufzufrischen.

Die *Times* hatte zwei kurze Artikel im hinteren Teil gebracht, zuerst einen Bericht über die Ermordung einer noch nicht identifizierten Obdachlosen, dann einen Folgeartikel, der ihren Namen und ihr Alter enthielt. Ich erfuhr, dass sie siebenundvierzig Jahre alt gewesen war. Das überraschte mich, und dann wurde mir klar, dass mich auch jede andere konkrete Zahl überrascht hätte. Penner und Stadtstreicherinnen haben kein Alter. Mary Alice Redfield hätte ebenso gut dreißig sein können wie sechzig, oder irgendetwas dazwischen.

In der *News* fand ich einen ausführlicheren Artikel als in der *Times*. Die Anzahl der Stichwunden war angegeben – ganze sechsundzwanzig – und der um ihren Hals gewickelte Schal wurde beschrieben: blau und weiß; ein Designerstück, das an den Rändern ausgefranst und offenbar von jemandem ausrangiert worden war. Ich erinnerte mich daran, dass ich damals diesen Artikel gelesen hatte.

Aber es war die *Post*, die wirklich Kapital aus der Geschichte geschlagen hatte. Der Mord hatte sich ereignet, kurz nachdem die Zeitung den Besitzer gewechselt hatte, und in der Folge hatten sich die Redakteure auf Geschichten, die das Leben schreibt, gestürzt. Und das läuft immer auf Sex und Gewalt hinaus. Der brutale Mord an einer Frau wurde beidem gerecht, und hier kam noch hinzu, dass sie eine »Type« war. Wenn man jemals erfahren hätte, dass es sich auch noch um eine wohlhabende Erbin gehandelt hatte, wäre es Stoff für Seite drei gewesen, aber auch ohne dieses Wissen schlachtete man die Sache gewaltig aus.

Beim ersten Artikel, der in der *Post* erschienen war, handelte es sich um reine Berichterstattung, obwohl der Text mit Beschreibungen des Bluts, der Kleidung, die Redfield getragen hatte, dem Müll in der Gasse, in der man sie gefunden hatte, und Ähnlichem ausgeschmückt war. Am nächsten Tag hatte ein Reporter auf die Tränendrüse gedrückt und eine Story verfasst, die kurze Interviews mit Bewohnern des Viertels enthielt. Nur wenige von ihnen wurden mit Namen genannt und ich hatte irgendwie das Gefühl, dass er sich ein paar tolle Zitate ausgedacht und sie namentlich nicht genannten, nicht existenten Mitläufern angedichtet hatte. In einer Seitenleiste zu diesem Artikel spekulierte ein anderer Reporter über die Möglichkeit einer ganzen Serie von Morden an Stadtstreicherinnen; eine Spekulation, die sich glücklicherweise als völlig aus der Luft gegriffen erwiesen hatte. Der Schreiberling war angeblich in der West Side herumspaziert und hatte Stadtstreicherinnen gefragt, ob sie sich davor fürchteten, das nächste Opfer des Mörders zu werden. Ich hoffte, dass er das Ganze nur erfunden und die Damen in Ruhe gelassen hatte.

Und das war es so ziemlich. Als der Mörder darauf verzichtete, noch einmal zuzuschlagen, begruben die Zeitungen die Geschichte. Gute Nachrichten sind keine Nachrichten.

Ich spazierte von der Bibliothek zurück. Es war herrliches Wetter. Der Wind hatte all den Mist aus dem Himmel geweht und es gab dort oben nichts außer Blau. Die Luft enthielt zur Abwechslung einmal Luft. Ich ging nach Westen auf der 42nd Street, dann nach Norden auf dem Broadway, und ich fing an, die ganzen Obdachlosen wahrzunehmen, die Betrunkenen und die

Verrückten und die nicht einzuordnenden Heruntergekommenen. Als ich mich der 57th Street bis auf ein paar Blocks genähert hatte, erkannte ich einen großen Teil von ihnen. Jede Nachbarschaft hat ihr eigenes menschliches Treibgut und wenn es Frühling wird, ist es sehr viel auffälliger. Im Winter begeben sich einige von ihnen in den Süden, andere suchen Obdachlosenunterkünfte auf und es gibt einen gewissen Prozentsatz, der an Unterkühlung stirbt. Aber wenn die Sonne beginnt, das Straßenpflaster zu wärmen, kommen die meisten von ihnen wieder zum Vorschein.

Als ich an der Ecke zur 8th Avenue anhielt, um eine Zeitung zu kaufen, brachte ich das Gespräch auf die Stadtstreicherin. Der Zeitungsverkäufer schnalzte mit der Zunge und schüttelte den Kopf. »Völlig unerklärlich. Wirklich völlig unerklärlich.«

»Ein Mord ergibt nie viel Sinn.«

»Zum Teufel mit dem Mord. Wissen Sie, was sie getan hat? Kennen Sie Eddie, den Typen, der von Mitternacht bis acht für mich arbeitet? Den mit dem herabhängenden Augenlid? Nun, er war nicht derjenige, der ihr normalerweise den Stapel Zeitungen verkauft hat. In der Regel war ich das. Sie kam immer am späten Morgen oder am frühen Nachmittag vorbei und nahm sich fünfzehn oder zwanzig Exemplare und bezahlte sie. Dann saß sie damit um die Ecke auf ihrer Kiste und verkaufte so viele davon, wie sie konnte. Später brachte sie den Rest zurück und ich erstattete ihr das Geld für die, die sie nicht verkauft hatte.«

»Wieviel hat sie für die Zeitungen bezahlt?«

»Den vollen Preis. Und dafür hat sie sie auch verkauft. Zum Teufel, ich kann auf Zeitungen keinen Rabatt geben. Sie kennen die Gewinnspanne, die wir haben. Ich soll sie nicht einmal zurücknehmen, aber welchen Unterschied macht es? So hatte die arme Frau wenigstens etwas zu tun, zumindest ist das meine Theorie. Sie fühlte sich wichtig, sie war eine Geschäftsfrau. Dasitzen und einen Vierteldollar für etwas verlangen, für das man selbst gerade einen Vierteldollar gezahlt hat, davon wird man nicht reich. Aber wissen Sie was? Sie hatte Geld. Hat wie ein Schwein gelebt, aber sie hatte Geld.«

»Davon habe ich gehört.«

»Sie hat Eddie siebenhundertzwanzig hinterlassen. Ist das zu fassen? Siebenhundertzwanzig Dollar hat sie ihm hinterlassen. Vor zwei, drei Wochen kam dieser Anwalt mit einem Scheck vorbei. Eddie Halloran. Zahlbar an.

Ist das zu fassen? Sie hatte nie etwas mit ihm zu tun gehabt. Ich hab ihr die Zeitungen verkauft, ich hab sie zurückgenommen. Nicht, dass ich mich beklagen möchte. Oder dass ich ihr Geld gewollt hätte, aber ich frage Sie: Warum Eddie? Er hat sie nicht gekannt. Er kann nicht glauben, dass sie seinen Namen gekannt hat, Eddie Halloran. Warum hat sie ihm das Geld hinterlassen? Er hat mit dem Anwalt gesprochen, hat ihm gesagt, dass sie vielleicht einen anderen Eddie Halloran gemeint hat. Es ist ein häufiger irischer Name und das Viertel ist voller Iren. Und ich denke für mich, Eddie, du Trottel, nimm das Geld und halt die Klappe, aber sie hat wirklich ihn gemeint, denn es steht so im Testament. Eddie Halloran, der Zeitungsverkäufer, steht da. Also ist er das, klar. Aber warum Eddie?«

Warum ich? »Vielleicht gefiel ihr sein Lächeln.«

»Ja, vielleicht. Oder seine Frisur. Hören Sie, es ist geschenktes Geld. Ich hatte Angst, dass er es verpulvern würde, dass er auf eine Sauftour gehen würde, aber er sagt, dass das Geld keine Versuchung für ihn darstellt. Er meint, dass er immer genug Geld für einen Drink in der Tasche hat und dass es in jedem Block eine Kneipe gibt, aber er kann einfach an ihnen vorbeigehen und warum sollte man sich dann wegen ein paar hundert Dollar Sorgen machen? Wissen Sie was? Diese verrückte Frau, ich sag Ihnen was, ich vermisse sie. Sie kam an mit diesem verrückten Hut auf dem Kopf und dem abgefahrenen Blick in den Augen, sie hat ihren Zeitungsstapel gekauft und ist ganz geschäftsmäßig davongewatschelt, dann hat sie den Rest zurückgebracht und das Geld zurückbekommen. Und ich hab Witze über sie gemacht, wenn sie außer Hörweite war, aber jetzt vermisse ich sie.«

»Ich verstehe, was Sie meinen.«

»Sie hat nie jemandem ein Leid zugefügt«, sagte er. »Sie hat nie einer Seele geschadet.«

»Mary Alice Redfield. Ja, mehrfache Stichwunden und Strangulation.« Er schob einen Batzen Kaugummi von einer Seite seines Mundes zur anderen, wischte sich eine Locke aus der Stirn und gähnte. »Was haben Sie zu bieten? Neue Informationen?«

»Nichts. Ich wollte herausfinden, was Sie wissen.«

»Ja, klar.«

Er bearbeitete den Kaugummi. Er war ein Streifenpolizist namens Andersen im Achtzehnten Revier. Ein anderer Polizist, ein Detective namens Guzik, hatte erfahren, dass Andersen mit dem Redfield-Fall betraut war, und sich die Mühe gemacht, den Kontakt zwischen uns herzustellen. Ich hatte Andersen nicht gekannt, als ich noch im Dienst war. Er war jünger als ich, aber heutzutage trifft das auf die meisten Cops zu.

Er sagte: »Die Sache ist die, Scudder, dass wir den Fall mehr oder weniger zur Seite gelegt haben. Es ist ein offener Fall. Sie wissen, wie das läuft. Wenn wir neue Informationen erhalten, ist es gut, aber in der Zwischenzeit verbringe ich nicht meine Nächte damit, wach zu sitzen und über ihn nachzudenken.«

»Ich wollte nur einen Blick auf das werfen, was Sie haben.«

»Nun, ich hab nicht allzu viel Zeit, wenn Sie verstehen, was ich meine. Meine eigene Zeit, ich lege einen gewissen Wert auf meine eigene Zeit.«

»Das kann ich verstehen.«

»Sie arbeiten vermutlich für irgendeinen Verwandten der Verstorbenen. Für jemanden, der wissen will, wer der armen alten Cousine Mary so etwas Schreckliches antun konnte. Natürlich interessieren Sie sich dafür, denn es ist eine Möglichkeit, ein paar Dollar zu verdienen, und man muss seinen Lebensunterhalt bestreiten. Egal, ob man ein Cop ist oder eine Zivilperson, man muss sein Auskommen haben, oder?«

Mhm. Ich glaube, mich daran erinnern zu können, dass wir zu meiner Zeit subtiler waren, aber vielleicht spricht da nur das Alter aus mir. Ich überlegte mir, ihm zu erklären, dass ich keinen Auftraggeber hatte, aber warum sollte er mir das glauben? Er kannte mich nicht. Wenn für ihn nichts heraussprang, warum sollte er sich die Mühe machen?

Deshalb sagte ich: »Wissen Sie, in ein paar Wochen ist Memorial Day.«

»Ja, ich werde eine Mohnblume von einem Vertreter der Amerikanischen Legion kaufen. Was gibt's sonst Neues?«

»Am Memorial Day fangen Frauen an, weiße Schuhe zu tragen, und Männer tragen Strohhüte auf den Köpfen. Haben Sie schon einen neuen Hut für den Sommer, Andersen? Denn Sie könnten einen gebrauchen.«

»Man kann immer einen neuen Hut gebrauchen«, sagte er.

Ein Hut bedeutet in der Polizistensprache fünfundzwanzig Dollar. Als ich das Revier verließ, war Andersen im Besitz von zwei Zehnern und einem

Fünfer aus dem Nachlass von Mary Alice Redfield und ich war im Besitz aller Informationen, die man bis jetzt hatte.

Ich denke, dass Andersen das bessere Geschäft gemacht hat. Ich wusste jetzt, dass es sich bei der Mordwaffe um ein etwa zwanzig Zentimeter langes Küchenmesser gehandelt hatte. Dass einer der Stiche ihr Herz gefunden und wahrscheinlich zu ihrem sofortigen Tod geführt hatte. Dass es unmöglich war zu bestimmen, ob die Strangulation vor oder nach ihrem Tod erfolgt war. Eigentlich hätte man dazu in der Lage sein sollen, aber entweder hatte der Gerichtsmediziner sich nicht allzu lange mit ihr beschäftigt oder vielleicht hatte er sich nicht festlegen wollen. Sie war bereits mehrere Stunden tot, als sie gefunden wurde – man schätzte, dass sie gegen Mitternacht gestorben war, und die Leiche wurde erst nach halb sechs gemeldet. Davon hätte sie nicht allzu unappetitlich werden sollen, vor allem nicht im Winter, aber vermutlich hatte Körperpflege nicht zu Redfields Stärken gehört. Und sie war nur eine Stadtstreicherin gewesen, und man konnte sie nicht mehr ins Leben zurückholen, also warum sich dann damit überschlagen, Untersuchungen an ihrem stinkenden Körper vorzunehmen?

Ich lernte noch ein paar andere Dinge. Den Namen ihrer Vermieterin. Den Namen des Barkeepers, der nach seiner Schicht und einem Absacker in der lokalen illegalen Kneipe auf dem Nachhauseweg die Leiche entdeckt hatte und der betrunken oder nüchtern genug gewesen war, um sie zu melden. Und ich erfuhr die Art von negativen Fakten, die in einem Polizeibericht zu finden sind, wenn es darauf hinausläuft, dass die Akte nicht geschlossen werden wird – die Handvoll von Nicht-Hinweisen, die nirgendwohin führten, die Zeugen, die nichts beizutragen hatten, die Routineaufgaben, die routiniert erledigt wurden. Sie hatten sich nicht überschlagen, Andersen und sein Partner, aber hätte ich es anders angepackt? Warum sollte man sich auf der Jagd nach einem Mörder überschlagen, wenn man sowieso kaum eine Chance hatte, ihn zu fassen?

Wenn in einem Gebäude in Manhattan möblierte Zimmer an Einzelpersonen vermietet werden, handelt es sich unweigerlich um ein Hotel oder Mehrfamilienhaus, das schon bessere Zeiten gesehen hat.

Mary Alice Redfields Zuhause für die letzten sechs oder sieben Jahre ihres

Lebens war ursprünglich um die Wende zum 20. Jahrhundert unter dem alten Gesetz für Mietshäuser gebaut worden. Es war sechs Stockwerke hoch, besaß eine Fassade aus rotbraunen Ziegelsteinen und hatte damals über vier Wohnungen pro Stockwerk verfügt. Nun waren all die kleinen Wohnungen in Einzelzimmer aufgeteilt, als hätte ein Wahnsinniger die Grenzen von Wahlkreisen manipuliert. Auf jedem Stockwerk gab es ein Gemeinschaftsbad, und man bedurfte keiner Landkarte, um es zu finden.

Die Managerin war eine Mrs. Larkin. Ihre Augen hatten den größten Teil ihrer blauen Farbe verloren und die Hälfte ihres Haars war grau statt schwarz, aber sie war noch immer ziemlich forsch. Falls sie als Vogel wiedergeboren werden sollte, dann als Hauszaunkönig.

Sie sagte: »Oh, die arme Mary. Niemand von uns ist sicher, nicht wahr, mit den Straßen voller Monster. Ich wurde in diesem Viertel geboren und ich werde hier sterben, aber ich kann nur hoffen, dass ich eines natürlichen Todes sterben werde. Arme Mary. Es gab Leute, die der Meinung waren, dass sie eingesperrt gehört, aber bei Gott, sie ist zurechtgekommen. Sie hat ihr Leben gelebt. Und sie hat jeden Monat ihren Scheck erhalten und pünktlich die Miete bezahlt. Sie hatte ihr eigenes Geld, müssen Sie wissen. Sie hat nicht auf Kosten der Allgemeinheit gelebt, wie andere, deren Namen ich nicht nennen möchte.«

»Ich weiß.«

»Möchten Sie ihr Zimmer sehen? Ich habe es seitdem bereits zweimal vermietet. Zunächst an einen jungen Mann, der nicht lange geblieben ist. Er hat normal gewirkt, aber als er ausgezogen ist, war ich trotzdem froh. Er hat behauptet, Matrose zu sein und gerade von einem Schiff zu kommen, und als er gegangen ist, hat er behauptet, auf einem anderen Schiff angeheuert zu haben und nach Hongkong oder so zu fahren. Aber ich habe schon jede Menge Matrosen hier gehabt und er ging nicht wie ein Matrose, weshalb ich nicht weiß, was er im Sinn hatte. Danach hätte ich das Zimmer ein Dutzend Mal vermieten können, aber ich habe es nicht getan, weil ich nicht an Farbige oder Hispanos vermiete. Ich habe nichts gegen die, aber ich will sie nicht im Haus haben. Der Besitzer hat mir gesagt: ›Mrs. Larkin, meine Anweisungen lauten, an jeden ohne Rücksicht auf Rasse, Glauben oder Hautfarbe zu vermieten, aber wenn Sie Ihr eigenes Urteilsvermögen gebrauchen, muss ich ja nichts davon wissen.‹ Anders gesagt, er will sie auch nicht hier haben, will sich aber absichern.«

»Ich vermute, das muss er tun.«

»Oh ja, bei all diesen Gesetzen. Aber ich hatte noch nie Probleme.« Sie legte den Zeigefinger neben ihre Nase. Das ist eine Geste, die man heutzutage nicht mehr allzu häufig sieht. »Dann hab ich vor zwei Wochen das Zimmer der armen Mary an eine sehr nette Frau vermietet, an eine Witwe. Sie mag ihr Bier, aber warum sollte sie das nicht tun? Ich behalte sie im Auge und sie macht keine Probleme. Und wenn sie ab und zu mal einen hebt, wen geht das etwas an außer sie selbst?« Sie fixierte mich mit ihren blaugrauen Augen. »Sie trinken auch gerne«, sagte sie.

»Riecht man das?«

»Nein, aber ich kann es in Ihrem Gesicht sehen. Mein Larkin hat gerne getrunken, und es gibt Leute, die behaupten, dass es ihn ins Grab gebracht hat. Aber er hat es genossen und jeder hat das Recht, sein Leben so zu leben, wie er möchte. Und er ist nie aus der Rolle gefallen, wenn er trank; er hat nie geflucht oder Streit gesucht oder eine Frau geschlagen wie andere, deren Namen ich jetzt nicht nennen möchte. Mrs. Shepard ist ausgegangen. Das ist die, die jetzt im Zimmer der armen Mary wohnt. Ich kann es Ihnen zeigen, wenn Sie möchten.«

Also sah ich mir das Zimmer an. Es wirkte ordentlich.

»Sie ist reinlicher als die arme Mary«, sagte Mrs. Larkin. »Nun, Mary war nicht schmuddelig, verstehen Sie, aber sie hatte all diese Sachen. Ihre Einkaufstüten und andere Dinge, die sie in ihrem Zimmer aufbewahrt hat. Sie hat ein richtiges Nest daraus gemacht und all die Jahre, die sie hier gewohnt hat, war es niemals richtig sauber. Ich hab ihr das Bett gemacht, aber sie wollte nicht, dass ich ihre Sachen anrühre, weshalb ich das Zimmer so in Unordnung gelassen habe, wie sie es wollte. Sie hat pünktlich die Miete gezahlt und auch ansonsten keine Probleme bereitet. Sie hatte Geld, müssen Sie wissen.«

»Ja, das weiß ich.«

»Sie hat etwas davon einer Frau im dritten Stock vermacht. Einer viel jüngeren Frau, die erst drei Monate vor Marys Tod eingezogen ist. Ich könnte nicht beschwören, dass sie überhaupt ein Wort mit Mary gewechselt hat, aber Mary hat ihr fast tausend Dollar hinterlassen. Nun, Mrs. Klein auf der

59

anderen Seite des Gangs hat schon hier gewohnt, bevor Mary eingezogen ist, und die beiden alten Damen hatten immer ein gutes Wort für einander übrig, und Mrs. Klein muss von der Sozialhilfe leben und sie hätte ein paar Dollar gut gebrauchen können, aber Mary hat ihr Geld stattdessen Miss Strom vermacht.« Sie hob die Augenbrauen, um ihre Verwunderung zum Ausdruck zu bringen. »Nun, Mrs. Klein hat nichts gesagt und ich weiß nicht einmal, ob sie daran gedacht hat, dass Mary sie in ihrem Testament erwähnt haben könnte, aber Miss Strom hat gesagt, dass sie nicht weiß, was sie davon halten soll. Sie konnte es absolut nicht verstehen und ich hab ihr erklärt, dass man eine Frau wie die arme Mary, die niemals mit beiden Beinen fest auf dem Boden gestanden hat, nicht verstehen kann. So gestört wie sie war, so bekloppt, wer kann da sagen, was sie sich dabei gedacht hat?«

»Kann ich mit Miss Strom sprechen?«

»Das müsste sie selbst entscheiden, aber sie ist noch nicht von der Arbeit nach Hause gekommen. Sie arbeitet Teilzeit an den Nachmittagen. Sie ist sehr verschlossen, wozu sie natürlich auch das Recht hat, und sie hat nie gesagt, was sie arbeitet. Aber sie ist anständig. Das hier ist ein anständiges Haus.«

»Da bin ich mir sicher.«

»Es sind Einzelzimmer und sie kosten nicht viel, also weiß man, dass man nicht im Ritz ist. Aber hier wohnen anständige Leute und ich halte das Haus so sauber wie möglich. Da es nur eine Toilette auf jedem Stockwerk gibt, ist das eine echte Herausforderung. Aber es ist ein anständiges Haus.«

»Ja.«

»Arme Mary. Warum würde jemand sie umbringen wollen? Wissen Sie, ob es um Sex ging? Nicht, dass ich mir vorstellen könnte, dass jemand welchen mit ihr haben wollte, dem alten Ding. Aber versuchen Sie mal, einen Verrückten zu verstehen, da wird man selbst verrückt. Wurde sie missbraucht?«

»Nein.«

»Dann wurde sie einfach ermordet. Oh, Gott schütze uns alle. Ich hab ihr fast sieben Jahre lang ein Zuhause geboten. Was natürlich nur meine Aufgabe war, das soll jetzt nicht nach Barmherzigkeit meinerseits klingen. Aber ich hatte sie die ganze Zeit hier und natürlich hab ich sie nie richtig gekannt, man kann so eine arme alte Seele ja gar nicht richtig kennen, aber ich hab mich an sie gewöhnt. Verstehen Sie, was ich meine?«

»Ich denke, ja.«

»Ich hab mich daran gewöhnt, dass sie hier war. Es kam vor, dass ich ›Hallo‹, ›Guten Morgen‹ oder ›Ist das nicht ein schöner Tag?« zu ihr sagte und nicht mal einen Blick als Reaktion bekam. Aber selbst an solchen Tagen war sie jemand Vertrautes, zu dem ich etwas sagen konnte. Und jetzt weilt sie nicht mehr unter uns und wir sind auch nicht mehr die Jüngsten, oder etwa nicht?«

»Ja, so ist es.«

»Armes altes Ding. Wie konnte jemand so etwas tun, können Sie mir das sagen? Wie konnte jemand sie ermorden?«

Ich denke nicht, dass sie eine Antwort von mir erwartete. Was auch gut so war. Denn ich hatte keine.

Nachdem ich zu Abend gegessen hatte, kehrte ich für ein kurzes Gespräch mit Genevieve Strom zurück. Sie hatte keine Ahnung, warum Miss Redfield ihr das Geld hinterlassen hatte. Sie hatte achthundertachtzig Dollar erhalten und war froh, sie bekommen zu haben, weil sie sie brauchen konnte. Aber die ganze Sache verblüffte sie. »Ich hab sie kaum gekannt«, sagte sie mehr als einmal. »Ich kann nicht aufhören zu denken, dass ich etwas Besonderes mit dem Geld machen sollte, aber was?«

Ich zog an diesem Abend durch die Kneipen, verspürte aber nicht jenen Drang zu trinken wie am Vorabend. Ich war in der Lage, es im Rahmen zu halten, und ich wusste, dass ich am nächsten Morgen ohne Gedächtnislücken aufwachen würde. Im Laufe des Abends begab ich mich kurz nach Mitternacht hinüber zu dem Zeitungsstand und sprach mit Eddie Halloran. Er sah gut aus, was ich ihm auch sagte. Ich erinnerte mich an ihn, wie er vor drei Jahren angefangen hatte, für Sid zu arbeiten. Damals war er abgehärmt und zittrig gewesen und seine Augen waren immer zur Seite gewandert, wenn er auf etwas blicken wollte. Nun strahlte seine Haltung Selbstvertrauen aus und er wirkte um Jahre jünger. Er war nicht völlig wiederhergestellt und vielleicht war ein Teil von ihm für immer verloren. Ich vermute, der Alkohol musste ihn ziemlich fest im Griff gehabt haben, bevor er sich entschloss, ein für alle Mal damit Schluss zu machen.

Wir sprachen über die Stadtstreicherin. Er sagte: »Weißt du, was ich denke? Jemand fegt die Straßen.«

»Ich kann dir nicht folgen.«

»Eine Säuberungsaktion. Vor ein paar Jahren, Matt, da gab es diese Bande von Kids, die einen neuen Weg gefunden hatten, sich zu amüsieren. Sie schnappten sich einen Benzinkanister, suchten sich einen Penner in der Bowery, schütteten das Benzin über ihn und warfen ein brennendes Streichholz auf ihn. Erinnerst du dich?«

»Ja, ich erinnere mich.«

»Diese Kids glaubten, dass sie Patrioten wären. Glaubten, sie hätten einen Orden verdient. Sie haben das Viertel gesäubert, dafür gesorgt, dass betrunkene Penner von der Straße verschwinden. Weißt du, Matt, die Leute mögen den Anblick von Obdachlosen nicht. Das Gebäude den Block entlang, das Towers? Dort gibt es dieses Abdeckgitter, wo die Luft aus der Heizanlage herauskommt. Du erinnerst dich bestimmt, wie die Kerle dort im Winter geschlafen haben. Es war warm, es war bequem, es war umsonst, und zwei oder drei Typen haben sich dort jede Nacht eine Mütze Schlaf gegönnt und sich aufgewärmt. Erinnerst du dich?«

»Mhm. Dann haben sie es eingezäunt.«

»Richtig. Weil die Bewohner sich beklagt haben. Es hat ihnen nicht wehgetan, es waren nur die lokalen Penner, die dort geschlafen haben, aber die Mieter bezahlen jede Menge Miete und haben keine Lust darauf, beim Betreten oder Verlassen des Gebäudes Penner sehen zu müssen. Die Penner waren draußen und haben niemanden belästigt, aber es war ihr Anblick, weißt du, und deshalb haben die Eigentümer Geld ausgegeben und die Stelle, an der sie schliefen, mit Maschendraht einzäunen lassen. Es sieht potthässlich aus und alles, was es tut, ist, die Penner fernzuhalten, aber das ist auch der einzige Zweck.«

»So sind die Menschen.«

Er nickte, bevor er sich kurz abwandte, um jemandem eine *Daily News* und eine *Racing Form* zu verkaufen. Dann sagte er: »Ich weiß nicht genau, woran es liegt. Ich war selbst ein Penner, Matt. Ich war ziemlich tief unten. Du weißt vermutlich nicht einmal, wie tief. Ich bin in der Bowery gelandet. Ich hab gebettelt und in meinen Kleidern auf einer Bank oder in einem Hauseingang geschlafen. Wenn man solche Männer sieht, denkt man, dass sie nur darauf warten zu sterben, und das tun sie auch, aber einige von ihnen schaffen es zurück. Und man kann nicht mit Sicherheit sagen, wer es zurückschaffen wird und wer nicht. Jemand hätte Benzin auf mich schütten und mich anzünden können. Heiliger Jesus.«

»Die Stadtstreicherin–«

»Man sieht einen Penner und sagt sich: ›Vielleicht könnte ich auch so enden, aber darüber will ich nicht nachdenken.‹ Oder man sieht jemanden wie die Stadtstreicherin und sagt: ›Ich könnte wie sie den Verstand verlieren, deshalb will ich sie nicht mehr sehen.‹ Und es gibt Leute, die wie die Nazis denken. Du weißt, all die Krüppel und die Verrückten und die behinderten Kinder und so einsammeln, ihnen eine Injektion verabreichen und auf Nimmerwiedersehen.«

»Und du denkst, das ist, was mit ihr passiert ist?«

»Was sonst?«

»Aber wer auch immer es getan hat, hat nach einem Mord aufgehört, Eddie.«

Er runzelte die Stirn. »Ergibt keinen Sinn«, sagte er. »Außer, wenn er einmal zugeschlagen hat und am nächsten Tag von einem Bus auf der 9th Avenue überfahren wurde, was niemand mehr verdient gehabt hätte. Oder er hat es mit der Angst bekommen. All das Blut, viel mehr, als er erwartet hatte. Oder er hat die Stadt verlassen. Könnte irgendwas von der Art sein.«

»Möglich.«

»Es gibt keinen anderen Grund, oder? Sie wurde umgebracht, weil sie eine Stadtstreicherin war, nicht wahr?«

»Ich weiß es nicht.«

»Nun, Herr im Himmel, Matt. Welchen anderen Grund sollte jemand gehabt haben, sie umzubringen?«

Die Anwaltskanzlei, für die Aaron Creighton arbeitete, hatte ihre Büros im sechsten Stock des Flatiron Building. Zusätzlich zu den vier Partnern standen noch die Namen von elf weiteren Anwälten auf der Mattglastür. Aaron Creightons Name war der zweite von unten. Nun, er war noch jung.

Er war außerdem überrascht, mich zu sehen, und als ich ihm erklärte, weshalb ich hier war, sagte er, dass das ungewöhnlich sei.

»Es handelt sich um frei zugängliche Daten, oder nicht?«

»Nun, ja«, sagte er. »Das bedeutet, dass Sie die Informationen finden können. Es heißt aber nicht, dass wir verpflichtet sind, sie Ihnen zu geben.«

Einen Moment lang dachte ich, mich wieder im Achtzehnten Revier zu befinden, wo ein Polizist mich um den Preis eines neuen Huts erleichtern wollte. Aber Creightons Vorbehalte waren ethischer Natur. Ich wollte eine Liste der von Mary Alice Redfield Begünstigten, einschließlich der Summen, die sie erhalten hatten, sowie des Datums, an dem sie dem Testament hinzugefügt worden waren. Er wusste nicht, wie er darauf reagieren sollte.

»Ich würde Ihnen gerne behilflich sein«, sagte er. »Vielleicht könnten Sie mir sagen, warum Sie sich dafür interessieren.«

»Ich bin mir nicht sicher.«

»Wie bitte?«

»Ich weiß nicht, warum ich mich damit beschäftige. Ich war früher Polizist, Mr. Creighton. Jetzt bin ich eine Art inoffizieller Detektiv. Ich habe keine Lizenz, aber ich erledige Dinge für andere und verdiene auf diese Weise genug, um mir ein Dach über dem Kopf leisten zu können.«

Seine Augen waren argwöhnisch. Vermutlich versuchte er zu erraten, wie ich aus der Geschichte noch mehr Kapital schlagen wollte.

»Ich habe aus heiterem Himmel zwölfhundert Dollar bekommen. Sie wurden mir von einer Frau hinterlassen, die ich nicht wirklich gekannt habe und die auch mich nicht wirklich gekannt hat. Ich kann irgendwie das Gefühl nicht loswerden, dass ich das Geld aus einem Grund erhalten habe. Das ich im Voraus bezahlt wurde.«

»Wofür bezahlt?«

»Um herauszufinden, wer sie umgebracht hat.«

»Oh«, sagte er. »*Oh.*«

»Ich habe nicht vor, die Erben zusammenzutrommeln, um das Testament anzufechten, falls das Ihre Befürchtung ist. Und ich glaube auch nicht wirklich, dass sie von einem der Begünstigten wegen des Geldes, das sie ihm hinterlassen hat, ermordet wurde. Zum einen, weil sie den Leuten nicht gesagt hat, dass sie in ihrem Testament erwähnt werden. Sie hat nie irgendwas zu mir gesagt, ebenso wenig wie zu den anderen beiden Personen, mit denen ich bislang gesprochen habe. Zum anderen, weil es nicht die Sorte Mord war, die aus finanziellen Motiven begangen wird. Der Mord war vorsätzlich brutal.«

»Und warum wollen Sie dann wissen, wer die anderen Begünstigten sind?«

»Ich weiß es nicht. Zum Teil ist es wohl auf meine Polizeiausbildung zurückzuführen. Wenn man bestimmte Spuren hat, unumstößliche Tatsachen, dann schaut man sie sich an, bevor man ein weiteres Netz auswirft. Aber das ist nur ein Teil. Ich vermute, ich möchte auch eine bessere Vorstellung davon bekommen, wer diese Frau war. Realistisch betrachtet ist das vermutlich sowieso das Einzige, was ich zu erreichen hoffen kann. Ich habe keine allzu großen Chancen, ihrem Mörder auf die Spur zu kommen.«

»Die Polizei scheint nicht sehr weit damit gekommen zu sein.«

Ich nickte. »Ich glaube nicht, dass man sich übermäßig angestrengt hat. Ich bezweifle, dass man von ihrem Nachlass wusste. Ich habe mit einem der Polizisten gesprochen, die mit dem Fall befasst waren, und wenn er es gewusst hätte, hätte er es bestimmt erwähnt. Es stand nichts in der Akte. Meine Vermutung ist, dass man darauf gewartet hat, dass ihr Mörder noch weitere Morde begeht, damit man etwas Konkretes hat, mit dem sich arbeiten lässt. Es war die Art von sinnloser Tat, die normalerweise eine Wiederholung findet.« Ich schloss einen Moment lang die Augen, um einen verirrten Gedanken zu erhaschen. »Aber es gab keine Wiederholung«, sagte ich. »Deshalb hat man den Fall zurückgestellt, und dann hat man ihn ganz von der Tagesordnung genommen.«

»Ich weiß nicht viel über Polizeiarbeit. Ich befasse mich größtenteils mit Nachlässen und Stiftungen.« Er versuchte zu lächeln. »Die meisten meiner Klienten sterben eines natürlichen Todes. Mord ist die Ausnahme.«

»Das ist er im Allgemeinen. Ich werde den Mörder wahrscheinlich nie aufspüren. Ich erwarte sicherlich nicht, dass ich ihn finden werde. Er hat sie einfach getötet und ist verschwunden, und es geschah vor mehreren Monaten. Es könnte ein Matrose auf Landgang gewesen sein; er hat sich zugeschüttet und ist durchgedreht, und jetzt ist er in Macao oder Port-au-Prince. Keine Zeugen, keine Hinweise, kein Verdächtiger und die Spur ist jetzt schon drei Monate kalt. Es ist durchaus anzunehmen, dass der Mörder sich nicht an seine Tat erinnert. Viele Morde geschehen während eines Blackouts.«

»Blackout?« Er runzelte die Stirn. »Sie meinen nicht während eines Stromausfalls, oder?«

»Blackout wegen Alkohol. Die Gefängnisse sind voll mit Männern, die sich betrunken und ihre Frauen oder besten Freunde erschossen haben. Nun sitzen sie für Jahrzehnte für etwas hinter Gittern, an das sie sich nicht erinnern können. Absoluter Gedächtnisausfall.«

Der Gedanke beunruhigte ihn. Er sah jetzt besonders jung aus. »Das ist beängstigend«, sagte er. »Wirklich furchterregend.«

»Ja.«

»Ich hatte mir ursprünglich überlegt, Strafrecht zu studieren. Mein Onkel Jack hat es mir ausgeredet. Er sagte: ›Entweder wirst du verhungern oder du wirst deine Zeit damit verbringen, Berufsverbrechern zu helfen, das System zu überlisten.‹ Er sagte, dass das der einzige Weg sei, wie man als Strafverteidiger gutes Geld verdienen könnte, und dass man dann etwas tun würde, das unangenehm und im Grunde unmoralisch sei. Natürlich gibt es ein paar Superstars unter den Strafverteidigern, die Asse, die jeder kennt, aber auf die anderen fünfundneunzig Prozent trifft das zu, was Onkel Jack gesagt hat.«

»Davon gehe ich aus, ja.«

»Ich denke, dass ich die richtige Entscheidung getroffen habe.« Er nahm seine Brille ab und untersuchte sie. Er entschied, dass die Gläser sauber genug waren, und setzte sie wieder auf. »Manchmal bin ich mir allerdings nicht so sicher«, sagte er. »Manchmal komme ich ins Grübeln. Ich werde Ihnen die Liste geben. Vermutlich sollte ich mich bei jemandem erkundigen, ob das in Ordnung geht, aber das werde ich mir sparen. Sie kennen Anwälte. Wenn man sie fragt, ob es richtig ist, etwas zu tun, erhält man als Antwort automatisch ein Nein. Denn nichts zu tun ist immer sicherer, als etwas zu tun, und man kann nicht wegen schlechten Rats in Schwierigkeiten geraten, wenn man jemandem sagt, dass er auf seinen vier Buchstaben sitzen bleiben und nichts tun soll. Ich übertreibe. Die meiste Zeit über mag ich das, was ich tue, und bin stolz auf meinen Beruf. Es wird ein paar Minuten dauern. Wollen Sie so lange einen Kaffee trinken?«

Seine Sekretärin brachte mir eine Tasse, schwarz, ohne Zucker. Und ohne Bourbon. Als ich den Kaffee getrunken hatte, war die Liste fertig.

»Wenn es sonst noch etwas gibt, das ich tun kann–«

Ich sagte ihm, dass ich es ihn wissen lassen würde. Er brachte mich zum Aufzug, wartete, bis die Kabine hochgehechelt war, und schüttelte mir die Hand. Ich beobachtete, wie er sich umdrehte und in sein Büro zurückging. Ich hatte das Gefühl, dass er lieber mit mir gekommen wäre. In ein oder zwei Tagen würde er seine Meinung wieder ändern, aber in diesem Augenblick schien er nicht allzu versessen auf seinen Job zu sein.

Die nächste Woche war merkwürdig. Ich arbeitete die Liste ab, die Aaron Creighton mir gegeben hatte. Ich wusste, dass das, was ich tat, im Grunde genommen sinnlos war, verspürte aber trotzdem den Drang, es zu tun.

Es gab zweiunddreißig Namen auf der Liste. Ich hakte meinen eigenen und die von Eddie Halloran und Genevieve Strom ab. Außerdem versah ich noch die Namen von sechs Personen, die außerhalb New Yorks lebten, mit Haken. Dann widmete ich mich den verbliebenen dreiundzwanzig Erben. Creighton hatte den größten Teil der Vorarbeit für mich geleistet und Adressen zu fast allen Namen gefunden. Er hatte das Datum, an dem der jeweilige Nachlass hinzugefügt worden war, vermerkt. Dadurch war ich in der Lage, die Liste in umgekehrter chronologischer Reihenfolge in Angriff zu nehmen und mit den Personen zu beginnen, die zuletzt zu Begünstigten geworden waren. Wenn das eine Methode war, dann wohnte ihr ein gewisser Wahnsinn inne; sie basierte auf der Annahme, dass es umso wahrscheinlicher war, dass eine Person für Geld morden würde, je später sie hinzugefügt worden war – und ich hatte ja bereits ausgeschlossen, dass es sich um diese Art von Mord handelte.

Nun, es gab mir etwas zu tun. Und es führte zu ein paar interessanten Gesprächen. Wenn es bei den Leuten, die Mary Alice Redfield bedacht hatte, einen gemeinsamen Nenner gab, war mein Hirn nicht scharfsinnig genug, ihn zu erkennen. Sie unterschieden sich im Alter, hinsichtlich der ethnischen Herkunft, in Geschlecht und sexueller Orientierung, im Lebensstandard. Die meisten von ihnen waren über die Großzügigkeit der Stadtstreicherin ebenso verblüfft wie Eddie, Genevieve und ich, aber ab und zu traf ich auf jemanden, der sie auf einen von ihm vollbrachten Akt der Güte zurückführte. Und es gab einen jungen Mann namens Jerry Fogash, der daran nicht den geringsten Zweifel hegte. Er war eine Art Jesusjünger und hatte Mary ein paar Traktate sowie einen Anstecker mit der Aufschrift »Sei klug – lass dich retten!« gegeben, vermutlich den Zwilling von dem, den er selbst an der Brusttasche seines Chambray-Hemds trug. Ich vermute, sie hatte Fogashs Geschenke in einer ihrer Einkaufstüten verstaut.

»Ich habe ihr gesagt, dass Jesus sie liebt«, sagte er. »Und ich vermute, so wurde ihre Seele für Gott gewonnen. Selbstverständlich war sie dankbar. Lass dein Brot über das Wasser fahren, Mr. Scudder. Bruder Matthew. Wissen Sie, dass es einen Jünger von Jesus namens Matthäus gab?«

»Ich weiß.«

Er teilte mir mit, dass Jesus mich liebte und dass ich klug werden sollte, um gerettet zu werden. Es gelang mir zu vermeiden, einen Anstecker zu erhalten, aber ich musste ein paar Traktate entgegennehmen. Ich hatte keine Einkaufstüte, weshalb ich sie in meine Tasche steckte, und ein paar Tage später las ich sie, bevor ich zu Bett ging. Sie gewannen meine Seele nicht für Gott, aber man kann ja nie wissen.

Ich arbeitete nicht die ganze Liste ab. Es gab Leute, die schwer aufzuspüren waren, und ich strengte mich nicht übermäßig an. Es war nicht diese Art von Fall. Genaugenommen war es überhaupt kein Fall, nur eine Besessenheit, und es gab keinen Grund für einen Wettlauf mit der Uhr. Oder dem Kalender. Wenn überhaupt, dann zögerte ich damit, die Namen auf der Liste alle abzuhaken. Denn wenn ich keine Namen mehr hatte, musste ich einen anderen Weg finden, den Mord an der Frau zu untersuchen, und ich hatte keinerlei Ahnung, wie ich das anfangen sollte.

Während ich mich damit beschäftigte, ereignete sich etwas Seltsames. Es sprach sich herum, dass ich den Tod der Stadtstreicherin untersuchte, und das gesamte Viertel begann, sich mit Mary Alice Redfield zu befassen. Leute fingen an, mich aufzusuchen. Vordergründig hatten sie Informationen, die sie an mich weitergeben wollten, oder sie wollten mir ihre Theorien mitteilen, aber weder die Informationen noch die Theorien schienen jemals auf etwas Konkretes hinauszulaufen. Ich begann zu verstehen, dass es sich immer nur um den Auftakt zu einer Unterhaltung handelte. Jemand würde damit anfangen, dass er gesehen hatte, wie Mary am Nachmittag vor ihrer

Ermordung die *Post* verkauft hatte, und das würde als Einstieg in eine Diskussion über diese Stadtstreicherin, über Stadtstreicherinnen im Allgemeinen, über die verschiedenen Besonderheiten des Viertels, über Gewalt im Alltag Amerikas oder was auch immer dienen.

Eine Menge Leute fingen damit an, über die Stadtstreicherin zu reden, und sprachen dann über sich selbst. Ich vermute, viele Gespräche laufen auf diese Weise ab.

Eine Krankenschwester aus dem Roosevelt Hospital gestand mir, dass sie niemals die Stadtstreicherin hatte sehen können, ohne dass ihr eine innere Stimme *»Ohne Gottes Gnade könnte ich an ihrer Stelle sein«* zuflüsterte. Und sie war nicht die einzige Frau, die mir sagte, dass sie sich Sorgen machte, genauso enden zu können. Wahrscheinlich ist das ein Schreckgespenst, das alleinstehenden Frauen Angst einjagt, ebenso wie sich in den Augenwinkeln der harten Trinker die Vision der Obdachlosen in der Bowery findet.

Eines Abends erschien Genevieve Strom im Armstrong's. Wir sprachen kurz über die Stadtstreicherin. Zwei Tage später tauchte sie wieder auf und wir verschwendeten unsere Erbschaften darauf, uns abwechselnd Runden auszugeben. Die Drinks setzten ihr ziemlich zu und kurz nach Mitternacht entschied sie, dass es an der Zeit war, nach Hause zu gehen. Ich sagte, dass ich sie begleiten würde. An der Ecke zur 57th Street hielt sie plötzlich an und sagte: »Kein Männerbesuch auf den Zimmern. Das ist eine von Mrs. Larkins Regeln.«

»Sie ist etwas altmodisch, oder?«

»Sie führt ein *aaan*ständiges Etablissement.« Ihr nachgeahmter irischer Akzent war ausgeprägter als der der Hauswirtin. Ihre Augen, die im Licht der Straßenlaternen schwer zu lesen waren, blickten hoch in meine. »Bring mich irgendwohin.«

Ich nahm sie mit in mein Hotel, ein weniger anständiges Etablissement als das von Mrs. Larkin. Wir gaben uns gegenseitig nur wenig, aber wir verletzten einander nicht, und es war besser, als allein zu sein.

An einem anderen Abend traf ich Barry Mosedale im Polly's Cage. Er erzählte mir, dass es im Kid Gloves einen Sänger gab, der einen Song über die

Stadtstreicherin geschrieben hatte. »Ich kann herausfinden, wie man ihn erreichen kann«, bot er an.

»Ist er jetzt dort?«

Er nickte und warf einen Blick auf seine Armbanduhr. »Er hat in fünfzehn Minuten seinen Auftritt. Du willst doch nicht etwa hingehen?«

»Warum nicht?«

»Das ist nicht unbedingt deine Art von Publikum, Matt.«

»Cops gehen überall hin.«

»In der Tat tun sie das, und sie sind auch überall willkommen, nicht wahr? Lass mich nur schnell austrinken, dann komme ich mit dir, wenn du einverstanden bist. Du brauchst jemanden, der dir unmoralischen Beistand leistet.«

Das Kid Gloves ist eine Schwulenkneipe in der 56th Street westlich der 9th Avenue. Die Einrichtung schreit ein bisschen zu sehr nach Schwulenbewegung. Es gibt eine kleine, erhöhte Bühne, ein paar Tische, ein Klavier, eine laute Jukebox. Barry Mosedale und ich standen am Tresen. Ich war nicht zum ersten Mal hier und hütete mich deshalb davor, Kaffee zu bestellen. Ich trank den Bourbon pur. Barry hatte seinen auf Eis mit einem Schuss Wasser.

Als ich den Bourbon zur Hälfte getrunken hatte, wurde Gordon Lurie angekündigt. Er trug enge Jeans und ein geblümtes Hemd, saß auf einem Klappstuhl auf der Bühne und sang selbstkomponierte Balladen, zu denen er sich auf der Gitarre begleitete. Ich weiß nicht, ob er gut war oder nicht. Für mich hörte es sich so an, als hätten alle seine Lieder die gleiche Melodie, aber vielleicht schien das nur so, weil der Stil immer derselbe war. Ich besitze kein sonderlich gutes Gehör.

Nach einem Song über eine Sommerliebe in Amsterdam kündigte Gordon Lurie an, das nächste Lied sei dem Andenken von Mary Alice Redfield gewidmet. Dann sang er:

> »*She's a shopping bag lady who lives on the sidewalks of Broadway*
> *Wearing all of her clothes and her years on her back*
> *Toting dead dreams in an old paper sack*
> *Searching the trash cans for something she lost here on Broadway –*
> *Shopping bag lady ...*

You'd never know but she once was an actress on Broadway
Speaking the words that they stuffed in her head
Reciting the lines of the life that she led
Thrilling her fans and her friends and her lovers on Broadway –
Shopping bag lady ...

There are demons who lurk in the corners of minds and of Broadway
And after the omens and portents and signs
Came the day she forgot to remember her lines
Put her life on a leash and took it out walking on Broadway –
Shopping bag lady ...«

Es gab noch ein paar weitere Strophen über die Stadtstreicherin, die einmal eine gefeierte Broadway-Schauspielerin gewesen war. In dem Song fand sie ihr Ende ermordet in einem Hauseingang, gestorben bei der Verteidigung der »alten Schätze aus den Mülleimern hier auf dem Broadway.« Das Lied kam gut an und erhielt mehr Applaus als die anderen, die Lurie zuvor gesungen hatte.

Ich fragte Barry, was er über Gordon Lurie wusste.

»Ich weiß nicht viel mehr als du«, antwortete er. »Er hat am Dienstag hier angefangen. Ich persönlich finde ihn lau. Weder überwältigend noch lausig, sondern irgendwo dazwischen.«

»Mary Alice hat sich nicht oft auf dem Broadway herumgetrieben. Ich hab sie nie weiter als einen Block von der 9th Avenue entfernt gesehen.«

»Künstlerische Freiheit, da bin ich mir sicher. Dem Song würde das gewisse Etwas fehlen, wenn er von der 9th Avenue und nicht vom Broadway gesungen hätte. So wie es jetzt ist, hört es sich ein bisschen nach ›Rhinestone Cowboy‹ an.«

»Wohnt Lurie hier in der Gegend?«

»Ich weiß nicht, wo er wohnt. Ich hab den Eindruck, dass er aus Kanada ist. Wie so viele heutzutage. Früher war niemand aus Kanada und heute ist einfach jeder aus Kanada. Ich bin mir sicher, dass es sich dabei um einen Virus handelt.«

Wir hörten uns den Rest von Luries Auftritt an. Dann beugte Barry sich vor und quasselte mit dem Barkeeper, um herauszufinden, wie ich hinter die

Bühne gelangen konnte. Es gelang mir, den Weg dorthin zu finden, was im Kid Gloves als Künstlergarderobe galt. In einer früheren Inkarnation musste es sich um eine Damentoilette gehandelt haben.

Ich ging mit der Meinung hinein, einen Durchbruch erzielt zu haben – Lurie hatte sie umgebracht und nun verarbeitete er seine Schuldgefühle, indem er über sie sang. Ich denke nicht, dass ich das wirklich glaubte, aber es verlieh mir Richtung und Schwung.

Ich nannte ihm meinen Namen und erklärte, dass ich mich für seine Musik interessierte. Er wollte wissen, ob ich von einer Plattenfirma kam. »Stehe ich an der Schwelle zu einer großen Chance? Werde ich nach vielen Jahren harter Arbeit ein Überraschungserfolg werden?«

Wir verließen den winzigen Raum und dann durch eine Seitentür die Kneipe. Drei Häuser weiter setzten wir uns in einem Café in eine enge Nische. Er bestellte sich einen griechischen Salat und wir tranken beide Kaffee.

Ich sagte ihm, dass ich mich für seinen Song über die Stadtstreicherin interessierte.

Er strahlte. »Oh, gefällt er Ihnen? Ich persönlich bin der Ansicht, dass es das Beste ist, was ich jemals geschrieben habe. Ich hab den Song erst vor ein paar Tagen geschrieben. Am Dienstag bin ich zum ersten Mal nebenan aufgetreten. Ich bin vor drei Wochen nach New York gekommen und war für zwei Wochen im West Village engagiert. Ein Laden namens David's Table. Kennen Sie den?«

»Ich denke nicht.«

»Eine weitere Station auf der Schwulenkneipentour. Entweder gibt es keine Heteros in New York oder sie gehen nicht in Nachtclubs. Aber ich hab dort zwei Wochen lang gespielt und dann bin ich das erste Mal im Kid Gloves aufgetreten. Nach dem Auftritt saß ich noch herum und hab mit ein paar Leuten getrunken. Jemand hat angefangen, von der Stadtstreicherin zu erzählen, und ich hatte genug Amaretto intus, um von dem Thema sentimental zu werden. Am Mittwoch bin ich mit gewaltigen Kopfschmerzen aufgewacht und die erste Strophe des Liedes spukte mir im Kopf herum. Ich hab mich sofort hingesetzt und sie aufgeschrieben, und als ich eine Strophe niedergeschrieben hatte, kam auch schon die nächste an die Oberfläche, und bevor ich mich versah, hatte ich alle sechs Strophen.« Er nahm eine Zigarette und hielt dann im Anzünden inne, um mich mit seinen Augen zu fixieren.

»Sie haben mir Ihren Namen genannt«, sagte er. »Aber ich hab ihn schon wieder vergessen.«

»Matthew Scudder.«

»Ja. Sie sind der Typ, der den Mord untersucht.«

»Ich bin mir nicht sicher, ob das das richtige Wort ist. Ich habe mit Leuten gesprochen, um zu sehen, was sich herausfinden lässt. Haben Sie sie gekannt, bevor sie umgebracht wurde?«

Er schüttelte den Kopf. »Ich war zuvor noch nie in diesem Viertel. *Oh.* Ich bin doch kein Verdächtiger, oder? Denn ich bin seit dem Herbst nicht mehr in New York gewesen. Ich hab mich nicht bemüht herauszufinden, wo genau ich war, als sie umgebracht wurde, aber über Weihnachten war ich in Kalifornien und Anfang März war ich nicht weiter Richtung Osten gekommen als Chicago. Also denke ich, dass ich ein ziemlich gutes Alibi habe.«

»Ich hatte Sie nie wirklich unter Verdacht. Ich denke, dass ich einfach nur Ihren Song hören wollte.« Ich nippte an meinem Kaffee. »Wo haben Sie die Fakten über ihr Leben her? War sie eine Schauspielerin?«

»Ich denke nicht. War sie es? Es geht nicht wirklich um *sie*, müssen Sie wissen. Ich wurde durch ihr Schicksal inspiriert, aber ich habe sie nicht gekannt und ich wusste nichts von ihr. In den letzten paar Tagen habe ich aber sehr auf die Stadtstreicherinnen geachtet. Und andere Obdachlose.«

»Ich verstehe, was Sie meinen.«

»Gibt es mehr von ihnen in New York oder ist es nur so, dass sie hier eher wahrzunehmen sind? In Kalifornien fährt jeder mit dem Auto, man sieht keine Leute auf der Straße. Ich bin aus Kanada, aus dem ländlichen Ontario, und die erste Stadt, in der ich längere Zeit verbracht habe, war Toronto. Dort gibt es verrückte Menschen auf den Straßen, aber es ist nichts im Vergleich mit New York. Sorgt die Stadt dafür, dass man den Verstand verliert, oder zieht sie einfach nur solche Leute an?«

»Ich weiß es nicht.«

»Vielleicht sind sie nicht verrückt. Vielleicht hören sie einfach nur einen anderen Takt. Ich frage mich, wer sie umgebracht hat.«

»Das werden wir wahrscheinlich niemals erfahren.«

»Was ich mich wirklich frage, ist, *warum* sie umgebracht wurde. Für meinen Song hab ich mir einen Grund ausgedacht. Dass jemand etwas wollte, das sich in ihren Tüten befand. Ich denke, das passt in dem Song ganz gut, aber ich denke nicht, dass die Wahrscheinlichkeit groß ist, dass es wirklich so abgelaufen ist. Warum sollte jemand das arme Ding ermorden wollen?«

»Ich weiß es nicht.«

»Es heißt, dass sie Leuten Geld vermacht hat. Leuten, die sie kaum gekannt hat. Stimmt das?« Ich nickte. »Und sie hat mir einen Song vermacht. Ich habe nicht einmal das Gefühl, dass ich ihn selbst geschrieben habe. Ich bin damit aufgewacht. Ich habe niemals einen Blick auf sie geworfen und sie hat trotzdem mein Leben beeinflusst. Seltsam, oder?«

Alles war seltsam. Und am seltsamsten war, wie die Sache endete.

Es war Montagabend. Die Mets spielten im Shea Stadium und ich war mit meinen Söhnen dort. Es war eines einer Serie von drei Spielen gegen die Dodgers, und die Dodgers gewannen schließlich, wie sie in der letzten Zeit alles gewannen. Die Jungs und ich sahen zu, wie sie Jon Matlock vom Platz fegten und dann das gleiche mit seinen Nachfolgern taten. Das Endergebnis war irgendwas um die dreizehn zu vier. Wir blieben sitzen, bis der letzte Schlagmann ausgeschieden war. Dann brachte ich die Jungs nach Hause und nahm einen Zug zurück in die Stadt.

Es war nach Mitternacht, als ich im Armstrong's eintraf. Trina brachte mir ohne zu fragen einen doppelten Bourbon und eine Tasse Kaffee. Ich trank die Hälfte des Whiskeys und war gerade dabei, den Rest in meinen Kaffee zu schütten, als sie mir erzählte, dass jemand nach mir gesucht hatte. »Er war in den letzten zwei Stunden dreimal hier«, sagte sie. »Ein drahtiger Kerl, hohe Stirn, buschige Augenbrauen, Kinn wie eine Bulldogge. Ich denke, man nennt es einen vorstehenden Unterkiefer.«

»Vermutlich.«

»Ich hab ihm gesagt, dass du früher oder später hereinschauen würdest.«

»Wie immer. Früher oder später.«

»Mhm. Bist du okay, Matt?«

»Die Mets haben knapp verloren.«

»Ich hab gehört, es ist dreizehn zu vier ausgegangen.«

»Heutzutage ist das für sie knapp. Hat er gesagt, worum es sich handelt?«

Das hatte er nicht, aber nach einer guten halben Stunde erschien er wieder und konnte mich diesmal finden. Dank Trinas Beschreibung erkannte ich ihn sofort, als er durch die Tür trat. Er kam mir irgendwie bekannt vor, war aber niemand, den ich wirklich kannte. Ich vermute, dass ich ihn schon im Viertel gesehen hatte.

Offenbar kannte er mich vom Sehen, denn er fand den Weg zu meinem Tisch, ohne jemanden zu fragen. Er nahm auf einem Stuhl Platz, ohne dazu aufgefordert worden zu sein. Eine Zeitlang sagte er nichts, ich schwieg ebenfalls. Ich hatte eine neue Tasse Kaffee mit Bourbon vor mir stehen und nahm einen Schluck, während ich ihn studierte.

Er war noch keine dreißig. Seine Wangen waren eingefallen und die Haut seines Gesichts war über den Schädel gezogen wie Leder, das beim Trocknen geschrumpft war. Er trug ein waldgrünes Arbeitshemd und eine Khakihose. Er hatte eine Rasur nötig.

Schließlich deutete er auf meine Tasse und fragte mich, was ich trank. Als ich es ihm sagte, antwortete er, dass er nur Bier trank.

»Hier gibt es Bier«, sagte ich.

»Vielleicht nehm ich das, was Sie trinken.« Er drehte sich auf seinem Stuhl um und winkte nach Trina. Als sie zu uns kam, sagte er, dass er gerne Bourbon und Kaffee hätte, das Gleiche wie ich. Er schwieg, bis sie ihm das Gewünschte brachte. Dann, nachdem er einige Zeit damit zugebracht hatte umzurühren, nahm er einen Schluck. »Nun«, sagte er. »Nicht schlecht. Geht in Ordnung.«

»Freut mich, dass Sie es mögen.«

»Ich weiß nicht, ob ich es noch einmal bestellen würde, aber zumindest weiß ich jetzt, wie es schmeckt.«

»Immerhin etwas.«

»Ich hab Sie im Viertel gesehen. Matt Scudder. Früher Cop, jetzt Privatschnüffler, bla, bla, bla. Richtig?«

»So ziemlich.«

»Mein Name ist Floyd. Ich hab ihn nie gemocht, aber was kann man tun, richtig? Ich könnte ihn ändern lassen, aber wem mache ich etwas vor? Richtig?«

»Wenn Sie das sagen.«

»Wenn nicht ich, dann jemand anderes. Floyd Karp, mein vollständiger

Name. Ich hab Ihnen meinen Nachnamen nicht mitgeteilt, oder? Das ist es, Floyd Karp.«

»Okay.«

»Okay, okay, okay.« Er schürzte die Lippen und stieß mit einem leisen Pfeifen Luft aus. »Was werden wir jetzt tun, Matt? Hä? Das möchte ich wissen.«

»Ich bin mir nicht sicher, was Sie meinen, Floyd.«

»Oh, Sie wissen, worauf es hinausläuft, worauf ich anspiele, hinauswill. Sie wissen es, oder etwa nicht?«

Ich vermute, dass ich es mittlerweile wusste.

»Ich hab diese alte Frau umgebracht. Ihr das Leben genommen, sie mit einem Messer erstochen.« Er stellte ein trauriges Lächeln zur Schau. »Sie mit ihrem eigenen Schal erdrosselt. Sie in ihrer eigenen, wie sagt man, Schlinge gefangen.«

»Warum haben Sie sie umgebracht?«

Er blickte mich an, dann seinen Kaffee, dann wieder mich.

Er sagte: »Ich musste es tun.«

»Warum?«

»Das Gleiche wie mit dem Bourbon und dem Kaffee. Musste es wissen. Musste es probieren und herausfinden, wie es ist.« Er blickte mir in die Augen. Seine waren sehr groß, hohl, leer. Ich stellte mir vor, dass ich durch sie hindurch in die Schwärze hinten in seinem Schädel sehen konnte. »Ich konnte nicht aufhören, an Mord zu denken«, sagte er. Seine Stimme war nun nüchterner, der spöttisch-spielerische Ton war verschwunden. »Ich habe es versucht. Ich konnte es nicht. Ich musste die ganze Zeit daran denken und ich hatte Angst vor dem, was ich tun würde. Ich konnte meinen Alltag nicht mehr bewältigen, ich konnte nicht denken, ich sah immer und überall nur Blut und Tod. Ich hatte Angst davor, die Augen zu schließen, weil ich mich vor dem fürchtete, was ich dann sehen würde. Ich blieb einfach wach, mehrere Tage lang, und dann war ich müde genug, das Bewusstsein zu verlieren, sobald ich die Augen schloss. Ich hörte auf zu essen. Ich war ziemlich kräftig, und die Pfunde purzelten einfach von mir ab.«

»Wann ist das alles passiert, Floyd.«

»Ich weiß es nicht. Den ganzen Winter über. Und ich dachte, wenn ich es einmal tun würde, dann würde ich wissen, ob ich ein Mensch bin oder ein

Ungeheuer oder so etwas. Und ich hab mir dieses Messer besorgt und bin an ein paar Abenden losgezogen, hab aber den Mut verloren. Und dann, eines Nachts – aber darüber will ich jetzt nicht reden.«

»In Ordnung.«

»Ich konnte es fast nicht tun, aber ich konnte es auch nicht nicht tun. Und dann tat ich es und es schien nie enden zu wollen. Es war *furchtbar*.«

»Warum haben Sie nicht aufgehört?«

»Ich weiß es nicht. Ich denke, ich hatte Angst aufzuhören. Das ergibt keinen Sinn, oder? Es war alles verrückt, wahnsinnig, wie wenn ich gleichzeitig in einem Film und im Publikum wäre. Und mich selbst beobachtete.«

»Hat Sie jemand dabei gesehen?«

»Nein. Ich hab das Messer in einen Gully geworfen. Bin nach Hause gegangen. Hab meine Kleidung in den Müllschlucker geworfen, die Kleidung, die ich anhatte. Hab mich übergeben. Die ganze Nacht über konnte ich nicht aufhören, mich zu übergeben, auch dann nicht, als mein Magen leer war. Ich würgte trocken, immer wieder. Und dann muss ich eingeschlafen sein. Ich weiß nicht wie oder wann, aber ich bin eingeschlafen, und am nächsten Tag bin ich aufgewacht und hab gedacht, dass ich es geträumt hatte. Aber dem war nicht so.«

»Nein.«

»Und was ich dachte, war, dass es vorüber war. Ich hatte es getan und ich wusste, dass ich es nie wieder tun wollte. Es war etwas Verrücktes, das sich ereignet hatte, und ich würde es vergessen können. Und ich dachte, damit hätte es sich.«

»Dass es Ihnen gelingen würde, es zu vergessen?«

Er nickte. »Aber ich vermute, es ist mir nicht gelungen. Und nun spricht jeder über sie. Mary Alice Redfield. Ich habe sie umgebracht, ohne ihren Namen zu kennen. Niemand kannte ihren Namen und jetzt kennt ihn jeder und es spukt mir alles wieder im Kopf herum. Und ich habe gehört, dass Sie nach mir suchen, und ich vermute, ich vermute ...« Er runzelte die Stirn und jagte einem Gedanken in seinem Kopf nach wie ein Hund, der seinen Schwanz fassen will. Dann gab er es auf und blickte mich an. »Also, hier bin ich«, sagte er. »Hier bin ich.«

»Ja.«

»Und was wird jetzt passieren?«

»Ich denke, dass Sie besser der Polizei davon erzählen sollten, Floyd.«
»Warum?«
»Vermutlich aus demselben Grund, aus dem Sie es mir erzählt haben.«
Er dachte darüber nach. Nach langer Zeit nickte er. »In Ordnung«, sagte er. »Das kann ich akzeptieren. Ich würde niemals wieder jemanden ermorden. Das weiß ich. Aber – Sie haben Recht. Ich muss es denen erzählen. Ich weiß nicht, wen ich aufsuchen oder was ich sagen soll, zum Teufel, ich –«
»Ich komme mit Ihnen, wenn Sie möchten.«
»Ja, das möchte ich.«
»Ich bestelle mir noch einen Drink und dann können wir gehen. Wollen Sie auch noch einen?«
»Nein. Ich bin kein großer Trinker.«
Ich trank den Bourbon diesmal ohne Kaffee. Nachdem Trina ihn gebracht hatte, fragte ich ihn, wie er sein Opfer ausgewählt hatte. Warum die Stadtstreicherin?
Er fing an zu weinen. Kein Schluchzen, nur Tränen, die aus seinen tief liegenden Augen hervorquollen. Nach einer Weile wischte er sie mit dem Ärmel ab.
»Weil sie nicht zählte«, sagte er. »Das habe ich gedacht. Sie war ein Niemand. Wen würde es kümmern, wenn sie starb? Wer würde sie vermissen?« Er schloss die Augen fest. »Jeder vermisst sie«, sagte er. »Jeder.«
Also brachte ich ihn aufs Revier. Ich weiß nicht, was sie mit ihm tun werden. Das ist nicht mein Problem.
Es war nicht wirklich ein Fall und ich löste ihn nicht wirklich. Soweit ich das sehen kann, tat ich nichts. Es war das Gerede, das Floyd Karp dazu brachte, aus der Deckung zu kommen, und zweifellos trug ich dazu bei, etwas von dem Gerede anzustoßen. Aber auch ohne mich hätte es einen Teil davon gegeben. Die vielen Vermächtnisse hatten Mary Alice Redfield vorübergehend zum Tagesgespräch im Viertel gemacht. Es war eines dieser Vermächtnisse gewesen, durch das ich in die Sache hineingezogen worden war.
Vielleicht hat sie selbst ihren Mörder geschnappt. Vielleicht hat er sich selbst geschnappt, wie es jeder tut. Vielleicht ist niemand eine Insel, und jeder ist es.
Alles, was ich weiß, ist, dass ich eine Kerze für die Frau anzündete, und ich vermute, dass ich nicht der einzige war, der das tat.

IM FRÜHEN LICHT DES TAGES

Das alles hat sich vor langer Zeit abgespielt.

Abe Beame wohnte im Gracie Mansion, aber es fiel ihm offensichtlich schwer zu glauben, dass er wirklich der Bürgermeister der Stadt New York war. Muhammad Ali stand auf dem Höhepunkt seiner Karriere, und die Knicks konnten noch für etwa ein Jahr auf Bradley und DeBusschere bauen. In jenen Tagen trank ich noch, und damals schien mir der Alkohol mehr zu nützen als zu schaden.

Ich hatte bereits meine Frau und meine Kinder verlassen, das Haus in Syosset und das NYPD. Ich wohnte in dem Hotel in der West 57th Street, in dem ich noch heute wohne, und ich trank für gewöhnlich um die Ecke in der Kneipe von Jimmy Armstrong. Abends stand Billie hinter der Theke, tagsüber hantierte in der Regel ein junger Filipino namens Dennis mit dem Zapfhahn.

Und Tommy Tillary war einer der Stammgäste.

Er war groß, um die eins achtundachtzig, hatte breite Schultern, aber auch einen großen Bauch. Er erschien selten im Anzug, trug aber immer ein Sakko und eine Krawatte, normalerweise einen marineblauen oder burgunderroten Blazer und dazu eine graue Flanellhose oder eine weiße Segeltuchhose, wenn es wärmer war. Er hatte eine laute Stimme, die aus dem Fass seiner Brust herausdröhnte, und ein großes, sorgfältig rasiertes Gesicht, das um den Schmollmund unschuldig und um die Augen vielsagend wirkte. Er war Ende vierzig und trank eine Menge besseren Scotch. Chivas, soweit ich mich erinnere, aber es kann auch Johnnie Black gewesen sein. Was auch immer es war, es begann, sich in seinem Gesicht bemerkbar zu machen, in Form dauerhafter roter Flecken auf den Wangenknochen und einer Verästelung geplatzter Äderchen auf dem Nasenrücken.

Er war eine Kneipenbekanntschaft. Wir sprachen nicht immer miteinander, wenn wir uns begegneten, aber zumindest grüßten wir uns jedes Mal mit einem Nicken oder Winken. Er erzählte eine Menge von Dialektwitzen; er erzählte sie ziemlich gut und ich lachte meistens über die, die ich mir anhören durfte. Manchmal war ich in der Stimmung, meine Tage im Polizeidienst Revue passieren zu lassen, und wenn meine Geschichten lustig waren, lachte er ebenso laut wie alle anderen.

Manchmal kam er allein, manchmal mit männlichen Freunden. Etwa ein Drittel der Zeit war er in Gesellschaft einer kleinen und kurvenreichen Blondine namens Carolyn. Er stellte sie manchmal als »Carolyn aus Caro-lina« vor. Sie hatte einen leichten südlichen Akzent, der ausgeprägter wurde, je mehr sie trank.

Dann blätterte ich eines Morgens in der *Daily News* und las, dass Einbrecher in ein Haus in der Colonial Road im Bay-Ridge-Bereich von Brooklyn eingebrochen waren. Sie hatten die einzig anwesende Bewohnerin, eine gewisse Margaret Tillary, erstochen. Ihr Ehemann, Thomas J. Tillary, ein Anlageberater, war zum besagten Zeitpunkt nicht zu Hause gewesen.

Ich hatte weder gewusst, dass Tommy als Anlageberater arbeitete, noch, dass er verheiratet war. Er trug allerdings einen breiten, goldgelben Ring am entsprechenden Finger, und es war klar, dass es sich bei Carolyn aus Carolina nicht um seine Ehefrau handelte. Jetzt sah es so aus, als wäre er Witwer geworden. Ich bedauerte ihn ein wenig, bedauerte ein wenig die Frau, von der ich nichts gewusst hatte, aber damit hatte es sich. Ich trank damals genug, um zu vermeiden, irgendeine Art von Emotion zu stark zu spüren.

Und dann, zwei oder drei Abende später, kam ich ins Armstrong's und Carolyn war dort. Sie schien weder auf ihn noch auf jemand anderen zu warten. Außerdem wirkte sie nicht so, als wäre sie nur ein paar Minuten vor mir in die Kneipe gekommen. Sie saß für sich alleine an der Bar und trank etwas Dunkles in einem Whiskeyglas.

Ich nahm ein paar Hocker von ihr entfernt Platz. Ich bestellte zwei doppelte Bourbon, trank einen und schüttete den anderen in die Tasse schwarzen Kaffees, die Billie mir hinstellte. Ich nippte am Kaffee, als eine samtweiche Stimme sagte: »Hab deinen Namen vergessen.«

Ich blickte hoch.

»Ich glaube, wir wurden einander vorgestellt«, sagte sie. »Aber ich kann mich nicht an deinen Namen erinnern.«

»Matt«, sagte ich. »Und du hast Recht, Tommy hat uns miteinander bekannt gemacht. Du bist Carolyn.«

»Carolyn Cheatham. Hast du ihn gesehen?«

»Tommy? Nicht, seitdem es passiert ist.«

»Ich auch nicht. Warst du bei der Beerdigung?«

»Nein. Wann war sie?«

»Heute Nachmittag. Ich war auch nicht. Dort. Warum setzt'n dich nicht neben mich, damit ich nicht so schrei'n muss? Bitte?«

Sie trank süßen Mandellikör mit Eiswürfeln. Er schmeckt wie eine Nachspeise, ist aber genauso stark wie Whiskey.

»Er hat mir gesagt, dass ich nicht kommen soll«, sagte sie. »Zur Beerdigung. Hat gesagt, dass es eine Frage des Respekts für die Tote ist.« Sie nahm ihr Glas in die Hand und starrte hinein. Ich habe nie verstanden, was die Leute hoffen, dort zu finden, obwohl es eine Geste ist, die ich selbst oft genug ausgeführt habe.

»Respekt«, sagte sie. »Was kümmert er sich um Respekt? Ich wäre einfach unter den Leuten von seiner Arbeit gewesen. Wir arbeiten beide bei Tannahill; alle dort denken, dass wir einfach nur befreundet sind. Und wir waren immer nur Freunde, musst du wissen.«

»Wenn du es sagst.«

»Oh, *Scheiße*«, sagte sie. »Ich will nicht sagen, dass ich nicht mit ihm gevögelt hab, Himmelherrgott. Ich mein, wir haben immer gelacht und eine gute Zeit gehabt. Er war verheiratet und fuhr jede Nacht nach Hause zu Mami, und das war absolut in Ordnung. Denn wer, der noch recht bei Trost ist, will schon Tommy Tillary im frühen Licht des Tages bei sich haben? Sakrament, hab ich das jetzt verschüttet oder ausgetrunken?«

Wir einigten uns darauf, dass sie ein bisschen zu schnell trank. Es lag an diesem süßen New Yorker Modescheißzeug, behauptete sie, es sei nicht so wie der Bourbon, mit dem sie aufgewachsen war. Bei Bourbon wüsste man, woran man sei.

Ich erklärte ihr, dass ich selbst ein Bourbontrinker war, und sie war erfreut, das zu hören. Bündnisse wurden schon auf dünnerer Basis geschmiedet, und unseres sorgte dafür, dass wir uns gemeinsam aus dem Armstrong's verabschiedeten. Auf dem Weg zu ihrer Wohnung, die vier Blocks entfernt war, legten wir einen Zwischenstopp ein, um eine Dreiviertelliterflasche

Maker's Mark – ihre Wahl – zu kaufen. Ich erinnere mich, dass ihr Apartment freigelegte Backsteinmauern hatte, es Kerzen gab, die in mit Stroh umhüllten Flaschen steckten, und mehrere Werbeplakate der belgischen Fluglinie Sabena an der Wand hingen.

Wir taten das, was Erwachsene tun, wenn sie sich in trauter Zweisamkeit wiederfinden. Wir tranken mehr als genug vom Maker's Mark und gingen miteinander ins Bett. Sie gab eine Menge enthusiastischer Geräusche von sich, erwies sich als mehr als geschickt und heulte anschließend ein bisschen.

Etwas später schlief sie ein. Ich selbst war auch müde, aber ich zog mich an und machte mich auf den Nachhauseweg. Denn wer, der noch recht bei Trost ist, will schon Matt Scudder im frühen Licht des Tages bei sich haben?

Während der nächsten Tage fragte ich mich jedes Mal, wenn ich das Armstrong's betrat, ob ich sie treffen würde, und jedes Mal war ich eher erleichtert als enttäuscht, weil es nicht dazu kam. Ich traf auch nicht auf Tommy, und auch das war eine Erleichterung und in keiner Weise enttäuschend.

Dann nahm ich eines Morgens die *News* zur Hand und las, dass zwei junge Latinos aus Sunset Park für den Einbruch bei Tillary und den Mord an seiner Frau verhaftet worden waren. Das Blatt druckte das übliche Foto: zwei dürre Jungs mit widerspenstigen Haaren; einer der beiden versuchte, sein Gesicht vor der Kamera zu verbergen, der andere grinste frech; beide waren jeweils mit Handschellen an einen breitschultrigen, finster dreinblickenden Iren im Anzug gefesselt. Man benötigte die umsichtige Bildunterschrift nicht, um die Guten von den Bösen unterscheiden zu können.

Irgendwann im Lauf des Nachmittags ging ich hinüber ins Armstrong's, um einen Hamburger zu essen und ein Bier dazu zu trinken. Das Telefon hinter der Bar klingelte und Dennis stellte das Glas, das er abtrocknete, hin, um abzuheben. »Vor einer Minute war er noch hier«, sagte er. »Ich werde nachsehen, ob er noch da ist.« Er bedeckte die Sprechmuschel mit der Hand und blickte mich fragend an. »Bist du noch hier?«, wollte er wissen. »Oder hast du dich aus dem Staub gemacht, als ich abgelenkt war?«

»Wer will das wissen?«

»Tommy Tillary.«

Man weiß nie, was eine Frau beschließt, einem Mann zu erzählen, oder wie der Mann darauf reagiert. Ich wollte es eigentlich nicht erfahren, aber es war besser, es über das Telefon herauszufinden als von Angesicht zu Angesicht. Ich nickte und nahm den Hörer von Dennis.

Ich sagte: »Matt Scudder, Tommy. Mein Beileid wegen deiner Frau.«

»Danke, Matt. Mein Gott, es fühlt sich an, als ob es schon ein Jahr her ist. Dabei war es erst vor einer Woche, oder?«

»Zumindest haben sie die Hurensöhne geschnappt.«

Es gab eine Pause. Dann sagte er: »Mein Gott. Du hast die Zeitung nicht gelesen, oder?«

»Doch, dort habe ich davon gelesen. Zwei junge Latinos.«

»Die *Post* von heute Nachmittag hast du noch nicht gelesen, was?«

»Nein. Warum, was ist passiert? Sind sie unschuldig?«

»Die beiden Bohnenfresser. Unschuldig? Scheiße, die beiden sind in etwa so unschuldig wie die Herrentoilette in der U-Bahnstation am Times Square. Die Cops haben ihre Wohnung durchsucht und überall, wohin sie blickten, waren Sachen aus meinem Haus. Schmuck, den ich beschrieben hatte, die Stereoanlage mit der Seriennummer, die ich angegeben hatte, alles. Mit Monogramm versehener Scheiß. So unschuldig sind die beiden, Himmelherrgott.«

»Und?«

»Sie haben den Einbruch zugegeben, aber nicht den Mord.«

»Das kommt häufig vor, Tommy.«

»Lass mich ausreden, ja? Sie haben den Einbruch zugegeben, aber nach dem, was sie gesagt haben, war es eine abgekartete Sache. Nach dem, was sie gesagt haben, habe ich sie angeheuert, um bei mir einzubrechen. Das, was sie mitnahmen, würden sie behalten dürfen und ich würde alles für sie vorbereiten. Und im Gegenzug würde ich absahnen, indem ich der Versicherung einen höheren Schaden melden würde.«

»Wie hoch war der Schaden?«

»Scheiße, *ich* weiß es nicht. In ihrer Wohnung wurden zweimal so viele Sachen gefunden, wie ich angegeben hatte, als der Bericht abgefasst wurde. Es gibt Sachen, die ich erst ein paar Tage nach dem Bericht vermisst habe, und andere, von denen ich nicht einmal wusste, dass sie weg waren, bis die Cops sie gefunden haben. Man bemerkt nicht alles sofort, zumindest hab ich das nicht, und außerdem, wie hätte ich klar denken sollen, wo doch Peg ermordet wurde? Verstehst du?«

»Das hört sich nicht gerade nach einem eingefädelten Versicherungsbetrug an.«

»Nein, natürlich war das keiner. Wie zum Teufel hätte es einer sein können? Alles, was ich habe, ist die übliche Hausratversicherung. Die deckt vielleicht ein Drittel von dem ab, was ich verloren hab. Nach dem, was sie gesagt haben, war das Haus leer, als sie zugeschlagen haben. Peg war nicht zu Hause.«

»Und?«

»Und ich hab sie reingelegt. Sie sind eingebrochen und haben alles weggeschleppt, und dann soll ich mit Peg nach Hause gekommen sein und sechs oder acht Mal auf sie eingestochen haben, wie oft auch immer, und ich soll sie dort zurückgelassen haben, damit es so aussieht, als wäre es bei dem Einbruch passiert.«

»Wie konnten die Einbrecher aussagen, dass du deine Frau erstochen hast?«

»Das konnten sie nicht. Alles, was sie gesagt haben, war, dass sie es nicht waren und dass Peg nicht zu Hause war, als sie dort waren, und dass ich sie für den Einbruch angeheuert hab. Den Rest haben sich die Cops zusammengebastelt.«

»Was haben sie gemacht, dich aufs Präsidium geschleppt?«

»Nein. Sie sind zu mir nach Hause gekommen, es war früh, ich weiß nicht, um wie viel Uhr. Da hab ich zum ersten Mal erfahren, dass die Bohnenfresser verhaftet wurden, und auch, dass sie mir die Sache anhängen wollen. Sie wollten nur mit mir reden, die Cops, und zuerst hab ich auch mit ihnen geredet, aber dann hab ich angefangen zu kapieren, worauf sie hinauswollten. Deshalb hab ich dann gesagt, dass ich ohne meinen Anwalt nichts mehr sagen werde. Und ich hab ihn angerufen und er hat sein halb gegessenes Frühstück stehen gelassen, ist zu mir gekommen und hat mich kein Wort mehr sagen lassen.«

»Und die Cops haben dich nicht mitgenommen oder dich verhaftet?«
»Nein.«

»Haben sie dir deine Geschichte geglaubt?«

»Nie im Leben. Ich hab ihnen auch nicht wirklich eine Geschichte erzählt, weil Kaplan mich nichts mehr sagen ließ. Sie haben mich nicht mitgenommen, weil sie nichts in der Hand haben, aber Kaplan meint, dass sie versuchen werden, eine Anklage gegen mich zu basteln, wenn es irgendwie geht. Sie haben mir gesagt, dass ich die Stadt nicht verlassen soll. Kannst du das glauben? Meine Frau ist tot, die Schlagzeile in der *Post* lautet: ›Ehemann wegen Einbruchsmord befragt‹, und was zum Teufel denken die, dass ich tun werde? Dass ich nach Montana zum verdammten Forellenfischen fahren werde? ›Verlassen Sie die Stadt nicht!‹ So einen Scheiß kennt man aus der Glotze, aber man denkt nicht, dass jemand im wirklichen Leben so spricht. Vielleicht haben sie es selbst aus der Glotze.«

Ich wartete darauf, dass er mir sagen würde, was er von mir wollte. Ich musste nicht lange warten.

»Weshalb ich anrufe«, sagte er. »Der Grund ist, Kaplan will einen Detektiv anheuern. Er denkt, dass diese Typen vielleicht in ihrem Viertel geplaudert haben, dass sie vor ihren Freunden damit geprahlt haben könnten, dass es vielleicht eine Möglichkeit gibt, ihnen den Mord nachzuweisen. Er hat gesagt, dass die Cops sich nicht darauf konzentrieren werden, wenn sie zu beschäftigt damit sind, den Deckel auf meinen Sarg zu nageln.«

Ich erklärte ihm, dass ich keinen offiziellen Status besaß, keine Lizenz hatte und keine Berichte abfasste.

»Das geht in Ordnung«, beharrte er. »Ich hab Kaplan gesagt, dass ich jemanden will, dem ich vertrauen kann. Jemanden, der die Sache für mich ins Reine bringt. Ich denke nicht, dass sie überhaupt irgendetwas gegen mich in die Hände bekommen können, Matt. Aber je länger sich das hinzieht, desto schlimmer ist es für mich. Ich will, dass die Sache aufgeklärt wird; ich will, dass in den Zeitungen steht, dass diese Latino-Arschlöcher für alles alleine verantwortlich sind und ich überhaupt nichts damit zu tun hatte. Du nennst mir einen fairen Betrag und ich zahle ihn, ich an dich, und es kann bar auf die Hand sein, wenn du keine Schecks magst. Was sagst du dazu?«

Er wollte jemanden, dem er vertrauen konnte. Hatte Carolyn aus Carolina ihm berichtet, wie vertrauenswürdig ich war?

Was ich dazu sagte? Ich sagte ja.

*   *   *

Ich traf Tommy Tillary und seinen Anwalt in Drew Kaplans Büro in der Court Street, ein paar Blocks von der Brooklyn Borough Hall entfernt. Es gab ein syrisches Restaurant im Haus nebenan und an der Ecke befand sich ein Lebensmittelgeschäft, das sich auf Importe aus Nahost spezialisiert hatte. Daneben war ein Antiquitätenladen, aus dem gelaugte Eichenmöbel, Messinglampen und Bettgestelle hervorquollen. Kaplans Büro hatte Holzvertäfelung, Lederstühle und Aktenschränke aus Eiche. Sein Name war gemeinsam mit denen zweier Teilhaber in altmodischer, schwarzer Schrift mit goldener Umrandung auf der Mattglastür angebracht. Kaplan selbst sah auf konservative Weise modern aus, in einem dreiteiligen gestreiften Anzug, der besser geschnitten war als meiner. Tommy trug den burgunderroten Blazer mit der grauen Flanellhose und Slippern. In seinen Augenwinkeln und um den Mund zeichneten sich die Strapazen ab. Seine Gesichtsfarbe war ebenfalls nicht wie gewohnt.

»Alles, was wir von Ihnen wollen«, sagte Kaplan, »ist, dass Sie in einer der Hosentaschen von Herrera oder Cruz einen Schlüssel finden, der Sie zu einem Schließfach in der Penn Station führt, und dass sich in dem Schließfach ein dreißig Zentimeter langes Messer mit ihren Fingerabdrücken und dem Blut des Opfers befindet.«

»Das ist alles, was Sie brauchen?«

Er lächelte. »Es könnte nicht schaden. Nein, eigentlich sind wir nicht in einer so schlechten Lage. Die Polizei hat die dubiose Aussage zweier Latinos, die ständig in Schwierigkeiten gesteckt haben, seit sie mit Tropicana entwöhnt wurden. Und sie hat etwas, das für sie wie ein gutes Motiv Tommys aussieht.«

»Und das wäre?«

Ich blickte Tommy an, als ich die Frage stellte. Seine Augen wichen meinen aus. Kaplan sagte: »Ein außereheliches Verhältnis, Geldprobleme und ein ausgeprägtes finanzielles Motiv. Margaret Tillary hat vor sechs oder acht Monaten etwas mehr als eine Viertelmillion Dollar geerbt. Eine Tante hat eins Komma zwei Millionen hinterlassen, die dann durch vier geteilt wurden. Was die Polizei außer Betracht lässt, ist, dass er seine Frau geliebt hat. Und welcher Ehemann betrügt seine Frau nicht? Wie sagt man – neunzig Prozent gehen fremd und zehn Prozent lügen?«

»Könnte hinkommen.«

»Einer der Mörder, Angel Herrera, hat im letzten März oder April ein paar Gelegenheitsarbeiten im Haus der Tillarys erledigt. Frühjahrsputz. Er hat Sachen aus dem Keller und dem Dachboden geräumt, ein wenig Plackerei. Herrera sagt, dass Tommy ihn von daher kannte und so auf die Idee kam, ihn wegen des Einbruchs zu kontaktieren. Der gesunde Menschenverstand hingegen sagt, dass Herrera und sein Kumpel Cruz das Haus von daher kannten und wussten, was sich darin befindet und wie man hineinkommt.«

»Der Verdacht gegen Tommy hört sich ziemlich vage an.«

»Das ist er auch«, sagte Kaplan. »Die Sache ist allerdings, wenn so etwas vor Gericht landet, verliert man, selbst wenn man gewinnt. Für den Rest von Tommys Leben wird sich jeder daran erinnern, dass er einmal wegen der Ermordung seiner Ehefrau vor Gericht gestanden hat, selbst wenn er freigesprochen wurde.«

»Außerdem«, fuhr er fort, »weiß man nie, in welche Richtung die Geschworenen entscheiden werden. Tommys Alibi besteht darin, dass er zum Zeitpunkt des Einbruchs mit einer anderen Frau zusammen war. Die Frau ist eine Kollegin von ihm; vielleicht werden die Geschworen daran absolut nichts auszusetzen haben, aber wer kann garantieren, dass es so sein wird? Manchmal entscheiden sie, ein Alibi nicht zu akzeptieren, weil sie denken, dass die Freundin für den Angeklagten lügt, und gleichzeitig stempeln sie ihn als Mistkerl ab, weil er herumvögelt, während seine Frau ermordet wird.«

»Machen Sie nur so weiter«, sagte Tommy. »Ich werde mich gleich selbst für schuldig halten, so wie Sie es klingen lassen.«

»Hinzu kommt, dass Tommy kaum der Typ ist, für den die Geschworenen Sympathien empfinden werden. Er ist groß und attraktiv, kleidet sich stilvoll, und man würde gern mit ihm einen trinken gehen, aber wie sympathisch wird man ihn im Gerichtssaal finden? Er verkauft Wertpapiere, er ist geschickt am Telefon und das bedeutet, dass jeder Trottel, der schon einmal hundert Dollar bei einem Aktientipp verloren hat oder sich am Telefon Zeitschriften hat aufschwatzen lassen, ihm im Gerichtssaal in die Eier treten möchte. Ich sage Ihnen, ich will mit dem Fall zum Teufel noch mal nicht vor Gericht landen. Ich weiß, dass ich vor Gericht gewinnen werde, oder schlimmstenfalls werde ich bei der Berufungsverhandlung gewinnen, aber wer braucht das? Es ist ein Fall, der überhaupt nicht existieren sollte, und ich hätte gerne, dass er sich erledigt hat, bevor dem Geschworenengericht die Anklageschrift vorgelesen wird.«

»Und von mir wollen Sie–«

»Was auch immer Sie herausfinden können, Matt. Was auch immer Cruz und Herrera diskreditiert. Ich weiß nicht, was es zu finden gibt, aber Sie waren mal ein Cop und jetzt sind Sie ein Privatdetektiv. Sie können auf den Straßen herumschnüffeln.«

Ich nickte. Das konnte ich. »Eine Sache«, sagte ich. »Wären Sie mit einem Detektiv, der Spanisch spricht, nicht besser dran? Ich kann die Sprache gut genug, um mir in einer Bodega ein Bier zu bestellen, aber ich spreche sie bei Weitem nicht fließend.«

Kaplan schüttelte den Kopf. »Eine persönliche Beziehung ist mehr wert als ein billiges ›*Me llamo Matteo y ¿como está usted?*‹.«

»Das ist die Wahrheit«, sagte Tommy Tillary. »Matt, ich weiß, dass ich auf dich zählen kann.«

Ich wollte ihm sagen, dass das Einzige, worauf er zählen konnte, seine Finger waren. Ich wusste wirklich nicht, was ich zusätzlich zu dem, was bei einer normalen polizeilichen Untersuchung zum Vorschein kommen würde, herausfinden konnte. Aber ich hatte die Polizeimarke lange genug getragen, um zu wissen, dass man Geld nicht ablehnt, wenn man welches angeboten bekommt. Es machte mir nichts aus, ein Honorar von ihm zu verlangen. Der Mann würde eine Viertelmillion erben, von der Lebensversicherung seiner Frau ganz zu schweigen. Wenn er gewillt war, etwas davon zu verteilen, war ich gewillt, es zu nehmen.

Also fuhr ich nach Sunset Park und verbrachte einige Zeit auf den Straßen und noch mehr Zeit in den Kneipen. Sunset Park ist in Brooklyn, am westlichen Rand des Bezirks, nördlich von Bay Ridge und im Süden und Westen des Friedhofs Green-Wood. Heutzutage wird dort viel saniert, von Yuppies, die die alten Sandsteinhäuser renovieren lassen und die Gegend gentrifizieren. Damals hatten die aufstrebenden jungen Berufstätigen Sunset Park noch nicht entdeckt und in der Gegend gab es eine Mischung aus Latinos und Skandinaviern, Erstere vor allem frühere Puerto-Ricaner, Letztere zumeist norwegischer Abstammung. Das Gleichgewicht verschob sich langsam zugunsten der Inseln, von hell nach dunkel, aber das war ein Prozess, der schon seit längerer Zeit am Laufen war, und es gab nichts Überstürztes dabei.

Ich sprach mit dem Vermieter von Herrera, dem ehemaligen Arbeitgeber von Cruz und einer der Frauen, mit denen er in der letzten Zeit zusammen gewesen war. Ich trank Bier in Kneipen und in den Hinterzimmern von Bodegas. Ich begab mich auf das örtliche Polizeirevier, las die Akten, die sie zu den beiden Einbrechern hatten, trank Kaffee mit den Cops und erfuhr einige Dinge, die nicht in den Akten gelandet waren.

Ich fand heraus, dass Miguelito Cruz einmal bei einem Kneipenstreit wegen einer Frau einen Mann erstochen hatte. Es wurde keine Anklage erhoben; ein Dutzend Zeugen sagten aus, dass der Getötete Cruz zuerst mit einer zerbrochenen Flasche angegriffen hatte. Cruz hatte sehr wahrscheinlich das Messer bei sich getragen, aber mehrere Zeugen beharrten darauf, dass es ihm von einem unbekannten Helfer zugeworfen worden war, und es hatte nicht genug Beweise gegeben, um ihn wegen Waffenbesitzes anzuklagen, von Mord ganz zu schweigen.

Ich erfuhr, dass Herrera drei Kinder hatte, die bei ihrer Mutter auf Puerto Rico lebten. Er war geschieden, wollte seine derzeitige Freundin aber nicht heiraten, weil er sich in den Augen Gottes als noch mit seiner Ex-Frau verheiratet betrachtete. Wann immer er Geld übrig hatte, schickte er es seinen Kindern.

Ich erfuhr noch andere Dinge. Sie schienen nicht so furchtbar wichtig zu sein und sie sind mir seitdem völlig aus dem Gedächtnis entschwunden, aber ich schrieb sie damals in mein Notizbuch. An so ziemlich jedem Tag erstatte ich Drew Kaplan pflichtschuldig Bericht über das, was ich herausgefunden hatte. Er schien über meine Erkenntnisse immer erfreut zu sein.

Es gelang mir jeden Tag, im Armstrong's vorbeizuschauen, bevor ich Feierabend machte. Eines Abends war sie dort, Carolyn Cheatham. Diesmal trank sie Bourbon; ihr Gesicht war starr von hartnäckigem, altem Schmerz. Es dauerte ein oder zwei Augenblicke, bis sie mich erkannte. Dann traten ihr Tränen in die Augenwinkel und sie wischte sie mit dem Handrücken weg.

Ich ging erst zu ihr, als sie mich dazu aufforderte. Sie tätschelte den

Barhocker neben sich und ich ließ mich darauf nieder. Ich trank Kaffee mit einem Schuss Bourbon und bestellte ihr noch einen Whiskey. Sie war bereits ziemlich betrunken, aber das war noch nie ein ausreichender Grund für jemanden gewesen, einen Drink abzulehnen.

Sie sprach über Tommy. Er sei nett zu ihr, sagte sie. Er rief sie an, schickte ihr Blumen. Aber er wollte sich nicht mit ihr treffen, weil das nicht richtig aussehen würde, nicht für einen frischgebackenen Witwer, nicht für einen Mann, der öffentlich des Mordes beschuldigt worden war.

»Er schickt mir Blumen ohne Karte«, sagte sie. »Er ruft mich von Münztelefonen aus an. Der Schweinehund.«

Billie nahm mich zur Seite. »Ich wollte sie nicht rauswerfen«, sagte er. »So ein nettes Mädchen, auch wenn sie besoffen ist. Aber ich habe befürchtet, dass ich dazu gezwungen sein würde. Kannst du dafür sorgen, dass sie nach Hause kommt?«

Ich sagte ihm, dass ich das tun würde.

Ich begleitete sie aus der Kneipe. Ein Taxi kam vorbeigefahren und ersparte uns den Fußmarsch. Bei ihr angekommen, nahm ich ihr die Schlüssel ab und sperrte die Tür auf. Sie ließ sich halb sitzend, halb liegend auf der Couch nieder. Ich musste auf die Toilette und als ich zurückkam, waren ihre Augen geschlossen und sie schnarchte leise.

Ich zog ihr Mantel und Schuhe aus, brachte sie ins Bett, lockerte ihr die Kleidung und deckte sie zu. Davon wurde ich selbst müde; ich setzte mich einen Augenblick lang auf die Couch und wäre fast eingeschlafen. Dann schreckte ich auf und verließ die Wohnung.

Am nächsten Tag fuhr ich wieder nach Sunset Park. Ich brachte in Erfahrung, dass Cruz seit seiner Jugend in Schwierigkeiten gesteckt hatte. Mit einem Haufen Jungs aus der Nachbarschaft war er regelmäßig nach Manhattan gefahren, wo sie auf der Suche nach Schwulen, die sie verprügeln konnten, in Greenwich Village herumgewandert waren. Er hatte Angst vor Homosexualität, wie sie normalerweise aus Furcht vor einem Teil des eigenen Ichs entsteht, und er unterdrückte diese Angst, indem er Schwule verprügelte.

»Er mag sie immer noch nicht«, sagte mir eine Frau. Sie hatte glänzendes schwarzes Haar und trübe Augen, und sie ließ mich ihren Rum Orange bezahlen. »Er ist hübsch, musst du wissen, und sie baggern ihn an und er mag es nicht.«

Ich berichtete diesen Aspekt Kaplan, gemeinsam mit ein paar anderen, die ähnlich erschütternd waren. Im Slate in der 10th Avenue aß ich ein Steak, dann ließ ich den Abend im Armstrong's ausklingen. Ich trank nicht sehr heftig, glitt nur so dahin mit Bourbon und Kaffee.

Zweimal klingelte das Telefon für mich. Beim ersten Mal war es Tommy Tillary, der mir versicherte, wie sehr er das, was ich für ihn tat, zu schätzen wusste. Mir schien es, als ob alles, was ich tat, war, sein zu Geld nehmen, aber er machte mich glauben, dass meine Loyalität und meine unschätzbare Hilfe alles waren, woran er sich noch klammern konnte.

Der zweite Anruf kam von Carolyn. Noch mehr Lob. Ich sei ein echter Gentleman, versicherte sie mir, und überhaupt ein toller Kerl. Und ich sollte vergessen, was sie Schlechtes über Tommy gesagt hatte. Zwischen ihnen würde alles gut werden.

Am nächsten Tag gönnte ich mir eine Pause. Ich denke, dass ich mir einen Film ansah; es könnte *Der Clou* gewesen sein, mit Newman und Redford, die sich durch einen Betrug rächen.

Am Tag darauf zog ich einmal mehr drüben in Brooklyn meine Kreise. Und den Tag nach diesem begann ich damit, dass ich am Morgen die *News* in die Hand nahm. Die Schlagzeile war unspezifisch, so etwas wie MORDVERDÄCHTIGER ERHÄNGT SICH IN ZELLE, aber ich wusste bereits, bevor ich den Artikel auf der dritten Seite las, dass es sich um meinen Fall handelte.

Miguelito Cruz hatte seine Kleidung in Streifen gerissen, die Streifen aneinandergebunden, sein eisernes Bettgestell auf die Seite gekippt, sich daraufgestellt und das selbst gebastelte Seil um ein Rohr an der Decke geschwungen, bevor er vom umgekippten Bettgestell von dieser in die nächste Welt gesprungen war.

An diesem Abend gab es in den Fernsehnachrichten um sechs den Rest der Geschichte. Nachdem er über den Tod seines Freundes in Kenntnis gesetzt worden war, hatte Angel Herrera seine ursprüngliche Version der

Geschichte widerrufen und zugegeben, dass er und Cruz den Einbruch bei den Tillarys selbst ausgeheckt und durchgeführt hatten. Es sei Miguelito gewesen, der die Frau des Hauses erstochen habe, als sie überraschend nach Hause gekommen war. Er habe sich ein Küchenmesser geschnappt, während Herrera selbst entsetzt zugesehen habe. Miguelito sei schon immer unbeherrscht gewesen, hatte Herrera gesagt, aber sie seien Freunde gewesen, sogar Cousins, und sie hätten sich ihre Geschichte ausgedacht, um Miguelito zu schützen. Nun, da er tot war, konnte Herrera jedoch zugeben, was wirklich passiert war.

Ich saß an diesem Abend im Armstrong's, was nicht ungewöhnlich war. Ich überlegte mir, mich zu betrinken, obwohl ich nicht hätte sagen können, warum, und das war ungewöhnlich, wenn nicht sogar beispiellos. Ich betrank mich zu dieser Zeit sehr häufig, fing aber selten in dieser Absicht an. Ich wollte mich einfach nur ein bisschen besser fühlen, etwas lockerer werden, und irgendwann war ich dann voll.

Ich trank weder besonders intensiv noch schnell, aber ich arbeitete daran, und dann, irgendwann gegen zehn oder elf, wurde die Tür geöffnet, und ich wusste, wer es war, bevor ich mich umdrehte. Tommy Tillary, modisch gekleidet und frisch rasiert, hatte seinen ersten Auftritt in Jimmys Kneipe seit der Ermordung seiner Frau.

»Hey, schaut mal, wer hier ist!«, rief er und grinste dieses breite Grinsen. Die Leute eilten zu ihm, um ihm die Hand zu schütteln. Billie stand hinter dem Tresen, und kaum hatte er einen auf Kosten des Hauses für unseren Helden eingeschenkt, als Tommy darauf bestand, dem gesamten Laden eine Runde auszugeben. Es war eine teure Geste – es mussten dreißig oder vierzig Leute im Lokal gewesen sein –, aber ich denke, es wäre ihm auch egal gewesen, wenn es dreihundert oder vierhundert gewesen wären.

Ich blieb, wo ich war, und ließ die anderen ihn bedrängen, aber er arbeitete sich zu mir durch und legte einen Arm um meine Schultern. »Das ist mein Mann«, verkündete er. »Der verdammt beste Detektiv, der jemals ein Paar Schuhe durchgelatscht hat. Das Geld dieses Mannes«, erklärte er Billie, »ist heute Abend nichts wert. Er kann sich damit keinen Drink kaufen, er kann sich damit keine Tasse Kaffee kaufen, und wenn ihr, seit ich zum letzten Mal hier war, Münztoiletten eingebaut habt, kann er seine eigenen Münzen nicht benützen.«

»Das Klo ist noch umsonst«, sagte Billie. »Aber du solltest den Chef nicht auf dumme Gedanken bringen.«

»Ach, erzähl mir nicht, dass er nicht schon von selbst daran gedacht hat«, sagte Tommy. »Matt, mein Junge, ich liebe dich. Ich hab in der Klemme gesteckt, ich wollte mein Haus nicht mehr verlassen, und du hast dich für mich eingesetzt.«

Was zum Teufel hatte ich getan? Ich hatte Miguelito Cruz nicht aufgeknüpft und auch kein Geständnis aus Angel Herrera herausgekitzelt. Ich hatte keinen der beiden jemals mit meinen eigenen Augen gesehen. Aber er bezahlte für die Drinks und ich hatte Durst, also, warum sollte ich darüber diskutieren?

Ich weiß nicht, wie lange wir blieben. Interessanterweise begann ich, langsamer zu trinken, während Tommy schneller trank. Mir fiel auf, dass Carolyn nicht anwesend war und auch ihr Name nicht im Gespräch fiel. Ich fragte mich, ob sie hereinspazieren würde – es war schließlich ihre Nachbarschaftskneipe und sie neigte dazu, allein herzukommen. Ich fragte mich, was passieren würde, wenn sie auftauchte.

Ich vermute, es gab eine Menge Dinge, über die ich nachdachte, und vielleicht war das der Grund, der mein eigenes Trinken bremste. Ich wollte keine Gedächtnislücken bekommen, keine schwarzen Flecken in meinem Bewusstsein haben.

Nach einer Weile schleppte Tommy mich aus dem Armstrong's. »Es ist Zeit zu feiern«, erklärte er mir. »Wir sollten nicht an einem Ort sitzen, bis wir Wurzeln schlagen. Wir sollten ein bisschen herumspringen.«

Er hatte ein Auto und ich begleitete ihn einfach, ohne groß darauf zu achten, wo wir hinfuhren. Wir suchten einen lauten griechischen Club in der East Side auf, denke ich, wo die Kellner wie Auftragsmörder der Mafia aussahen. Wir gingen in ein paar angesagte Läden für Singles. Wir endeten irgendwo im Village, in einer dunklen, nach Bier riechenden Höhle.

Dort war es still, wodurch es die Möglichkeit gab, sich zu unterhalten, und schließlich fragte ich ihn, was genau ich getan hatte, das so lobenswert war. Ein Mann hatte sich umgebracht und ein anderer hatte ein Geständnis abgelegt, und was hatte ich mit diesen beiden Vorgängen zu tun?

»Die Sachen, auf die du gestoßen bist«, sagte er.

»Welche Sachen? Ich hätte Schnipsel von ihren Fingernägeln anschleppen sollen, dann hättest du jemand damit Voodoo treiben lassen können.«

»Über Cruz und die Tunten.«

»Er wäre wegen Mord angeklagt worden. Er hat sich nicht umgebracht, weil er davor Angst hatte, wegen dem Verprügeln von Schwulen hopszugehen. Damals war er sowieso noch minderjährig.«

Tommy nahm einen Schluck von seinem Scotch. Er sagte: »Vor ein paar Tagen ist so ein großer schwarzer Kerl zu Cruz gekommen, als der in der Schlange bei der Essensausgabe gewartet hat. Er sagte ihm: ›Warte nur, bis du nach Green Haven kommst. Jeder schwarze Bruder dort wird dich als seine Freundin haben wollen. Der Dok wird dir ein brandneues Arschloch schneiden müssen, wenn du da wieder rauskommst.‹«

Ich schwieg.

»Kaplan«, sagte er. »Drew hat mit jemand gesprochen, der mit jemand gesprochen hat, und das genügte. Cruz hat sich die Idee, für die Hälfte der Neger im Knast die Seife aufheben zu dürfen, durch den Kopf gehen lassen. Und ehe man sich versieht, hat der mörderische kleine Bastard in der Luft getanzt. Kein großer Verlust, wenn du mich fragst.«

Es wollte mir nicht gelingen, Luft zu holen. Ich mühte mich damit ab, während Tommy für eine neue Runde zur Bar ging. Ich hatte den Drink vor mir nicht angerührt, aber ich ließ ihn für uns beide neue kaufen.

Als er zurückkam, sagte ich: »Herrera?«

»Hat seine Geschichte geändert. Hat ein volles Geständnis abgelegt.«

»Und Cruz den Mord angehängt.«

»Warum nicht? Cruz ist nicht mehr da, um sich zu beschweren. Wer weiß, wer von den beiden es getan hat, und überhaupt, wen kümmert es? Die Sache ist die: Du hast uns ein Druckmittel gegeben.«

»Gegen Cruz«, sagte ich. »Damit er sich umbringt.«

»Und gegen Herrera. Seine Kinder in Santurce. Drew hat mit Herreras Anwalt gesprochen und Herreras Anwalt hat mit Herrera gesprochen, und die Botschaft war: ›Hör zu, du wirst auf jeden Fall für den Einbruch verurteilt, und vielleicht auch für den Mord, aber wenn du die richtige Geschichte erzählst, wird deine Strafe kürzer ausfallen und außerdem wird der nette Mr. Tillary die Vergangenheit Vergangenheit sein lassen und jeden Monat wird es einen netten kleinen Scheck für deine Frau und die Kinder zu Hause auf Puerto Rico geben.‹«

An der Bar ließen ein paar alte Männer den Kampf von Louis gegen Schmeling wieder aufleben, den zweiten, bei dem Louis den deutschen Champion abgefertigt hatte. Einer der alten Burschen setzte Schwinger in die Luft und demonstrierte so, was abgelaufen war.

Ich fragte: »Wer hat deine Frau getötet?«

»Einer von den beiden. Wenn ich eine Wette abschließen müsste, würde ich auf Cruz setzen. Er hatte diese glänzenden Knopfaugen. Man hat ihn aus der Nähe gesehen und wusste sofort, dass er ein Mörder ist.«

»Wann hast du ihn aus der Nähe gesehen?«

»Als sie gekommen sind und im Keller und im Dachboden Ordnung gemacht haben. Nicht als sie gekommen sind, um das Haus auszuräumen; das war das zweite Mal.«

Er lächelte, aber ich blickte ihn solange an, bis sein Lächeln an Sicherheit verlor. »Es war Herrera, der im Haus geholfen hat«, sagte ich. »Du hast Cruz nie getroffen.«

»Cruz ist mitgekommen, er hat ihm geholfen.«

»Das hast du bis jetzt noch nicht erwähnt.«

»Oh doch, das habe ich, Matt. Und überhaupt, was macht es für einen Unterschied?«

»Wer hat sie getötet, Tommy?«

»Hey, lass es bleiben, ja?«

»Antworte auf meine Frage.«

»Ich hab sie bereits beantwortet.«

»Du hast sie getötet, oder?«

»Bist du verrückt oder was? Cruz hat sie getötet und Herrera hat es beschworen, reicht dir das nicht?«

»Sag mir, dass du sie nicht getötet hast.«

»Ich hab sie nicht getötet.«

»Sag es mir noch mal.«

»Ich hab sie verdammt noch mal nicht umgebracht. Was ist los mit dir?«

»Ich glaube dir nicht.«

»Oh, Herrgott«, sagte er. Er schloss die Augen, nahm den Kopf in die Hände. Dann seufzte er, blickte auf und sagte: »Weißt du, es ist komisch mit mir. Am Telefon bin ich der beste Verkäufer, den man sich vorstellen kann. Ich schwöre dir, ich könnte den Arabern Sand verkaufen, ich könnte Eis im Winter verkaufen, aber im direkten Gespräch bin ich unfähig. Was denkst du, woran das liegt?«

»Sag du es mir.«

»Ich weiß es nicht. Ich dachte, dass es an meinem Gesicht liegt, an den Augen und dem Mund; aber ich weiß es nicht. Am Telefon geht es so einfach. Ich rede mit einem Fremden, ich weiß nicht, wer er ist oder wie er aussieht, er sieht mich nicht an, und es ist ein Klacks. Im direkten Gespräch, vor allem mit jemandem, den ich kenne, ist es etwas ganz anderes.« Er blickte mich an. »Wenn wir dieses Gespräch am Telefon führen würden, würdest du es mir abnehmen.«

»Gut möglich.«

»Hundertprozentig, verdammt. Du würdest mir die ganze Geschichte Wort für Wort abnehmen. Nehmen wir an, ich sage dir, dass ich sie getötet habe, Matt. Du könntest nichts beweisen. Hör zu, wir sind zusammen nach Hause gekommen, wegen des Einbruchs sah es aus, als hätte eine Bombe eingeschlagen, wir haben uns gestritten, es wurde hitzig, dann ist etwas passiert.«

»Du hast den Einbruch arrangiert. Du hast die ganze Sache geplant, genau so, wie Cruz und Herrera es dir vorgeworfen haben. Und jetzt hast du dich herausgewunden.«

»Und du hast mir geholfen – den Teil solltest du nicht vergessen.«

»Das werde ich nicht.«

»Und man hätte mich deswegen sowieso nicht eingesperrt, Matt. Niemals. Ich hätte vor Gericht gewonnen, aber auf diese Weise muss ich nicht einmal vor Gericht. Hör zu, es ist nur der Alkohol, der aus uns spricht, und wir haben es morgen vergessen, richtig? Ich hab sie nicht getötet, du hast mich nicht beschuldigt, wir sind weiter Freunde, alles ist bestens. Richtig?«

Man hat nie einen Blackout, wenn man einen haben möchte. Ich wachte am nächsten Tag auf und erinnerte mich an alles, und ich wünschte mir, es nicht zu tun. Er hatte seine Frau umgebracht und würde damit davonkommen. Und ich hatte ihm geholfen. Ich hatte sein Geld genommen und im Gegenzug hatte ich ihm gezeigt, wie er einen Mann in den Selbstmord treiben und einen anderen dazu bringen konnte, ein falsches Geständnis abzulegen.

Und was konnte ich dagegen tun?

Mir fiel absolut nichts ein. Jede Geschichte, mit der ich zur Polizei ging, würde umgehend von Tommy und seinem Anwalt dementiert werden. Alles, was ich hatte, war der dünnste aller auf Hörensagen beruhenden Beweise, die Worte meines eigenen Klienten, als er und ich betrunken gewesen waren. Ich dachte ein paar Tage lang darüber nach, suchte nach Wegen, wie sich etwas bewerkstelligen ließ, und kam auf nichts. Vielleicht konnte ich das Interesse eines Zeitungsreporters wecken und so für Artikel sorgen, die Tommy nicht gefallen würden, aber warum? Zu welchem Zweck?

Es nagte an mir. Aber ich genehmigte mir einfach ein paar Drinks, und dann nagte es nicht mehr so sehr.

Angel Herrera bekannte sich des Einbruchs für schuldig und im Gegenzug ließ die Bezirksstaatsanwaltschaft von Brooklyn alle Mordvorwürfe gegen ihn fallen. Er wurde in den Norden des Staates gebracht, um dort fünf bis zehn Jahre im Gefängnis zu verbringen.

Und dann bekam ich einen Anruf mitten in der Nacht. Ich hatte bereits seit ein paar Stunden geschlafen, aber das Telefon weckte mich und ich griff nach dem Hörer. Es dauerte eine Minute lang, bis ich die Stimme am anderen Ende erkannte.

Es war Carolyn Cheatham.

»Ich musste dich anrufen«, sagte sie. »Weil du ein Bourbontrinker bist und ein Gentleman. Ich war es dir schuldig, dich anzurufen.«

»Was ist los?«

»Er hat mir den Laufpass gegeben«, sagte sie. »Und er hat mich bei Tannahill feuern lassen, damit er im Büro mein Gesicht nicht mehr sehen muss. Jetzt, wo er mich nicht mehr braucht, um seine Geschichte zu bestätigen, hat er Schluss gemacht. Und noch dazu am Telefon.«

»Carolyn–«

»Es steht alles in meinem Abschiedsbrief«, sagte sie. »Ich hinterlasse einen Abschiedsbrief.«

»Hör zu, tu nichts Überstürztes«, sagte ich. Ich war aus dem Bett, tastete nach meiner Kleidung. »Ich bin gleich bei dir. Wir werden darüber reden.«

»Du kannst mich nicht aufhalten, Matt.«

»Ich werde nicht versuchen, dich aufzuhalten. Wir werden miteinander reden, und dann kannst du tun, was du für richtig hältst.«

An meinem Ohr machte es klick.

Ich zog mich schnell an, eilte zu ihrem Gebäude und hoffte, dass es sich um Tabletten handeln würde, etwas, das seine Zeit brauchte. Ich zerbrach eine kleine Scheibe an der Eingangstür und verschaffte mir Zugang zum Haus, dann öffnete ich mit Hilfe einer alten Kreditkarte das Schloss an ihrer Wohnungstür.

Es roch nach Kordit. Sie saß auf der Couch, auf der sie eingeschlafen war, als ich sie das letzte Mal gesehen hatte. Die Pistole war noch in ihrer Hand, der Arm hing schlaff an ihrer Seite herab. In ihrer Schläfe befand sich ein schwarz umrandetes Loch.

Es gab auch einen Abschiedsbrief. Eine leere Flasche Maker's Mark stand auf dem Couchtisch, daneben ein leeres Glas. Der Alkohol machte sich in ihrer Schrift und den schwülstigen Formulierungen des Abschiedsbriefs bemerkbar.

Ich las den Abschiedsbrief. Ich stand ein paar Minuten lang da, nicht für sehr lange, dann holte ich ein Geschirrtuch aus der Küche und wischte die Flasche und das Glass ab. Ich nahm ein identisches Glas, hielt es unter das Wasser und wischte es ebenfalls ab, bevor ich es auf das Abtropfbrett der Spüle stellte.

Den Abschiedsbrief stopfte ich in meine Tasche. Ich nahm ihr die Waffe aus der Hand, prüfte zur Sicherheit ihren Puls. Dann wickelte ich ein Sofakissen um die Pistole, um den Knall zu dämpfen. Ich schoss ihr eine Kugel in die Brust, eine weitere in den offenen Mund.

Ich ließ die Pistole in meiner Tasche verschwinden und ging.

Man fand die Pistole in Tommy Tillarys Haus, zwischen den Kissen des Sofas im Wohnzimmer versteckt und frei von Fingerabdrücken. Die ballistische Untersuchung ergab eine vollständige Übereinstimmung.

Ich hatte mit dem Schuss in ihre Brust auf weiches Gewebe gezielt, weil

Kugeln beim Aufprall auf Knochen fragmentieren können. Das war ein Grund für das Abfeuern der zusätzlichen Schüsse. Der andere war, die Möglichkeit eines Selbstmords auszuschließen.

Nachdem die Geschichte in den Zeitungen erschienen war, nahm ich den Hörer in die Hand und rief Drew Kaplan an. »Ich verstehe es nicht«, sagte ich. »Er war aus dem Schneider; warum zum Teufel hat er das Mädchen ermordet?«

»Fragen Sie ihn selbst«, sagte Kaplan. Er hörte sich nicht sehr glücklich an. »Wenn Sie meine Meinung hören wollen, er ist verrückt. Ehrlich, ich habe nicht geglaubt, dass er es ist. Ich dachte mir, dass er vielleicht seine Frau getötet hat, vielleicht aber auch nicht. Es war nicht meine Aufgabe, über ihn zu urteilen. Aber ich dachte nicht, dass er ein mordgieriger Verrückter ist.«

»Ist es sicher, dass er das Mädchen getötet hat?«

»Gibt kaum einen Zweifel. Die Pistole ist ein ziemlich aussagekräftiger Beweis. Es ist, als hätte man ihn mit einem rauchenden Revolver in der Hand erwischt. So ein Idiot.«

»Komisch, dass er sie behalten hat.«

»Vielleicht wollte er noch andere Leute erschießen. Versteh einer einen Verrückten. Nein, die Pistole ist ein Beweisstück, und es gab einen telefonischen Hinweis – ein Mann hat die Schüsse gemeldet, hat berichtet, dass er gesehen hat, wie ein Kerl davongelaufen ist, und er hat eine Beschreibung abgegeben, die Tommy ziemlich gut getroffen hat. Hat sogar gesagt, dass er diesen roten Blazer anhatte, den er immer trägt, dieses kitschige Teil, in dem er aussieht wie ein Platzanweiser im Paramount-Kino.«

»Das hört sich nicht so an, als ob es leicht zu entkräften wäre.«

»Nun, daran wird sich jemand anderes versuchen müssen«, sagte Kaplan. »Ich hab ihm gesagt, dass ich ihn diesmal nicht verteidigen kann. Was so viel heißt wie, dass ich nichts mehr mit ihm zu tun haben will.«

Ich dachte an diese Geschichte, als ich kürzlich las, dass Angel Herrera entlassen wurde. Er hat die ganzen zehn Jahre abgesessen, weil er im Knast ebenso gut darin war, in Schwierigkeiten zu geraten, wie außerhalb.

Jemand hat Tommy Tillary mit einem selbstgebastelten Messer ermordet, als der zwei Jahre und drei Monate seiner Strafe wegen Totschlags hinter sich gebracht hatte. Ich fragte mich damals, ob Herrera mit ihm abgerechnet hatte, aber ich vermute, dass ich es niemals erfahren werde. Vielleicht hörten die Schecks auf, in Santurce einzutreffen, und Herrera hat ihm das übelgenommen. Oder vielleicht hat Tommy zu jemand anderem etwas Falsches gesagt, und es persönlich gesagt anstatt am Telefon.

Ich denke nicht, dass ich es jetzt noch einmal auf diese Weise machen würde. Ich trinke nicht mehr und der Drang, Gott zu spielen, scheint mit dem Alkohol verpufft zu sein.

Andererseits haben sich eine Menge Dinge geändert. Billie hat kurz nach der Geschichte im Armstrong's aufgehört und New York verlassen. Das Letzte, was ich von ihm gehört habe, war, dass er selbst nicht mehr trinkt, in Sausalito lebt und Kerzen herstellt. Neulich habe ich Dennis in einem Buchladen im unteren Teil der 5th Avenue getroffen, einem Laden, der voller seltsamer Bücher über Yoga, Spiritualismus und ganzheitliche Heilkunst ist. Und das Armstrong's muss Ende des kommenden Monats auch dichtmachen. Der Mietvertrag läuft aus und ich denke, bevor man sich versieht, wird aus dem alten Laden ein weiterer koreanischer Obst- und Gemüsehandel geworden sein.

Ich zünde noch gelegentlich Kerzen für Carolyn Cheatham und Miguelito Cruz an. Nicht sehr oft. Nur dann und wann.

BATMANS GEHILFEN

Die Büros von Reliable befinden sich im Flatiron Building an der Kreuzung Broadway und 23rd Street. Die Empfangsdame, eine elegante junge Schwarze mit hohen Wangenknochen und geglätteten Haaren, schenkte mir ein Nicken und ein Lächeln. Ich ging den Korridor entlang zu Wally Witts Büro.

Er saß an seinem Schreibtisch, ein kleiner, untersetzter Mann mit dem Kinn einer Bulldogge und kurzgeschorenen grauen Haaren. Ohne sich zu erheben, sagte er: »Matt, schön dich zu sehen, du bist genau pünktlich. Du kennst die Jungs? Matt Scudder – Jimmy diSalvo, Lee Trombauer.« Wir gaben uns reihum die Hand. »Wir warten noch auf Eddie Rankin. Dann können wir losziehen und dafür sorgen, dass das amerikanische Vermarktungssystem beschützt wird.«

»Das geht nicht ohne Eddie«, sagte Jimmy diSalvo.

»Nein, wir brauchen ihn«, sagte Wally. »Er ist unser Pitbull. Ist auf Angriff dressiert, unser Eddie.«

Er kam ein paar Minuten später durch die Tür, und ich verstand, was sie gemeint hatten. Ohne sich zu gleichen, wirkten Jimmy, Wally und Lee doch wie Ex-Cops, so wie ich vermutlich auch. Eddie Rankin hingegen sah wie die Art von Typ aus, die wir an den schlimmeren Samstagabenden hatten abführen müssen. Ein großer Kerl mit breiten Schultern und schmaler Hüfte, das Haar blond, beinahe weiß, an den Seiten kurz und hinten lang. Es lag wie eine Mähne in seinem Nacken. Er hatte eine breite Stirn und eine Stupsnase; sein Gesicht war sehr hell und die vollen Lippen waren ungemein rot, fast schon künstlich rot. Er sah wie ein Raubein aus, und man spürte, dass seine Reaktion auf jegliche Art von Stress wahrscheinlich ebenso körperlich wie unvermittelt sein würde.

Wally Witt stellte ihn mir vor. Die anderen kannten ihn bereits. Eddie Rankin schüttelte meine Hand, während seine Linke nach meiner Schulter griff und zudrückte. »Hey, Matt«, sagte er. »Freut mich. Was ist, Jungs, sind wir bereit, dem Kämpfer im Umhang zur Hilfe zu kommen?«

Jimmy diSalvo fing an, die Titelmelodie der alten *Batman*-Fernsehserie zu pfeifen. Wally fragte: »Okay, wer hat eine Waffe? Seid ihr alle bewaffnet?«

Lee Trombauer öffnete die Anzugsjacke und gab den Blick auf einen Revolver in einem Schulterhalfter frei. Eddie Rankin zog eine vollautomatische Pistole hervor und legte sie auf Wallys Schreibtisch. »Batmans Knarre«, verkündete er.

»Batman hat keine Knarre«, erklärte Jimmy ihm.

»Dann sollte er besser nicht nach New York kommen«, sagte Eddie. »Sonst schießt man ihm die Arschbacken ab. So einen Revolver würde ich nicht mal für eine Wette tragen.«

»Der schießt genauso gerade wie dein Teil«, sagte Lee. »Und er blockiert nicht.«

»Dieses Baby blockiert nicht«, sagte Eddie. Er nahm die Pistole in die Hand und zeigte sie herum. »Du hast einen Revolver«, sagte er, »einen .38er oder was auch immer du da hast–«

».38er.«

»–und ein Kerl nimmt ihn dir ab, und alles was er tun muss, ist zielen und abdrücken. Selbst wenn er noch nie zuvor eine Waffe gesehen hat, weiß er, wie man das macht. Dieses Monster hier jedoch« – er demonstrierte es, indem er die Pistole entsicherte und sie durchlud – »all der Scheiß, den man damit machen muss, bevor er das herausgefunden hat, hab ich ihm die Pistole wieder abgenommen und er hat den Lauf im Mund stecken.«

»Niemand nimmt mir meine Waffe ab«, sagte Lee.

»Das sagen sie alle, aber schaut euch an, wie oft es passiert. Wenn ein Cop mit seiner eigenen Waffe erschossen wird, handelt es sich in neun von zehn Fällen um einen Revolver.«

»Das ist, weil sie alle einen tragen«, sagte Lee.

»Nun, da hast du es.«

Jimmy und ich waren unbewaffnet. Wally bot uns an, uns auszustatten, aber wir lehnten beide ab. »Nicht, dass irgendjemand seine Waffe vorzeigen muss, geschweige denn, sie einsetzen muss. Gott bewahre!«, sagte Wally. »Aber es kann da draußen unangenehm werden, und es hilft, wenn man das

Gefühl von Autorität hat. Nun, schnappen wir sie uns jetzt, oder was? Das Batmobil wartet unten auf der Straße.«

Wir fuhren mit dem Aufzug hinunter, fünf erwachsene Männer, drei von uns mit Schusswaffen versehen. Eddie Rankin trug eine karierte Sportjacke und eine Khakihose. Der Rest von uns war in Anzug und Krawatte. Wir verließen das Gebäude durch den Ausgang zur 5th Avenue und folgten Wally zu seinem Wagen, einem fünf Jahre alten Cadillac Fleetwood, der neben einem Hydranten parkte. An der Windschutzscheibe befand sich kein Strafzettel, da eine Karte der Polizeigewerkschaft die Verkehrspolizisten im Zaum gehalten hatte.

Wally fuhr, Eddie Rankin saß auf dem Beifahrersitz. Der Rest von uns war hinten. Wir fuhren die 6th Avenue hoch zur 54th Street und bogen rechts ab. Wally parkte den Wagen ein paar Häuser vor der 5th Avenue. Wir gingen zusammen bis zur Kreuzung, dann die 5th Avenue Richtung Süden. Etwa in der Mitte des Blocks hatten sich drei Schwarze als Straßenhändler auf dem Bürgersteig breitgemacht. Einer von ihnen hatte eine Auslage von Damenhandtaschen und Seidenschals, die fein säuberlich auf einem zusammenklappbaren Kartentisch angeordnet waren. Die anderen beiden boten T-Shirts und Kassetten feil.

Wally sagte halblaut: »Auf geht's. Diese drei waren gestern schon hier. Matt, warum siehst du mit Lee nicht am Ende des Blocks nach, ob die beiden Typen dort an der Ecke das haben, wonach wir suchen. Dann kommt ihr zurück und wir nehmen diese Kerle hier hops. In der Zwischenzeit lass ich mir von dem Kerl ein T-Shirt verkaufen.«

Lee und ich gingen zur Straßenecke hinab. Die beiden betreffenden Händler verkauften Bücher. Wir stellten das fest und gingen zurück. »Echte Polizeiarbeit«, sagte ich.

»Sei dankbar, dass wir keinen Bericht anfertigen müssen, einschließlich einer Liste der Bücher.«

»Der mutmaßlichen Bücher.«

Als wir zu den anderen zurückkehrten, hielt sich Wally gerade ein übergroßes T-Shirt an den Oberkörper, um es Jimmy und Eddie vorzuführen. »Was sagt ihr?«, wollte er wissen. »Bin ich das? Denkt ihr, dass ich das bin?«

»Ich denke, es ist der Joker«, meinte Jimmy diSalvo.

»Das denke ich auch«, sagte Wally. Er blickte die beiden Afrikaner an, die unsicher lächelten. »Ich denke, es ist ein Gesetzesverstoß, das denke ich. Ich denke, dass wir all die Batman-Sachen hier beschlagnahmen müssen. Sie sind nicht genehmigt, sie sind ein Verstoß gegen das Urheberrecht, sie sind ohne Lizenz hergestellt und wir müssen sie mitnehmen.«

Die beiden Verkäufer hatten aufgehört zu lächeln, aber sie schienen kein klares Verständnis von dem zu haben, was sich abspielte. Neben ihnen blickte der dritte Mann, derjenige mit den Schals und Handtaschen, argwöhnisch.

»Sprecht ihr Englisch?«, fragte Wally sie.

»Sie sprechen Zahlen«, sagte Jimmy. »›Fünf Dollah, zehn Dollah, bittäh, dankäh.‹ Das ist alles, was sie können.«

»Wo kommt ihr her?«, wollte Wally wissen. »Senegal, oder? Dakar. Seid ihr aus Dakar?«

Sie nickten. Ihre Gesichter hellten sich auf, weil sie Wörter verstanden. »Dakar«, wiederholte einer der beiden. Sie trugen beide westliche Kleidung, aber sie sahen doch irgendwie wie Ausländer aus – locker sitzende, langärmelige Hemden mit langen, spitzen Kragen und glänzender Oberfläche, schlotternde Bundfaltenhosen. Slipper mit kleinen Löchern im Leder des Obermaterials.

»Was sprecht ihr?«, fragte Wally. »Sprecht ihr Französisch? *Parläh-wuh fransä?*« Der Mann, der bereits zuvor gesprochen hatte, antwortete nun in einem Schwall Französisch. Wally wich vor ihm zurück und schüttelte den Kopf. »Ich weiß nicht, warum zum Teufel ich gefragt habe«, sagte er. »*Parläh-wuh* ist alles, was ich in der verdammten Sprache weiß.« Zu den Afrikanern sagte er: »Polizei. *Parläh-wuht* ihr das? Polizei. *Policia.* Du *kapisch?*« Er öffnete seine Brieftasche und zeigte ihnen irgendein Abzeichen. »Nix verkaufen Batman«, sagte er und wedelte mit einem der T-Shirts vor ihnen herum. »Batman nix gut. Das ist nicht genehmigt, es wurde ohne Lizenzvertrag hergestellt, und ihr könnt es nicht verkaufen.«

»Nix Batman«, sagte einer von ihnen.

»Herrgott, sagt mir nicht, dass ich zu ihnen durchdringe. Richtig, nix Batman. Nein, steck dein Geld weg, ich kann mich nicht bestechen lassen. Ich bin nicht mehr beim NYPD. Alles, was ich will, sind die Batman-Sachen. Den Rest könnt ihr behalten.«

Von ein paar Ausnahmen abgesehen waren fast alle ihre T-Shirts nicht lizensierte Batman-Artikel. Auf dem Rest waren Disney-Figuren abgebildet, die wahrscheinlich ebenso wenig lizensiert waren wie die Batman-Sachen, aber Disney war an diesem Tag nicht der Klient von Reliable, weshalb uns das nicht interessierte. Während wir uns mit Batman und dem Joker beluden, warf Eddie Rankin einen Blick auf die Kassetten, dann wühlte er sich durch die Seidenschals, die der dritte Händler feilbot. Er ließ den Mann die Schals behalten, aber er nahm sich eine Handtasche, die offenbar aus Schlangenleder war. »Nix gut«, erklärte er dem Mann, der ausdruckslos nickte.

Wir trotteten zum Fleetwood zurück und Wally öffnete den Kofferraum. Die beschlagnahmten T-Shirts landeten zwischen dem Ersatzreifen und lose herumliegendem Angelgerät. »Kümmert euch nicht darum, ob der Scheiß schmutzig wird«, sagte Wally. »Es wird sowieso alles vernichtet. Eddie, wenn du anfängst, mit einer Damenhandtasche herumzulaufen, werden die Leute über dich reden.«

»'Ne Frau, die ich kenne«, sagte er. »Der wird sie gefallen.« Er wickelte die Handtasche in ein Batman-Shirt und legte sie in den Kofferraum.

»Okay«, sagte Wally. »Das ging völlig glatt. Was wir jetzt tun werden, ist Folgendes: Lee, du übernimmst mit Matt die andere Straßenseite der 5th Avenue, der Rest von uns bleibt hier auf dieser Seite. Wir werden uns bis zur 42nd Street vorarbeiten. Ich weiß nicht, ob wir viel einkassieren werden, denn auch wenn sie kein Englisch können, spricht sich so etwas doch schnell rum. Aber wir werden sicherstellen, dass es keinen unlizenzierten Batscheiß mehr in der Avenue zu kaufen gibt, bevor wir weiterziehen. Wir werden über die Straße Blickkontakt halten, und falls ihr auf irgendetwas stoßt, gebt ihr uns ein Zeichen. Dann werden wir zusammenkommen und sie zur Strecke bringen. Habt ihr das alle kapiert?«

Es schien so. Wir ließen den Wagen mit seinem Kofferraum voller verbotener Ware zurück und gingen wieder zur 5th Avenue. Die beiden T-Shirt-Händler aus Dakar hatten zusammengepackt und waren verschwunden; sie mussten sich andere Ware und einen anderen Platz für den Verkauf suchen. Der Mann mit den Schals und den Handtaschen übte weiter sein Geschäft aus. Er erstarrte, als er uns sah.

»Nix Batman«, erklärte Wally ihm.

»Nix Batman«, wiederholte er.

»Ich will verdammt sein«, sagte Wally. »Der Typ fängt an, Englisch zu lernen.«

Lee und ich gingen über die Straße und arbeiteten uns Richtung Süden vor. Es gab überall Straßenhändler, die Kleidung, Kassetten, kleinere Geräte, Bücher und Fastfood anboten. Den meisten von ihnen fehlte die gesetzlich vorgeschriebene Genehmigung für den Straßenverkauf, und in schöner Regelmäßigkeit ließ die Stadt die Straßen von ihnen säubern, vor allem die wichtigeren Einkaufsstraßen. Man nahm die Händler fest, verpasste ihnen Geldstrafen und beschlagnahmte ihre Ware. Nach einer Woche oder so gaben die Cops in der Regel den Versuch auf, ein nicht durchsetzbares Gesetz durchzusetzen, und die Straßenhändler nahmen ihr Geschäft wieder auf.

Es war ein offenbar endloser Kreislauf, von dem die Buchhändler allerdings ausgenommen waren.

Der Gerichtshof hatte entschieden, dass der erste Zusatzartikel zur Verfassung im Rahmen der Garantie der Pressefreiheit auch das Recht eines jeden mit einschloss, auf der Straße Druckwerke zu verkaufen, weshalb man nicht belästigt wurde, wenn man Bücher zum Verkauf anbot. Die Konsequenz war, dass viele wissenschaftliche Antiquariate ihre Waren auf den Straßen der Stadt anboten, ebenso wie unzählige Analphabeten, die Mängelexemplare von Kunstbänden und gestohlene Bestseller verhökerten, und Obdachlose, die alte Zeitschriften aus den Mülltonnen retteten und sie in der Hoffnung, jemand würde sie ihnen abkaufen, auf dem Bürgersteig ausbreiteten.

Vor der St. Patrick's Cathedral trafen wir auf einen Pakistani mit T-Shirts und Sweatshirts. Ich fragte ihn, ob er etwas mit Batman hätte, und er wühlte selbst in seinen Haufen und zog ein halbes Dutzend Kleidungsstücke hervor. Wir ersparten uns die Mühe, der Kavallerie auf der anderen Straßenseite ein Zeichen zu geben. Lee zeigte dem Mann einfach eine Marke – Sonderbeamter, verkündete sie – und ich erklärte, dass wir die Batman-Sachen beschlagnahmen müssten.

»Ist großer Schlager, Batman«, sagte der Mann. »Ich bekomme Batman, verkaufe ihn schnell wie nix.«

»Nun, Sie sollten ihn besser nicht mehr verkaufen«, sagte ich ihm, »weil es gegen das Gesetz verstößt.«

106

»Entschuldigung bitte«, sagte er. »Was ist Gesetz? Warum Batman gegen Gesetz? Ist mein Denken, Batman ist *für* Gesetz. Batman gut, nicht?«

Ich klärte ihn über Urheberrecht, Handelsmarken und Lizenzverträge auf. Es war ein bisschen, wie einer Feldmaus den Verbrennungsmotor zu erklären. Er nickte beständig mit dem Kopf, aber ich wusste nicht, wie viel er wirklich verstand. Er verstand die Hauptsache – dass wir mit seiner Ware abziehen würden und er auf den Kosten dafür sitzenbleiben würde. Dieser Teil gefiel ihm nicht, aber er konnte nichts dagegen tun.

Lee klemmte sich die T-Shirts und Sweatshirts unter den Arm und wir gingen weiter. An der Kreuzung mit der 47th Street wechselten wir die Seite, weil Wally uns ein Zeichen gegeben hatte. Sie waren auf ein weiteres Paar Senegalesen gestoßen, die ein breites Sortiment an Batman-Sachen hatten – T-Shirts, Sweatshirts, Schirmmützen und Sonnenschilde, einiges davon mit einer Kopie des geschützten Bat-Signals, anderes mit Variationen des Themas, aber alles nicht genehmigt und deshalb zu beschlagnahmen. Die beiden Männer – sie sahen aus wie Brüder und waren gleich gekleidet in schlabbrige beige Hosen und himmelblaue Nylonhemden – konnten nicht verstehen, was an ihrer Ware nicht stimmte, und wollten nicht glauben, dass wir alles abtransportieren wollten. Aber wir waren zu fünft, und wir waren großgewachsene, einschüchternde weiße Männer mit gebieterischem Auftreten, also was konnten sie dagegen tun?

»Ich hol den Wagen«, sagte Wally. »Wir werden den Scheiß in dieser Hitze keine sieben Blocks weit schleppen.«

Mit fast vollem Kofferraum fuhren wir in die 34th Street und begaben uns zum Mittagessen in ein Lokal, in dem Wally gerne aß. Wir saßen an einem großen runden Tisch, von den Balken an der Decke über uns hingen verzierte Bierkrüge. Wir tranken eine Runde, dann bestellten wir Sandwiches, Pommes und Halbliterkrüge mit dunklem Bier. Ich trank zunächst ein Coke, zum Essen noch ein Coke und danach Kaffee.

»Du trinkst nicht«, sagte Lee Trombauer.

»Heute nicht.«

»Nicht im Dienst«, sagte Jimmy und alle lachten.

»Was ich wissen möchte«, sagte Eddie Rankin, »warum ist alle Welt überhaupt scharf auf so ein gottverdammtes Batman-T-Shirt?«

»Nicht nur T-Shirts«, sagte jemand.

»T-Shirts, Sweatshirts, Kappen, Pausenbrotdosen, wenn man auf Tampax drucken könnte, würden sie es sich in ihre Fotzen schieben. Warum Batman, um Himmels willen?«

»Es ist in«, sagte Wally.

»›Es ist in.‹ Was zum Teufel bedeutet das?«

»Es bedeutet, dass es in ist. Das bedeutet es. ›Es ist in‹ bedeutet, es ist in. Jeder will es, weil alle anderen es wollen, und das bedeutet, dass es in ist.«

»Ich hab den Film gesehen«, sagte Eddie. »Ihr auch?«

Zwei von uns hatten ihn gesehen, zwei nicht.

»Ist okay«, sagte er. »An und für sich würde ich sagen, es ist ein Film für Kinder, aber er ist okay.«

»Also?«

»Also, wie viele T-Shirts in XL kann man an Kinder verkaufen? Alle kaufen diesen Scheiß, und alles, was du mir sagen kannst, ist, dass er in ist, weil er in ist. Ich kapiere es nicht.«

»Musst du auch nicht«, sagte Wally. »Es ist genau wie mit den Niggern. Willst du versuchen, denen zu erklären, warum sie keine Batman-Sachen verkaufen dürfen, bei denen kein kleiner Urheberrechtsvermerk unter das Motiv gedruckt ist? Und wenn du schon dabei bist, kannst du *mir* auch gleich erklären, warum die Arschlöcher, die den Scheiß fälschen, nicht auch gleich den Urheberrechtsvermerk fälschen, wenn sie schon dabei sind. Die Sache ist die: Niemand muss etwas erklären, weil niemand es verstehen muss. Die einzige Botschaft, die die auf der Straße kriegen müssen, ist: ›Batman nix gut, nix verkaufen Batman.‹ Wenn sie das lernen, dann erledigen wir unsere Arbeit richtig.«

Wally bezahlte unser Mittagessen. Wir hielten lange genug am Flatiron Building, um den Kofferraum auszuladen und die Sachen nach oben zu schleppen, dann fuhren wir runter ins Village und arbeiteten den Straßenmarkt in der 6th Avenue unterhalb der 8th Street ab. Wir führten ein paar Beschlagnahmungen ohne Zwischenfälle durch. Dann, in der Nähe des Eingangs zur

U-Bahn bei der westlichen 3rd Street, nahmen wir gerade einem Westinder ein Dutzend T-Shirts und etwa genauso viele Sonnenschilde ab, als ein anderer Verkäufer beschloss, sich einmischen zu müssen. Er trug ein Dashiki und hatte Rastalocken. Er sagte: »Ihr könnt dem Bruder nicht einfach die Sachen nehmen, Mann. Das könnt ihr nicht.«

»Es ist unlizenzierte Ware, deren Herstellung gegen den internationalen Urheberrechtsschutz verstößt«, erklärte Wally ihm.

»Das mag sein«, sagte der Mann. »Aber das gibt euch nicht das Recht, sie zu beschlagnahmen. Wo ist das rechtsstaatliche Verfahren? Wo ist eure Befugnis? Ihr seid keine Polizei.« Er betonte die erste Silbe des Wortes, »*Po*-li-zei«. »Ihr könnt nicht einfach in den Laden eines Mannes kommen, seine Ware beschlagnahmen.«

»Laden?« Eddie Rankin ging auf ihn zu, seine Hände hingen drohend neben seinen Hüften. »Siehst du hier einen Laden? Alles, was ich sehe, ist eine Menge verdammter Scheiß mitten auf einer verdammten Scheißdecke.«

»Das ist der Laden dieses Mannes. Das ist sein Geschäftssitz.«

»Und was ist das?«, wollte Eddie wissen. Er machte ein paar Schritte nach rechts, wo der Mann mit den Rastalocken auf umgekippten Orangenkisten Räucherstäbchen feilbot. »Ist das dein Laden?«

»Das ist richtig. Das ist mein Laden.«

»Weißt du, wie das für mich aussieht? Es sieht aus, als ob du Drogenzubehör verkaufst. So sieht das aus.«

»Es ist Räucherwerk«, sagte der Rasta. »Gegen schlechten Geruch.«

»Schlechter Geruch«, sagte Eddie. Eines der Räucherstäbchen glomm und Eddie nahm es, um daran zu schnüffeln. »Puh!«, sagte er. »Das ist ein schlechter Geruch, da hast du Recht. Stinkt wie ein brennendes Katzenklo.«

Der Rasta nahm ihm das Räucherstäbchen ab. »Es ist guter Geruch«, sagte er. »Riecht wie deine Mama.«

Eddie lächelte ihn an. Seine roten Lippen öffneten sich und seine fleckigen Zähne wurden sichtbar. Er sah glücklich aus, und sehr gefährlich. »Nehmen wir an, ich trete deinen Laden mitten auf die Straße«, sagte er. »Und dich mit dazu. Wie hört sich das für dich an?«

Ruhig und locker glitt Wally Witt zwischen die beiden. »Eddie«, sagte er sanft, und Eddie zog sich zurück. Das Lächeln verschwand von seinen Lippen. Zu dem Räucherstäbchenverkäufer sagte Wally: »Hör zu, du und ich, wir haben keine Probleme miteinander. Ich habe einen Job zu erledigen und du hast dein eigenes Geschäft zu führen.«

»Der Bruder hier hat auch ein Geschäft zu führen.«

»Nun, er wird es ohne Batman führen müssen, denn so lautet nun mal das Gesetz. Aber wenn *du* Batman spielen willst und dir ein Wortgefecht mit meinem Mann hier lieferst und dich in Sachen einmischst, die dich nichts angehen, dann habe ich keine Wahl. Kannst du mir folgen?«

»Alles, was ich sage, ist, dass ich sage, dass ihr einen Polizisten und eine gerichtliche Anordnung braucht, wenn ihr die Ware dieses Mannes beschlagnahmen wollt. Etwas Offizielles.«

»Gut«, sagte Wally. »Du sagst es und ich höre, wie du es sagst. Aber was ich sage, ist, dass alles, was ich tun muss, ist, es zu tun, offiziell oder nicht. Nun, wenn du einen Cop holen willst, um mich aufzuhalten, gut, nur zu, mach es. Aber sobald du es machst, werde ich dich anzeigen, weil du Drogenzubehör verkaufst und ohne Genehmigung Handel betreibst–«

»Das hier ist kein Drogenzubehör. Das wissen wir beide.«

»Wir wissen beide, dass du nur den starken Mann spielen willst, und wir wissen beide, was dir das einbringen wird. Willst du das wirklich?«

Der Räucherstäbchenverkäufer stand einen Moment lang da, dann senkte er die Augen. »Es spielt keine Rolle, was ich will«, sagte er.

»Nun, damit hast du Recht«, erklärte Wally ihm. »Es spielt keine Rolle, was du willst.«

Wir warfen die T-Shirts und Sonnenschilde in den Kofferraum und machten uns aus dem Staub. Auf dem Weg zur Astor Place sagte Eddie: »Du hättest dich nicht einmischen müssen. Ich wäre nicht ausgerastet.«

»Hab ich auch nie behauptet.«

»Dieses Mama-Zeug geht an mir vorbei. Das ist nur Nigger-Gerede, die sagen alle so einen Scheiß.«

»Ich weiß.«

»Sie würden über ihre Väter reden, aber sie wissen nicht, wer zum Teufel die sind, also müssen sie sich an die Mütter halten. Schlechter Geruch, ich hätte ihm das Zeug in den Arsch schieben sollen, genau dahin, wo der schlechte Geruch herkommt. Ich hasse es, wenn solche Typen ihre Nase einfach in die Angelegenheiten anderer stecken.«

»Der typische Gehsteiganwalt.«

»Typisches Arschloch, das ist er. Vielleicht geh ich zurück und rede später noch einmal mit ihm.«

»Nach der Arbeit.«

»Richtig, nach der Arbeit.«

In der Astor Place gibt es einen eher rechtsfreien Straßenmarkt mit vielen Typen aus der Bowery, die eine Mischung aus Sachen, die sie aus dem Müll gerettet haben, und gestohlener Ware anbieten. Unsere Rolle hatte etwas Besonderes an sich, weil wir heiße Radios, Schreibmaschinen und Schmuck ignorierten und nur nach Waren suchten, die auf legitime Weise gekauft worden waren, wenngleich von illegitimen Herstellern. Wir fanden nicht viele Batman-Sachen im Angebot, obwohl sich viele Leute, Käufer und Verkäufer gleichermaßen, mit dem Kämpfer im Umhang schmückten. Wir waren nicht darauf aus, jemandem die Kleidung vom Leibe zu reißen; außerdem suchten wir nicht zu intensiv nach verbotener Ware. Die Straße war voller Cracksüchtiger und Irrer, und es war nicht der richtige Zeitpunkt, unser Glück herauszufordern.

»Lasst uns von hier verschwinden«, sagte Wally. »Ich hab den Wagen nur ungern in dieser Gegend stehen. Wir haben bereits dafür gesorgt, dass mein Klient auf seine Kosten kommt.«

Um vier waren wir wieder in Wallys Büro und auf seinem Schreibtisch türmten sich die Früchte unserer Arbeit. »Schaut euch all diesen Scheiß an«, sagte er. »Der Müll von heute, die Schätze von morgen. In zwanzig Jahren werden sie diesen Dreck bei Christie's versteigern. Nicht diesen speziellen Dreck, denn den werde ich zum Klienten schicken lassen und der wird ihn in die Verbrennungsanlage stopfen. Gentlemen, ihr habt anständige Arbeit geleistet.« Er zog seine Brieftasche hervor und gab jedem von uns einen Hunderter. Er sagte: »Morgen um die gleiche Zeit? Nur, dass ich denke, dass wir morgen Mittag chinesisch essen werden. Eddie, vergiss deine Handtasche nicht.«

»Keine Sorge.«

»Die Sache ist die: Du solltest sie wahrscheinlich nicht bei dir tragen, wenn du deinem Rasta-Freund noch einen Besuch abstattest. Er könnte einen falschen Eindruck bekommen.«

»Dieser Scheißkerl«, sagte Eddie. »Ich hab keine Zeit für sowas. Wenn er das Räucherstäbchen im Arsch haben will, muss er es sich selbst reinschieben.«

Lee, Jimmy und Eddie verließen das Büro, wobei sie lachten, witzelten und sich gegenseitig auf die Schultern klopften. Ich schickte mich an, ihnen zu folgen, dann machte ich kehrt und fragte Wally, ob er eine Minute Zeit hätte.

»Klar«, sagte er. »Herrgott, das ist unglaublich. Schau dir das an.«

»Es ist ein Batman-T-Shirt.«

»Was du nicht sagst, Sherlock. Und schau mal, was dort direkt unter dem Bat-Signal abgedruckt ist?«

»Der Urheberrechtsvermerk.«

»Richtig, wodurch es zu einem legalen T-Shirt wird. Haben wir noch mehr davon? Nein, nein, nein, nein. Warte einen Moment, hier ist eines. Und hier ist noch eines. Herrgott, das ist erstaunlich. Gibt es noch mehr davon? Ich kann keine mehr sehen, du etwa?«

Wir durchsuchten den Haufen, ohne auf weitere T-Shirts mit Urheberrechtsvermerk zu stoßen.

»Drei«, sagte er. »Nun, das ist nicht so schlimm. Nur ein Bruchteil.« Er knüllte die drei T-Shirts zusammen und warf sie zurück auf den Haufen. »Willst du eines von denen? Die sind legal, du kannst sie tragen, ohne Angst haben zu müssen, dass sie beschlagnahmt werden.«

»Ich denke nicht.«

»Hast du Kinder? Nimm was für die Kinder mit nach Hause.«

»Einer studiert, der andere ist beim Militär. Ich denke nicht, dass sie daran interessiert wären.«

»Wahrscheinlich nicht.« Er kam hinter seinem Schreibtisch hervor. »Nun, es lief alles gut da draußen, oder nicht? Wir waren eine gute Mannschaft und haben gut zusammengearbeitet.«

»Ich schätze schon.«

»Was ist los, Matt?«

»Nichts, wirklich. Aber ich denke nicht, dass ich morgen Zeit haben werde.«

»Nein? Warum nicht?«

»Nun, erst einmal habe ich einen Termin beim Zahnarzt.«

»Oh, ja? Um wie viel Uhr?«

»Viertel nach neun.«

»Also, wie lange kann das dauern? Eine halbe Stunde, höchstens eine Stunde? Triff uns hier um halb elf, das passt schon. Mein Klient braucht nicht zu erfahren, wann wir uns auf die Straße begeben.«

»Es ist nicht nur der Zahnarzttermin, Wally.«

»Oh?«

»Ich denke nicht, dass ich diese Sache weiterhin tun möchte.«

»Welche Sache? Urheber- und Markenschutz?«

»Ja.«

»Was ist los? Ist es unter deiner Würde? Weil es nicht alle deine Fähigkeiten als Detektiv beansprucht?«

»Darum geht es nicht.«

»Denn mir scheint, es ist keine schlechte Sache für das Geld. Hundert Dollar für einen kurzen Arbeitstag, von zehn bis vier, eineinhalb Stunden Mittagspause mit bezahltem Mittagessen. Du bist ein billiger Gast, weil du nicht trinkst, aber trotzdem. Wenn wir es als Zehn-Dollar-Mittagessen betrachten, sind das einhundertzehn Dollar für was, viereinhalb Stunden Arbeit?« Er drückte die Tasten auf seinem Schreibtischrechner. »Das sind vierundzwanzig Dollar vierundvierzig die Stunde. Das ist keine schlechte Bezahlung. Wenn du mehr verdienen willst, brauchst du entweder Einbruchswerkzeug oder ein abgeschlossenes Jurastudium, denke ich.«

»Das Geld ist okay, Wally.«

»Was ist dann das Problem?«

Ich schüttelte den Kopf. »Ich hab einfach nicht das Herz dafür«, sagte ich. »Leute drangsalieren, die nicht einmal unsere Sprache sprechen, ihnen die Ware abnehmen, weil wir stärker sind als sie und sie nichts dagegen tun können.«

»Sie können damit aufhören, verbotene Ware zu verkaufen, das können sie.«

»Wie? Sie wissen doch noch nicht einmal, was verbotene Ware ist.«

»Nun, und da kommen wir ins Spiel. Wir klären sie auf. Wie sollen sie es lernen, wenn sie nicht von jemandem darüber aufgeklärt werden?«

Ich hatte meine Krawatte schon früher gelockert. Jetzt nahm ich sie ab, faltete sie zusammen und steckte sie in die Tasche.

Er sagte: »Wenn eine Firma das Urheberrecht besitzt, hat sie ein Recht darauf zu kontrollieren, wer davon Gebrauch macht. Jemand schließt einen Lizenzvertrag ab, zahlt gutes Geld dafür, ein bestimmtes Produkt produzieren zu dürfen, also hat er auch ein Recht darauf, das, wofür er bezahlt hat, exklusiv zu vertreiben.«

»Damit habe ich kein Problem.«

»Aber?«

»Sie sprechen nicht einmal unsere Sprache«, sagte ich.

Er erhob sich hinter dem Schreibtisch. »Wer hat ihnen denn gesagt, dass sie herkommen sollen?«, wollte er wissen. »Wer zum Teufel hat sie eingeladen? Man kann keinen Block im Zentrum entlanggehen, ohne über einen dieser Super-Verkäufer aus Senegal zu stolpern. Sie drängeln sich aus diesem Air-Afrique-Flugzeug aus Dakar und bevor man sich versieht, führen sie einen Freiluftladen in der weltberühmten 5th Avenue. Sie zahlen keine Miete, sie zahlen keine Steuern, sie breiten einfach eine Decke auf dem Boden aus und scheffeln Kohle.«

»Sie sahen nicht so aus, als ob sie dabei reich werden würden.«

»Es geht ihnen bestimmt nicht schlecht. Sie zahlen zwei Dollar für einen Schal und verkaufen ihn für zehn, da bleibt bestimmt was hängen. Sie steigen in Hotels wie dem Bryant ab, zusammengepfercht wie die Sardinen, sechs oder acht in einem Zimmer. Schlafen im Schichtdienst, kochen auf Kochplatten. Zwei oder drei Monate lang, und dann geht's zurück ins verdammte Dakar. Sie liefern das Geld ab, nehmen sich ein paar Minuten, um ein neues Baby auf den Weg zu bringen, und schon fliegen sie wieder hierher, um von vorne anzufangen. Denkst du, uns fehlt das? Haben wir nicht schon genug eigene Nigger, die unfähig sind, ihren Lebensunterhalt zu bestreiten, müssen wir noch mehr davon einfliegen?«

Ich ging den Haufen auf seinem Schreibtisch durch und nahm einen Sonnenschild mit aufgedrucktem Joker in die Hand. Ich fragte mich, warum jemand etwas Derartiges besitzen wollte. Ich sagte: »Was denkst du, ist das Zeug wert, das wir beschlagnahmt haben? Ein paar hundert?«

»Herrgott, ich weiß es nicht. Vermutlich zehn für ein T-Shirt, und davon haben wir wie viele, dreißig oder vierzig? Wenn man die Sweatshirts und den Rest von dem Scheiß hinzufügt, wette ich, dass es nahe an einem Tausender ist. Warum?«

»Ich hab mir nur überlegt. Du hast jedem von uns hundert Dollar gezahlt, außerdem hast du das Mittagessen übernommen.«

»Achtzig inklusive Trinkgeld. Worauf willst du hinaus?«

»Du musst uns bei deinem Klienten für was in Rechnung gestellt haben, fünfzig Dollar die Stunde?«

»Ich hab bis jetzt niemanden für nichts in Rechnung gestellt, ich bin gerade erst zur Tür hereinmarschiert. Aber ja, das ist der Tarif.«

»Wie wirst du es kalkulieren, vier Mann bei acht Stunden pro Mann?«

»Sieben Stunden. Die Mittagspause stellen wir nicht in Rechnung.«

Sieben Stunden schien großzügig zu sein, wenn man in Betracht zog, dass wir viereinhalb gearbeitet hatten. Ich sagte: »Sieben mal fünfzig mal vier von uns ergibt was? Vierzehnhundert Dollar? Zuzüglich deiner eigenen Zeit, natürlich, und du musst für dich selbst einen höheren Tarif berechnen als für einen normalen Mitarbeiter. Einhundert die Stunde?«

»Fünfundsiebzig.«

»Für sieben Stunden ergibt was, fünfhundert?«

»Fünfhundertfünfundzwanzig«, sagte er mit monotoner Stimme.

»Plus vierzehnhundert macht neunzehnhundertfünfundzwanzig. Sagen wir zweitausend für den Klienten. Kommt das ungefähr hin?«

»Worauf willst du hinaus, Matt? Dass mein Klient zu viel bezahlt oder dass dein Stück vom Kuchen nicht groß genug ist?«

»Weder noch. Aber wenn er sich mit diesem Müll hier« – ich deutete mit der Hand auf den Haufen auf dem Schreibtisch – »eindecken will, wäre er dann nicht besser dran, wenn er ihn einfach kaufen würde? Er würde sehr viel mehr Ware fürs selbe Geld bekommen, oder etwa nicht?«

Er starrte mich einen langen Moment lang an. Dann lockerte sich sein hartes Gesicht plötzlich auf und er fing an zu lachen. Ich lachte auch, und die in der Luft liegende Spannung verflüchtigte sich. »Herrgott, du hast Recht«, sagte er. »Der Typ zahlt viel zu viel.«

»Ich meine, wenn du das für ihn abwickeln wolltest, müsstest du nicht mich und die anderen engagieren.«

»Ich könnte einfach herumlaufen und in bar bezahlen.«

»Richtig.«

»Ich könnte sogar die Typen auf der Straße überspringen, mich direkt an den Großhändler wenden.«

»So würdest du noch ein paar Dollar sparen.«

»Großartig«, sagte er. »Weißt du, wie sich das anhört? Hört sich an wie etwas, das die Regierung machen würde, um das Kokain von der Straße bekommen, indem sie es direkt den Kolumbianern abkauft. Warte mal einen Moment, haben die nicht tatsächlich mal sowas gemacht?«

»Ich glaube ja, aber ich denke nicht, dass es Kokain war.«

»Nein, es war Opium. Es war vor ein paar Jahren, da haben sie die gesamte türkische Opiumernte aufgekauft, weil es angeblich der billigste Weg war zu verhindern, dass das Zeug ins Land kommt. Gekauft und verbrannt, und das, liebe Kinder, das war das Ende der Heroinabhängigkeit in Amerika.«

»Hat wunderbar funktioniert, nicht wahr?«

»Nichts funktioniert«, sagte er. »Das ist das Grundprinzip der modernen Gesetzesvollstreckung. Nichts funktioniert jemals. Das Witzige ist, in diesem Fall macht mein Klient nicht wirklich ein schlechtes Geschäft. Wenn man ein Urheberrecht oder ein Markenzeichen besitzt, muss man es verteidigen. Sonst riskiert man, dass man es verliert. Man muss in der Lage sein nachzuweisen, dass man an dem und dem Tag eine bestimmte Summe gezahlt hat, um seine Interessen zu schützen, und dass Ermittler in deinem Auftrag soundso viele Artikel von soundso vielen Händlern beschlagnahmt haben. Und es ist das Geld wert, das man dafür ausgibt. Glaub mir, diese großen Firmen, die würden nicht Jahr ein, Jahr aus Geld dafür ausgeben, wenn sie nicht denken würden, dass es sich lohnt.«

»Das glaube ich«, sagte ich. »Überhaupt, es würde mir kaum schlaflose Nächte bereiten, wenn dein Klient ein bisschen über den Tisch gezogen wird.«

»Dir gefällt einfach die Arbeit nicht.«

»Ich befürchte nein.«

Er zuckte mit den Schultern. »Da kann ich dir keinen Vorwurf machen. Es ist Kleinscheiß. Aber, Herrgott, Matt, die meiste Detektivarbeit ist Kleinscheiß. War das auf dem Revier anders? Oder irgendwo bei der Polizei? Das meiste von dem, was wir getan haben, war Kleinscheiß.«

»Und Papierkram.«

»Und Papierkram, da hast du absolut Recht. Man macht Kleinscheiß und schreibt dann darüber. Und fertig Kopien an.«

»Ich kann mich mit einer gewissen Menge an Kleinscheiß abfinden«, sagte ich. »Aber ehrlich gesagt, ich hab einfach nicht das Herz für das, was wir heute getan haben. Ich hab mich wie ein Schulhofschläger gefühlt.«

»Hör zu, ich würde auch lieber Türen eintreten und die bösen Jungs fertigmachen. Ist es das, was du möchtest?«

»Nicht wirklich.«

»Batman sein, durch Gotham City brausen, Unrecht beseitigen. Und das Ganze, ohne eine Waffe zu tragen. Weißt du, was in dem Film gefehlt hat?«

»Ich hab ihn noch nicht gesehen.«

»Robin, es gab keinen Robin. Robin, der Wunderknabe. Er ist auch nicht mehr in den Comics. Jemand hat mir erzählt, dass sie eine Abstimmung durchgeführt haben, die Leser durften eine neunhunderter Nummer anrufen und sich entscheiden, ob sie Robin behalten wollen oder ob man ihn töten soll. Wie im Alten Rom, diese Kämpfer, wie nennt man die?«

»Gladiatoren.«

»Richtig. Daumen hoch oder Daumen runter, und Robin hat den Daumen runter bekommen, also haben sie ihn beseitigt. Kannst du das glauben?«

»Ich kann alles glauben.«

»Ja, du und ich, wir beide. Ich hab immer gedacht, dass sie Schwuchteln sind.« Ich blickte ihn an. »Batman und Robin, meine ich. Sein ›Mündel‹, um Himmels willen! Sie putzen sich heraus, fliegen herum, tragen Kostüme. Ich hab vermutet, dass das so eine Schwuchtel-Sado-Maso-Sache ist. Hast du das nicht auch vermutet?«

»Ich hab nie darüber nachgedacht.«

»Nun, ich hab deshalb auch keine schlaflosen Nächte verbracht, aber worum sollte es sich sonst handeln? Egal, jetzt ist er tot, der Robin. An AIDS gestorben, vermute ich, aber die Familie leugnet es, genau wie bei diesem Wie-heißt-er-noch? Du weißt schon, wen ich meine.«

Ich wusste es nicht, nickte aber trotzdem.

»Man muss seinen Lebensunterhalt bestreiten, weißt du. Seine Dollars verdienen, sei es dadurch, dass man Afrikaner schikaniert, oder dadurch, dass man sich da draußen auf eine Decke setzt und selbst Kassetten und

Schals verkauft. Fünf Dollah, zehn Dollah.« Er blickte mich an. »Nützt nichts, hä?«

»Ich denke nicht, Wally.«

»Du willst keiner von Batmans Gehilfen sein. Nun, du kannst nicht tun, was du nicht tun kannst. Überhaupt, was zum Teufel weiß ich darüber? Du trinkst nicht. Ich selbst hab damit kein Problem. Aber wenn ich nicht am Ende des Tages die Füße hochlegen und mir ein paar Drinks genehmigen könnte, wer weiß? Vielleicht könnte ich es dann auch nicht tun. Matt, du bist ein guter Kerl. Wenn du deine Meinung änderst–«

»Ich weiß. Danke, Wally.«

»Hey«, sagte er. »Nicht der Rede wert. Wir müssen uns umeinander kümmern, wenn du weißt, was ich meine. Hier in Gotham City.«

DER BARMHERZIGE ENGEL DES TODES

»Die Leute kommen hierher, um zu sterben, Mr. Scudder. Sie melden sich aus Krankenhäusern ab, geben ihre Wohnungen auf und kommen zur Caritas. Weil sie wissen, dass wir uns hier um sie kümmern. Und sie wissen, dass wir sie sterben lassen.«

Carl Orcott war groß und schlank, mit einer langen, spitzen Nase und einem dazu passenden Kinn. In seinem blonden Haar und dem rotblonden Schnurrbart machte sich etwas Grau bemerkbar. Die Haut seines Gesichts war straff über den Schädel gezogen, die Wangen waren hohl. Vielleicht war er von Natur aus hager, vielleicht hatten ihn die Ansprüche seiner Arbeit aufgerieben. Weil er ein Schwuler im letzten Jahrzehnt eines schrecklichen Jahrhunderts war, drängte sich eine weitere Möglichkeit auf: dass er HIV-positiv war. Dass sein Immunsystem geschwächt war. Dass sich das Virus, das ihn eines Tages töten würde, bereits in seinem Körper befand und wartete.

»Da der sanfte Tod der ganze Grund für unsere Existenz ist«, sagte er, »scheint es ein bisschen übertrieben, sich zu beklagen, wenn er eintritt. Der Tod ist hier bei uns kein Feind. Der Tod ist ein Freund. Unsere Patienten sind in einer sehr schlechten Verfassung, wenn sie zu uns kommen. Man rennt nicht in ein Hospiz, wenn man die ersten Ergebnisse eines Bluttests bekommt oder wenn die ersten blauroten Kaposi-Sarkome auftreten. Zuerst versucht man alles, einschließlich des Nicht-wahrhaben-Wollens. Eine Zeitlang funktioniert das, aber irgendwann funktioniert gar nichts mehr, weder das AZT noch das Pentamidin, auch nicht die Kassetten von Louise Hay oder die Heilsteine. Nicht einmal mehr das Nicht-wahrhaben-Wollen. Wenn man dafür bereit ist, dass es zu Ende geht, kommt man hierher und wird von uns begleitet.« Er lächelte leicht. »Wir halten ihnen die Tür auf. Wir schubsen sie nicht hindurch.«

»Aber jetzt denken Sie, dass–«

»Ich weiß nicht, was ich denke.« Er wählte eine Pfeife aus Bruyère-Holz von einem Pfeifenständer aus Nussbaum, in dem sich acht Pfeifen befanden, untersuchte sie, schnüffelte an ihrem Kopf. »Grayson Lewes hätte nicht sterben sollen«, sagte er. »Nicht zu diesem Zeitpunkt. Es ging ihm sehr gut, in Anbetracht der Umstände. Er hatte heftige Schmerzen, das Cytomegalievirus ließ ihn erblinden, aber er war noch immer sehr stark. Natürlich war er dabei zu sterben, sie liegen alle im Sterben, aber sein Tod schien nicht unmittelbar bevorzustehen.«

»Was ist passiert?«

»Er ist gestorben.«

»Woran?«

»Ich weiß es nicht.« Er atmete den Geruch der nicht angezündeten Pfeife ein. »Jemand kam zu ihm und sah, dass er tot war. Es gab keine Obduktion. In der Regel gibt es keine. Welchen Sinn hätte es auch? Die Ärzte verzichten sowieso lieber darauf, AIDS-Patienten aufzuschneiden, weil sie das Risiko einer Infektion vermeiden möchten. Natürlich sind die meisten unserer Mitarbeiter seropositiv, aber selbst dann versucht man, unnötigen zusätzlichen Kontakt zu vermeiden. Quantität könnte einen Unterschied machen und es könnte mehrere Virenstämme geben. Das Virus verändert sich, müssen Sie wissen.« Er schüttelte den Kopf. »Es gibt noch immer so viel, das wir nicht verstehen.«

»Es gab keine Obduktion.«

»Nein. Ich dachte daran, eine zu verlangen.«

»Was hat Sie davon abgehalten?«

»Das, was Leute davon abhält, sich einem Antikörpertest zu unterziehen. Angst vor dem, was ich erfahren könnte.«

»Sie denken, dass Lewes umgebracht wurde.«

»Ich denke, dass es möglich ist.«

»Weil er überraschend gestorben ist. Aber das kommt vor, oder nicht? Selbst wenn Menschen nicht krank sind. Sie haben einen Schlaganfall oder einen Herzinfarkt.«

»Das ist wahr.«

»Es ist schon vorher passiert, oder? Lewes war nicht der Erste.«

Er lächelte reuevoll. »Sie sind sehr gut.«

»Das gehört zu meinem Geschäft.«

»Ja.« Seine Finger spielten mit der Pfeife. »Es hat ein paar unerwartete Todesfälle gegeben. Aber, wie Sie gesagt haben, so etwas kommt vor. Deshalb gab es keinen wirklichen Grund für einen Verdacht. Es gibt immer noch keinen.«

»Aber Sie sind stutzig geworden.«

»Bin ich das? Ich vermute, ja.«

»Erzählen Sie mir den Rest, Carl.«

»Es tut mir leid«, sagte er. »Ich zwinge Sie dazu, es mir aus der Nase zu ziehen, oder? Grayson Lewes hatte Besuch, weiblichen. Sie war zwanzig Minuten lang bei ihm, vielleicht eine halbe Stunde. Sie war der letzte Mensch, der ihn lebend gesehen hat. Vielleicht war sie der erste, der ihn tot gesehen hat.«

»Wer ist sie?«

»Ich weiß es nicht. Sie kommt seit ein paar Monaten hierher. Bringt immer Blumen mit, etwas Aufheiterndes. Beim letzten Mal hat sie gelbe Freesien gebracht. Nichts Ausgefallenes, nur einen Fünf-Dollar-Strauß vom Koreaner an der Ecke, aber sie heitern ein Zimmer auf.«

»Hatte sie Lewes schon zuvor besucht?«

Er schüttelte den Kopf. »Andere Patienten. Sie kommt so ungefähr einmal die Woche vorbei und fragt immer namentlich nach einem unserer Patienten. Es sind oft die Allerkranksten, die sie besuchen kommt.«

»Und dann sterben sie?«

»Nicht immer. Aber oft genug, dass man angefangen hat, darüber zu reden. Trotzdem hab ich mir nie den Gedanken gestattet, dass sie eine verursachende Rolle haben könnte. Ich dachte, sie hätte irgendeinen Instinkt, der sie zu denen bringt, die kurz davor sind, über den Jordan zu gehen.« Er blickte zur Seite. »Als sie Lewes besucht hat, hat jemand den Witz gemacht, dass sein Zimmer vermutlich bald frei sein würde. Wenn man hier arbeitet, wird man unter vier Augen ziemlich pietätlos. Sonst würde man verrückt werden.«

»Das war bei der Polizei ähnlich.«

»Das überrascht mich nicht. Wenn einer von uns hustet oder niest, kann es sein, dass ein anderer sagt: ›Oha, du bekommst vielleicht bald Besuch von der Barmherzigen.‹«

»Nennt sie sich so?«

»Niemand kennt ihren Namen. So nennen wir sie unter uns. Der barmherzige Engel des Todes. Kurz: die Barmherzige.«

Der Mann namens Bobby saß aufrecht im Bett seines Zimmers im dritten Stock. Er hatte kurzes, graues Haar, einen buschigen grauen Schnurrbart und graue Haut, auf der hier und da die violetten Flecken des Kaposi-Sarkoms zu sehen waren. Trotz der verheerenden Wirkung der Krankheit hatte er ein herzzerreißend jugendliches Gesicht. Er war ein ruinierter Cherub, der älteste Junge der Welt.

»Sie war gestern hier«, sagte er.

»Sie hat Sie zweimal besucht«, sagte Carl.

»Zweimal?«

»Einmal letzte Woche und dann noch einmal vor drei oder vier Tagen.«

»Ich dachte, dass sie nur einmal hier war. Und dass das gestern war.« Er runzelte die Stirn. »Alles scheint gestern gewesen zu sein.«

»Was alles, Bobby?«

»Alles. Sommer im Camp Arrowhead. *I Love Lucy*. Die Mondlandung. Ein gewaltiges Gestern, in das alles reingestopft ist wie in den Schrank von diesem Typen. Mir fällt sein Name nicht mehr ein, aber er war berühmt für seinen Schrank.«

»Fibber McGee«, sagte Carl.

»Ich weiß nicht, warum mir sein Name nicht mehr einfällt«, sagte Bobby träge. »Er wird mir einfallen. Ich werde gestern an ihn denken.«

Ich sagte: »Als sie bei Ihnen war–«

»Sie war wunderschön. Groß, schlank, hinreißende Augen. Ein wallendes taubengraues Kleid, mit einem blutroten Schal um den Hals. Ich war mir nicht sicher, ob sie wirklich ist oder nicht. Ich dachte, dass ich vielleicht eine Vision habe.«

»Hat sie Ihnen ihren Namen gesagt?«

»Ich erinnere mich nicht. Sie sagte, dass sie gekommen sei, um bei mir zu sein. Und die meiste Zeit saß sie einfach da, wo Carl jetzt sitzt. Sie hat meine Hand gehalten.«

»Was hat sie sonst noch gesagt?«

»Dass ich in Sicherheit bin. Dass mir niemand mehr wehtun kann. Sie sagte–«

»Ja?«

»Dass ich unschuldig bin«, sagte er. Er seufzte und ließ den Tränen freien Lauf.

Er weinte eine kurze Zeit lang ungehemmt, dann griff er nach einem Taschentuch. Als er wieder sprach, war seine Stimme sachlich, beinahe distanziert: »Sie *war* zweimal hier«, sagte er. »Jetzt erinnere ich mich. Beim zweiten Mal war ich unausstehlich, es war, als hätte ich meine Tage, und ich hab ihr gesagt, dass sie nicht bei mir herumhängen müsste, wenn sie nicht wollte. Und sie sagte mir, dass *ich* nicht hier herumhängen müsste, wenn ich nicht wollte.

Und ich sagte, klar, ich kann mit einer Rose zwischen den Zähnen auf dem Broadway stepptanzen gehen. Und sie sagte, nein, alles, was ich tun müsste, wäre loszulassen, und dann würde meine Seele frei sein. Ich hab sie angeblickt, und ich wusste, was sie meinte.«

»Und?«

»Sie hat mir gesagt, dass ich loslassen sollte, alles aufgeben sollte, einfach loslassen und auf das Licht zugehen sollte. Und ich sagte – wissen Sie, das ist seltsam.«

»Was haben Sie gesagt, Bobby?«

»Ich hab ihr gesagt, dass ich das Licht nicht sehen kann und noch nicht bereit bin, zu ihm zu gehen. Und sie sagte, dass das in Ordnung ginge, dass das Licht dort sein würde, um mich zu führen, wenn ich bereit wäre. Sie sagte, dass ich wissen würde, was zu tun ist, wenn die Zeit kommt. Und sie hat darüber geredet, wie man es macht.«

»Wie?«

»Indem man loslässt. Indem man ins Licht geht. Ich erinnere mich nicht an alles, was sie gesagt hat. Ich bin mir nicht einmal sicher, ob das wirklich alles passiert ist oder ich einen Teil davon nur geträumt habe. Ich bin mir mit nichts mehr sicher. Manchmal habe ich Träume und später fühlen sie sich an, als wären sie Teil meiner Lebensgeschichte. Und manchmal blicke ich auf mein Leben zurück und über dem größten Teil davon liegt ein Schleier, als hätte ich es niemals gelebt, als wäre es nichts als ein Traum gewesen.«

Zurück in seinem Büro nahm Carl eine andere Pfeife in die Hand und führte den geschwärzten Kopf an seine Nase. Er sagte: »Sie haben gefragt, warum ich mich an Sie gewandt habe anstatt an die Polizei. Können Sie sich vorstellen, Bobby einem offiziellen Verhör auszusetzen?«

»Er scheint nicht immer bei klarem Verstand zu sein.«

Er nickte. »Das Virus durchdringt die Blut-Hirn-Schranke. Wenn man das Kaposi-Sarkom und die opportunistischen Infektionen überlebt, wird man mit Demenz belohnt. Bobby kann die meiste Zeit über klar denken, aber einige seiner geistigen Kreisläufe fangen an durchzuschmoren. Oder einzurosten, zu verstopfen oder was auch immer sie tun.«

»Es gibt Cops, die wissen, wie man von Leuten in seinem Zustand Aussagen aufnimmt.«

»Trotzdem. Können Sie sich die Schlagzeilen vorstellen? GNADEN-MÖRDERIN SCHLÄGT IN AIDS-HOSPIZ ZU. Wir haben es auch so schon schwer genug, über die Runden zu kommen. Sie müssen wissen, wann auch immer in der Presse erwähnt wird, wie viele Hunde und Katzen der Tierschutzverein einschläfern lässt, gehen die Spenden auf ein Minimum zurück. Stellen Sie sich vor, das würde uns passieren.«

»Manche Leute würden Ihnen mehr geben.«

Er lachte. »›Hier sind zehntausend Dollar – bringen Sie dafür noch zehn von denen für mich um!‹ Sie könnten Recht haben.«

Er roch wieder an der Pfeife. Ich sagte: »Wissen Sie, soweit es mich betrifft, können Sie das Ding gerne anstecken.«

Er starrte mich an, dann die Pfeife, als wäre er überrascht, sie in seiner Hand zu finden. »Im ganzen Gebäude ist Rauchen verboten«, sagte er. »Außerdem rauche ich nicht.«

»Die Pfeifen kamen mit dem Büro?«

Er lief rot an. »Sie haben John gehört«, sagte er. »Wir haben zusammengelebt. Er starb ... mein Gott, im November werden es zwei Jahre. Es fühlt sich nicht so lange an.«

»Es tut mir leid, Carl.«

»Ich hab früher mal geraucht. Marlboros. Aber ich hab es mir vor langer

Zeit abgewöhnt. Sein Pfeifenrauch hat mich nie gestört, ich hab das Aroma immer gemocht. Und jetzt rieche ich lieber eine von seinen Pfeifen als den AIDS-Geruch. Wissen Sie, welchen Geruch ich meine?«

»Ja.«

»Nicht jeder mit AIDS hat ihn, aber viele, und die meisten Krankenzimmer stinken danach. Sie müssen es in Bobbys Zimmer gerochen haben. Es ist ein unheiliger, fauliger Geruch, ein Geruch wie verrottetes Leder. Ich kann den Geruch von Leder nicht mehr ertragen. Ich habe Leder geliebt, aber jetzt kann ich nicht anders, als es mit dem Gestank von Schwulen, die in stickigen, übelriechenden Zimmern dahinsiechen, zu assoziieren.

Und dieses ganze Gebäude riecht für mich so. Der Gestank von Desinfektionsmitteln liegt über allem. Wir verbrauchen Tonnen davon, als Spray und flüssig. Das Virus ist überraschend schwach, es überlebt nicht lange außerhalb des Körpers, aber wir überlassen so wenig wie möglich dem Zufall, weshalb die Zimmer und die Gänge alle nach Desinfektionsmitteln riechen. Aber darunter befindet sich immer der Geruch der Krankheit selbst.«

Er drehte die Pfeife in seinen Händen. »Seine Kleidung war voll mit dem Geruch. Die von John. Ich hab alles weggegeben. Aber seine Pfeifen haben eine Note, die ich immer mit ihm assoziiert habe, und eine Pfeife ist so etwas Persönliches, nicht wahr, mit den Bissspuren des Rauchers am Stiel.« Er blickte mich an. Seine Augen waren trocken, seine Stimme kräftig und ruhig. In seinem Tonfall lag keine Trauer, sie lag nur in den Worten selbst. »Im November sind es zwei Jahre. Ich schwöre, es scheint nicht so lange her zu sein, und ich nutze den einen Geruch nur, um den anderen fernzuhalten. Und vermutlich, um die Jahre zu überbrücken und ihn näher bei mir zu halten.« Er legte die Pfeife ab. »Zurück zu den Vorfällen. Werden Sie einen sorgfältigen, aber inoffiziellen Blick auf unseren Todesengel werfen?«

Ich sagte ihm, dass ich das tun würde. Er sagte, ich würde bestimmt einen Vorschuss wollen, und öffnete die oberste Schublade seines Schreibtisches. Ich erklärte ihm, dass das nicht nötig sein würde.

»Aber ist das nicht der Standard bei Privatdetektiven?«

»Ich bin keiner, zumindest nicht offiziell. Ich habe keine Lizenz.«

»Das haben Sie mir gesagt, aber selbst so–«

»Ich bin auch kein Anwalt«, fuhr ich fort, »aber es gibt keinen Grund, warum ich nicht ab und zu *pro bono* arbeiten könnte. Wenn es zu viel meiner Zeit in Anspruch nimmt, werde ich Sie das wissen lassen, aber fürs Erste können Sie es als Spende betrachten.«

Das Hospiz befand sich im Village, in der Hudson Street. Rachel Bookspan wohnte fünf Meilen nördlich davon in einem Sandsteinhaus im italienischen Stil in der Claremont Avenue. Ihr Ehemann Paul ging zu Fuß zu seiner Arbeit an der Columbia University, wo er als Dozent Politikwissenschaft lehrte. Rachel war eine freiberufliche Lektorin, die Aufträge von verschiedenen Verlagen erhielt, um Manuskripte für die Veröffentlichung auf Vordermann zu bringen. Ihre Fachgebiete waren Geschichte und Biografien.

Sie erzählte mir das alles, während wir in ihrem mit Büchern vollgestopften Wohnzimmer Kaffee tranken. Sie sprach über ein Manuskript, an dem sie gerade arbeitete, die Biografie einer Frau, die im späten neunzehnten Jahrhundert eine religiöse Sekte gegründet hatte. Sie sprach über ihre Kinder, zwei Jungs, die in einer Stunde oder so aus der Schule kommen würden. Schließlich verlor sie den Schwung und ich brachte das Gespräch wieder auf ihren Bruder, Arthur Fineberg, der in der Morton Street gewohnt und im Zentrum Manhattans als Archivar bei einer Investmentfirma gearbeitet hatte. Und der zwei Wochen zuvor im Caritas-Hospiz verstorben war.

»Wie wir uns an das Leben klammern«, sagte sie. »Auch wenn es furchtbar ist. Auch wenn wir uns nach dem Tod sehnen.«

»Wollte Ihr Bruder sterben?«

»Er hat darum gebetet. Jeden Tag hat die Krankheit ein weiteres Stückchen von ihm gestohlen. Sie hat an ihm genagt wie eine Maus, und nach unzähligen Monaten der Hölle hat sie ihm schließlich den Lebenswillen genommen. Er konnte nicht mehr kämpfen. Er hatte nichts, mit dem er kämpfen konnte, nichts, *für* das er kämpfen konnte. Aber er hat trotzdem weitergelebt.«

Sie blickte mich an, dann wandte sie den Blick ab. »Er hat mich angefleht, ihn zu töten«, sagte sie.

Ich schwieg.

»Wie konnte ich ihm das abschlagen? Aber wie konnte ich ihm helfen? Zuerst dachte ich, dass es nicht richtig ist, aber dann entschied ich, dass es sein Leben war, und wer hatte ein größeres Anrecht darauf, es zu beenden, wenn er es wollte? Aber wie konnte ich es tun? Wie?

Ich dachte an Tabletten. Wir haben nichts im Haus, abgesehen von Midol gegen Menstruationsbeschwerden. Ich bin zu meinem Arzt gegangen und habe behauptet, ich hätte Schlafprobleme. Nun, das war nicht allzu weit von der Wahrheit entfernt. Er hat mir eine Zwölferpackung Valiumtabletten verschrieben. Ich hab mir nicht mal die Mühe gemacht, das Rezept einzulösen. Ich wollte Artie keine Handvoll Beruhigungstabletten geben. Ich wollte ihm eine dieser Zyanidkapseln geben, wie sie die Spione in den Kriegsfilmen immer haben. Man beißt rein und ist tot. Aber wo bekommt man so etwas?«

Sie beugte sich in ihrem Sessel vor. »Erinnern Sie sich an diesen Mann im Mittleren Westen, der seinen Jungen von einem Beatmungsgerät abgekoppelt hat? Die Ärzte wollten den Jungen nicht sterben lassen, woraufhin der Vater mit einem Revolver ins Krankenhaus gegangen ist und alle in Schach gehalten hat, bis sein Sohn tot war. Ich denke, dass dieser Mann ein Held war.«

»Das haben viele Leute gedacht.«

»Bei Gott, ich wollte eine Heldin sein! Ich hatte Fantasien. Es gibt ein Gedicht von Robinson Jeffers über einen verletzten Falken, in dem der Sprecher das Tier von seinen Qualen befreit. ›Ich gab ihm das Bleigeschenk‹, sagt er. Womit er eine Kugel meint, ein Geschenk aus Blei. Ich wollte meinem Bruder dieses Geschenk geben. Ich habe keine Schusswaffe. Ich glaube nicht an Waffen. Zumindest habe ich das nie getan. Jetzt weiß ich nicht mehr, an was ich glaube.

Wenn ich eine Pistole gehabt hätte, hätte ich dann zu ihm gehen und ihn erschießen können? Ich kann es mir nicht vorstellen. Ich habe ein Messer, eine Küche voller Messer, und glauben Sie mir, ich hab daran gedacht, mit einem Messer in meiner Handtasche zu ihm zu gehen, zu warten, bis er einschläft, und ihm dann das Messer zwischen die Rippen ins Herz zu stoßen. Ich hab es mir bildlich ausgemalt, ich bin jeden einzelnen Aspekt durchgegangen, aber ich hab es nicht getan. Mein Gott, ich bin nicht mal mit einem Messer in der Tasche aus dem Haus gegangen.«

Sie fragte, ob ich noch Kaffee wollte. Ich verneinte und fragte sie, ob ihr

Bruder andere Besucher gehabt hatte und ob er vielleicht jemand anderen gebeten haben könnte, es zu tun.

»Er hatte Dutzende Freunde, Männer und Frauen, die ihn geliebt haben. Und ja, er dürfte sie gefragt haben. Er hat jedem gesagt, dass er sterben wollte. So hart, wie er all die Monate lang um sein Leben gekämpft hatte, so entschlossen wurde er zu sterben. Denken Sie, dass ihm jemand geholfen hat?«

»Ich denke, dass es möglich ist.«

»Bei Gott, ich hoffe es«, sagte sie. »Ich wünschte nur, ich wäre es gewesen.«

»Ich hab mich nicht testen lassen«, sagte Aldo. »Ich bin ein 44-jähriger Schwuler und hab ein aktives Sexleben gehabt, seit ich fünfzehn Jahre alt war. Ich *muss* mich nicht testen lassen, Matthew. Ich gehe davon aus, dass ich seropositiv bin. Ich gehe davon aus, dass wir alle es sind.«

Er war ein fülliger Teddybär von Mann, mit lockigem schwarzem Haar und einem Gesicht, das so permanent heiter war wie ein Smiley-Button. Wir saßen an einem kleinen Tisch in einem Café in der Bleecker Street, nur zwei Häuser von dem Laden entfernt, in dem er Comics und Baseballkarten an Sammler verkaufte.

»Vielleicht bricht die Krankheit bei mir nicht aus«, sagte er. »Vielleicht werde ich einen absolut respektablen Tod aufgrund von übermäßigem Essen und Trinken sterben. Vielleicht werde ich von einem Bus überfahren oder von einem Straßenräuber erschlagen. Wenn ich krank werde, werde ich warten, bis es wirklich schlimm wird, denn ich liebe dieses Leben, Matthew. Ich liebe es wirklich. Aber wenn es soweit ist, möchte ich keinen Bummelzug nehmen, der an jeder Station anhält. Ich werde in einen Expresszug steigen, der mich schnellstens von hier wegbringt.«

»Du hörst dich an wie jemand, der seine Koffer gepackt hat.«

»Kein Gepäck. ›Travelin' light.‹ Erinnerst du dich an den Song?«

»Natürlich.«

Er summte ein paar Takte davon, klopfte den Rhythmus mit dem Fuß. Unser kleiner Marmortisch wackelte von der Bewegung. Er sagte: »Ich hab genug Tabletten, um es hinzukriegen. Ich hab auch einen geladenen Revolver. Und ich denke, dass ich die Nerven haben werde zu tun, was ich tun muss, wenn ich es tun muss.« Er runzelte die Stirn, was untypisch für ihn war. »Die Gefahr besteht darin, zu lange zu warten. In einem Krankenhausbett zu landen und zu schwach zu sein, irgendwas zu tun. Zu vernebelt vom Gehirnfieber zu sein, um sich daran zu erinnern, was man tun wollte. Sterben zu wollen, aber nicht in der Lage sein, es zu tun.«

»Ich habe gehört, dass es Leute gibt, die einem dabei helfen.«

»Das hast du gehört, wirklich?«

»Eine Frau im Besonderen.«

»Worauf willst du hinaus, Matthew?«

»Du warst mit Grayson Lewes befreundet. Und mit Arthur Fineberg. Es gibt eine Frau, die Leuten hilft, die sterben wollen. Sie hat ihnen womöglich geholfen.«

»Und?«

»Und du weißt, wie man mit ihr in Kontakt tritt.«

»Wer sagt das?«

»Hab ich vergessen, Aldo.«

Das Lächeln war zurück auf seinem Gesicht. »Du bist sehr diskret, was?«

»Sehr.«

»Ich will nicht, dass sie Schwierigkeiten bekommt.«

»Ich auch nicht.«

»Warum lassen wir sie dann nicht in Frieden?«

»Es gibt einen Hospizleiter, der befürchtet, dass sie Leute umbringt. Er hat es vorgezogen, sich an mich zu wenden anstatt an die Polizei. Aber wenn ich nichts in Erfahrung bringe–«

»–ruft er die Cops.« Er zog sein Adressbuch aus der Tasche und schrieb eine Nummer für mich ab. »Bitte mach ihr keine Schwierigkeiten«, sagte er. »Vielleicht werde ich sie selbst brauchen.«

Ich rief sie noch am selben Abend an und traf mich mit ihr am folgenden Nachmittag in einer Cocktailbar unweit des Washington Square Parks. Sie sah aus, wie sie mir beschrieben worden war, einschließlich des grauen Umhangs über einem langen grauen Kleid. An diesem Tag trug sie einen kanariengelben Schal. Sie trank Perrier und ich bestellte mir dasselbe.

Sie sagte: »Erzählen Sie mir von Ihrem Freund. Sie haben gesagt, dass er sehr krank ist.«

»Er will sterben. Er hat mich angefleht, ihn zu töten, aber ich kann es nicht.«

»Nein, natürlich nicht.«

»Ich hatte gehofft, dass Sie ihn vielleicht besuchen könnten.«

»Wenn Sie denken, dass es etwas nützt. Erzählen Sie mir etwas über ihn.«

Ich denke, sie war nicht älter als fünfundvierzig, wenn überhaupt, aber ihr Gesicht hatte etwas Uraltes an sich. Man musste nicht allzu sehr von Reinkarnation überzeugt sein, um zu glauben, dass sie schon einmal gelebt hatte. Ihre Gesichtszüge waren ausgeprägt, die Augen graublau. Ihre Stimme war tief, und zusammen mit dem hohen Wuchs ließ das Zweifel an ihrem Geschlecht aufkommen. Sie konnte eine Geschlechtsumwandlung hinter sich haben oder ein Transvestit sein. Aber ich denke nicht. Sie hatte etwas Ewig-Weibliches an sich, das nicht wie eine Parodie wirkte.

Ich sagte: »Das kann ich nicht.«

»Weil diese Person nicht existiert.«

»Ich befürchte, es gibt eine Menge derartiger Personen, aber ich habe an keine bestimmte gedacht.« Ich erklärte ihr in wenigen Sätzen, warum ich hier war. Als ich geendet hatte, ließ sie die Stille andauern, dann fragte sie mich, ob ich glaubte, dass sie in der Lage wäre, jemanden zu töten. Ich antwortete ihr, dass es schwer war zu wissen, wozu irgendjemand in der Lage war.

Sie sagte: »Ich denke, Sie sollten selbst sehen, was ich tue.«

Sie erhob sich. Ich legte etwas Geld auf den Tisch und folgte ihr hinaus auf die Straße.

Wir nahmen ein Taxi zu einem vierstöckigen Backsteinbau in der 22nd Street westlich der 9th Avenue. Wir gingen zwei Stockwerke die Treppe hoch; die Tür öffnete sich, als sie daran klopfte. Ich konnte die Krankheit riechen, bevor ich über die Schwelle trat. Der junge Schwarze, der die Tür geöffnet hatte, war froh sie zu sehen und schien über meine Anwesenheit nicht überrascht. Er fragte mich nicht nach meinem Namen und nannte mir auch seinen nicht.

»Kevin ist so müde«, sagte er zu uns beiden. »Es bricht mir das Herz.«

Wir gingen durch ein sauberes, spärlich eingerichtetes Wohnzimmer und einen kurzen Gang entlang zu einem Schlafzimmer, in dem der Geruch noch stärker war. Kevin lag in einem Bett, dessen Kopfteil aufgerichtet war. Er sah aus wie das Opfer einer Hungersnot oder jemand, den man aus Dachau befreit hatte. Seine Augen waren mit schrecklicher Angst erfüllt.

Sie zog einen Stuhl an die Seite des Betts und ließ sich darauf nieder. Sie nahm seine Hand und streichelte mit ihrer anderen Hand seine Stirn. »Sie sind jetzt in Sicherheit«, sagte sie ihm. »Sie sind in Sicherheit, Sie müssen nicht mehr leiden, Sie haben alles getan, was Sie tun mussten. Sie können sich jetzt entspannen. Sie können jetzt loslassen, Sie können ins Licht gehen.«

»Sie können es tun«, sagte sie ihm. »Schließen Sie die Augen, Kevin, und gehen Sie in sich hinein und suchen Sie den Teil, der klammert. Irgendwo in Ihnen ist ein Teil, der wie eine geballte Faust ist, und ich will, dass Sie diesen Teil finden und bei ihm bleiben. Und loslassen. Lassen Sie die Faust die Finger öffnen. Es ist, als würde die Faust einen kleinen Vogel umschließen, und wenn Sie die Faust öffnen, kann der Vogel davonfliegen. Lassen Sie es einfach passieren, Kevin. Lassen Sie einfach los.«

Er bemühte sich zu sprechen, aber alles, was er zustande brachte, war ein Krächzen. Sie wandte sich dem Schwarzen zu, der in der Tür stand. »David«, sagte sie, »seine Eltern leben nicht mehr, oder?«

»Ich denke, dass sie beide tot sind.«

»Wem von beiden stand er am nächsten?«

»Ich weiß es nicht. Ich denke, dass sie schon vor langer Zeit gestorben sind.«

»Hatte er einen Partner? Ich meine, vor Ihnen?«

»Kevin und ich waren nie zusammen. Ich kenne ihn nicht einmal sonderlich gut. Ich bin hier, weil er sonst niemanden hat. Er hatte einen Partner.«

»Ist sein Partner gestorben? Wie hat er geheißen?«

»Martin.«

»Kevin«, sagte sie, »alles wird gut. Alles, was Sie tun müssen, ist, zum

Licht zu gehen. Können Sie das Licht sehen? Ihre Mutter ist dort, Kevin, und Ihr Vater. Und Martin–«

»Mark!«, rief David aus. »Oh Gott, es tut mir leid. Ich bin so dämlich, es war nicht Martin, es war Mark. Mark, so hat er geheißen.«

»Es ist okay, David.«

»Ich bin so verdammt dämlich–«

»Schauen Sie ins Licht, Kevin«, sagte sie. »Mark ist dort und Ihre Eltern und alle, die Sie jemals geliebt haben. Matthew, nehmen Sie seine andere Hand. Kevin, Sie müssen nicht mehr hierbleiben. Sie haben alles getan, was Sie hier tun wollten. Sie müssen nicht mehr bleiben. Sie müssen sich nicht festklammern. Sie können loslassen, Kevin. Sie können zum Licht gehen. Lassen Sie los und greifen Sie nach dem Licht–«

Ich weiß nicht, wie lange sie so zu ihm sprach. Fünfzehn, zwanzig Minuten, vermute ich. Er gab mehrmals krächzende Geräusche von sich, aber die meiste Zeit über war er still. Es schien nichts zu passieren, aber dann erkannte ich, dass seine Furcht nicht länger gegenwärtig war. Sie schien sie davongeredet zu haben. Sie sprach weiter zu ihm, streichelte ihm die Stirn und hielt seine Hand, und ich hielt die andere Hand. Ich hörte ihr nicht länger zu, ich ließ die Worte einfach über mich hinwegziehen, während mein Gehirn mit einem verwirrten Gedanken spielte wie ein Katzenbaby mit einem Wollknäuel.

Dann passierte etwas. Die Energie im Zimmer veränderte sich und ich blickte hoch im Wissen, dass er gestorben war.

»Ja«, murmelte sie. »Ja, Kevin. Gott segne Sie, er möge Ihnen Ruhe schenken. Ja.«

»Manchmal stecken sie fest«, sagte sie. »Sie wollen gehen, aber sie können nicht. Sie haben sich so lange festgeklammert, dass sie nicht wissen, wie man loslässt.«

»Und dann helfen Sie ihnen.«

»Wenn ich kann.«

»Was ist, wenn Sie nicht können? Nehmen wir an, Sie reden und reden und die halten sich immer noch fest?«

»Dann sind sie noch nicht bereit. Sie werden zu einem späteren

Zeitpunkt bereit sein. Früher oder später lässt jeder los. Jeder stirbt. Mit oder ohne meine Hilfe.«

»Und wenn sie nicht bereit sind–«

»Manchmal komme ich zu einem späteren Zeitpunkt zurück. Und manchmal sind sie dann bereit.«

»Was ist mit denen, die um Hilfe bitten? Solche wie Arthur Fineberg, die darum flehen zu sterben, aber körperlich noch nicht weit genug sind, um loszulassen?«

»Was soll ich darauf antworten?«

»Das, was Sie sagen wollen. Das, was Ihnen in der Kehle steckt, ebenso wie Kevins ungewolltes Leben in seiner Kehle gesteckt hat. Sie klammern sich daran.«

»Ich soll es einfach loslassen, was?«

»Wenn Sie wollen.«

Wir waren irgendwo in Chelsea zu Fuß unterwegs und brachten jetzt einen ganzen Block hinter uns, ohne dass einer von uns ein Wort gesagt hatte. Dann sagte sie: »Ich denke, dass es einen gewaltigen Unterschied darin gibt, jemandem mit Worten zu helfen und irgendetwas Körperliches zu tun, um den Tod zu beschleunigen.«

»Das denke ich auch.«

»Und da ziehe ich die Grenze. Aber manchmal, obwohl die Grenze gezogen ist–«

»Treten Sie darüber hinweg.«

»Ja. Beim ersten Mal, ich schwöre es, habe ich ohne bewusste Absicht gehandelt. Ich hab ein Kissen genommen, ich hab es über sein Gesicht gehalten und–« Sie atmete tief ein und aus. »Ich schwor mir, dass es nie wieder passieren würde. Aber dann war da jemand anderes, und er brauchte einfach Hilfe, wissen Sie, und–«

»Und Sie haben ihm geholfen.«

»Ja. War das falsch von mir?«

»Ich weiß nicht, was richtig oder falsch ist.«

»Leiden ist falsch«, sagte sie, »solange es nicht Teil von Gottes Plan ist, und woher kann ich mir anmaßen zu wissen, ob es das ist oder nicht? Vielleicht können Menschen nicht loslassen, weil es noch eine Lektion gibt, die sie lernen müssen, bevor sie weiterziehen können. Wer zum Teufel bin ich zu entscheiden, dass es für jemanden an der Zeit ist, dass sein Leben endet? Wie wage ich es, mich einzumischen?«

»Und trotzdem tun Sie es.«

»Nur hin und wieder, wenn ich einfach keinen anderen Weg sehe. Dann tue ich, was ich tun muss. Ich bin mir sicher, dass ich in der Sache eine Wahl habe, aber ich schwöre, es fühlt sich einfach nicht so an. Ich fühlt sich überhaupt nicht so an, als hätte ich eine Wahl.« Sie blieb stehen und drehte sich zu mir, um mich anzublicken. Sie sagte: »Was passiert jetzt?«

»Nun, sie ist der barmherzige Engel des Todes«, sagte ich zu Carl Orcott. »Sie besucht die Kranken und Sterbenden, in den meisten Fällen, weil sie von jemandem aufgefordert wurde. Ein Freund kontaktiert sie, oder ein Verwandter.«

»Bezahlen sie sie?«

»Manchmal versuchen sie es. Sie nimmt kein Geld. Sie bezahlt sogar die Blumen selbst.« Sie hatte Holländische Schwertlilien mit in Kevins Wohnung in der 22nd Street genommen. Blau, mit gelber Mitte, die zu ihrem Schal passte.

»Sie tut es *pro bono*«, sagte er.

»Und sie spricht mit ihnen. Sie haben gehört, was Bobby gesagt hat. Ich hab ihr dabei zusehen dürfen. Sie hat den armen Schweinehund direkt aus dieser Welt in die nächste geredet. Ich vermute, man könnte argumentieren, dass das, was sie tut, Hypnose gefährlich nahekommt, dass sie Leute hypnotisiert und sie davon überzeugt, sich körperlich umzubringen, aber ich kann mir nicht vorstellen, wie jemand versuchen würde, damit ein Geschworenengericht zu überzeugen.«

»Sie spricht einfach mit ihnen.«

»Mhm. ›Lass los, geh zum Licht.‹«

»›Und einen schönen Tag noch.‹«

»Darauf läuft es hinaus.«

»Sie bringt sie nicht um?«

»Nein. Sie lässt sie einfach sterben.«

Er griff nach einer Pfeife. »Nun, zum Teufel«, sagte er, »das ist das, was wir tun. Vielleicht sollte ich sie anstellen.« Er schnüffelte am Pfeifenkopf.

»Ich bin Ihnen dankbar, Matthew. Sind Sie sicher, dass Sie zu meinem Dank nicht auch etwas Geld wollen? Nur weil die Barmherzige *pro bono* arbeitet, heißt das nicht, dass Sie es auch tun müssen.«

»Es geht in Ordnung.«

»Sind Sie sicher?«

Ich sagte: »Sie haben mich am ersten Tag gefragt, ob ich wüsste, wie AIDS riecht.«

»Und Sie haben geantwortet, dass Sie den Geruch kennen. Oh.«

Ich nickte. »Ich habe Freunde an AIDS verloren. Ich werde noch mehr verlieren, bevor es vorüber ist. In der Zwischenzeit bin ich dankbar, wenn ich die Möglichkeit bekomme, Ihnen einen Gefallen zu tun. Denn ich bin froh, dass es diesen Ort gibt, damit die Menschen einen Ort haben, an den sie kommen können.«

Ich war sogar froh, dass es sie gab, die Frau in Grau, den barmherzigen Engel des Todes. Um ihnen die Tür aufzuhalten und ihnen das Licht auf der anderen Seite zu zeigen. Und, wenn es wirklich nötig war, sie ganz sanft über die Schwelle zu schubsen.

DIE NACHT UND DIE MUSIK

Wir gingen, während die Sänger noch mit Applaus bedacht wurden, bahnten uns unseren Weg den Gang hoch und durch das Foyer. Drinnen war es Winter in Paris gewesen, wo die Liebenden von *La Bohème* zitterten und hungerten; draußen war es New York, wo der Frühling zum Sommer wurde.

Wir hielten uns an der Hand und gingen über den großen Vorplatz, vorbei am Springbrunnen, der unter den Lichtern schimmerte, vorbei an der Avery Fisher Hall. Unsere Wohnung ist im Parc Vendôme in der 57th Street, Ecke 9th Avenue. Auf dem Weg dorthin legten wir etwa einen Block schweigend zurück.

Dann sagte Elaine: »Ich will noch nicht nach Hause.«

»In Ordnung.«

»Ich will Musik hören. Geht das?«

»Das haben wir gerade getan.«

»Andere Musik. Nicht noch eine Oper.«

»Gut«, sagte ich, »denn eine am Abend ist das Maximum für mich.«

»Du alter Bär. Eine am Abend ist für dich eine mehr als das Maximum.«

Ich zuckte mit den Schultern. »Ich lerne, sie zu mögen.«

»Nun, eine am Abend ist mein Maximum. Weißt du was? Ich bin in komischer Stimmung.«

»Irgendwie habe ich das gespürt.«

»Sie stirbt immer«, sagte sie.

»Mimi.«

»Mhm. Wie oft, denkst du, habe ich *La Bohème* schon gesehen? Sechsmal, siebenmal?«

»Das musst du wissen.«

»Mindestens. Und weißt du was? Ich könnte es einhundert Mal sehen und es wird sich nichts ändern. Sie wird jedes verdammte Mal sterben.«

»Sehr wahrscheinlich.«

»Deshalb will ich etwas anderes hören«, sagte sie, »bevor wir den Abend beschließen.«

»Etwas Heiteres«, schlug ich vor.

»Nein, traurig ist okay. Ich hab nichts gegen traurig. Um genau zu sein, ich ziehe es vor.«

»Aber du willst, dass am Ende alle am Leben sind.«

»Das ist es«, sagte sie. »So traurig wie möglich, aber niemand soll sterben.«

Wir nahmen ein Taxi zu einem neuen Laden, von dem ich gehört hatte; er befand sich im Erdgeschoss eines Hochhauses in der Amsterdam Avenue auf Höhe der Neunziger Straßen. Das Publikum war wie Salz und Pfeffer, weiße Studenten und schwarze Streber, blonde Models und schwarze Strippenzieher. Die Band war ebenfalls gemischt: der Saxophonist und der Bassist weiß, der Pianist und der Schlagzeuger schwarz. Der Oberkellner meinte, mich zu kennen, und führte uns zu einem Tisch in der Nähe der Bühne. Sie hatten ein paar Takte von »Satin Doll« gespielt, als wir uns setzten, und ließen ein Stück folgen, das ich kannte, an dessen Namen ich mich aber nicht erinnern konnte. Ich denke, es war eine Komposition von Thelonious Monk, aber das ist nur eine Vermutung. Ich kann mich nur selten an die Namen von Stücken erinnern, wenn es keinen Text gibt, der mir im Gedächtnis haften bleibt.

Abgesehen davon, dass wir Getränke bestellten, sprachen wir kein Wort, bis das Set zu Ende war. Wir nippten an unserer Cranberry-Schorle und lauschten der Musik. Als sie Pause machten, langte sie nach meiner Hand. »Danke«, sagte sie.

»Bist du okay?«

»Ich war immer okay. Jetzt fühle ich mich allerdings besser. Weißt du, woran ich gedacht habe?«

»An den Abend, an dem wir uns kennengelernt haben.«

Sie riss die Augen auf. »Woher hast du das gewusst?«

»Nun, es war in einem Raum, der diesem hier sehr ähnlich war und sich auch so anfühlte. Du hast an Danny Boys Tisch gesessen, und das hier ist seine Art von Laden.«

»Mein Gott, war ich jung. Wir waren beide so verdammt jung.«

»Jung sein ist eine der Sachen, die durch die Zeit geheilt werden.«

»Du warst ein Cop und ich war eine Hure. Aber du warst schon länger bei der Polizei, als ich anschaffen ging.«

»Ich war bereits Detective.«

»Und ich war neu genug, um zu denken, dass diese Art von Leben glamourös war. Nun, es war glamourös. Schau dir nur die Orte an, an denen ich war, und die Leute, die ich kennengelernt habe.«

»Verheiratete Cops.«

»Stimmt, du warst damals verheiratet.«

»Ich bin jetzt auch verheiratet.«

»Mit mir. Himmel, wie sich die Dinge entwickeln, was?«

»Ein Club wie dieser«, sagte ich, »und dieselbe Art von Musik.«

»Traurig genug, um dir das Herz zu brechen, aber niemand stirbt.«

»Du warst die schönste Frau dort an diesem Abend«, sagte ich. »Und du bist es immer noch.«

»Ah, Pinocchio«, sagte sie und drückte meine Hand. »Erzähl mir noch mehr Lügen.«

Wir blieben, bis sie zumachten. Draußen auf der Straße sagte sie: »Mein Gott, ich bin unmöglich. Ich will nicht, dass der Abend ein Ende nimmt.«

»Er muss es nicht.«

»Früher«, sagte sie, »kanntest du alle Spätkneipen. Erinnerst du dich, als Condon's für Musiker die Nacht über geöffnet hatte und sie dort bis zum Morgengrauen improvisierten?«

»Ich erinnere mich an Eddie Condons Heilmittel gegen Kater«, sagte ich. »›Nimm den Saft von zwei Literflaschen Whiskey …‹ Was danach kam, hab ich vergessen.«

»Besinnungslosigkeit?«

»Sollte man meinen. Hör zu, ich weiß, wo wir hingehen können.«

Ich hielt ein Taxi an und wir fuhren zum Sheridan Square. Dort gibt es eine Kellerkneipe, die den gleichen Namen trägt wie ein lange verschwundener Jazz-Club in Harlem. Sie fangen gegen Mitternacht an und haben bis nach dem Morgengrauen geöffnet, und es ist legal, weil sie keinen Alkohol ausschenken. Ich ging früher wegen des Alks in die Spätkneipen und lernte, die Musik zu mögen, weil ich dort so viel davon hörte und man fast den Alkohol in jeder verminderten Quinte spüren konnte. Heutzutage gehe ich wegen der Musik, und was ich in den Blue Notes höre, ist weniger der Alk als all die Gefühle, die die Drinks kaschiert haben.

An diesem Abend gab es sehr viele verschiedene Musiker, die von dem, was vermutlich die feste Rhythmusgruppe des Hauses war, begleitet wurden. Es gab einen Tenorsaxophonisten, der sich ein bisschen wie Johnny Griffin anhörte, und einen Pianisten, der mich an Lennie Tristano erinnerte. Und wie immer gab es eine Menge Musik, die ich kaum hörte, Hintergrundmusik für meine eigenen unkoordinierten Gedanken.

Der Himmel war hell, als wir uns aus der Kneipe schleppten. »Schau dir das an«, sagte Elaine. »Es ist taghell.«

»Das sollte es auch sein. Es ist Morgen.«

»Was für eine New Yorker Nacht, was? Weißt du, ich habe unsere Reise nach Europa genossen, ebenso die anderen Orte, die wir gemeinsam besucht haben, aber letzten Endes–«

»–bist du ein echtes New Yorker Mädchen.«

»Darauf kannst du deinen Hintern wetten. Und was wir heute Nacht gehört haben, war New Yorker Musik. Klar, ich weiß alles darüber, dass die Musik den Fluss hoch aus New Orleans gekommen ist, all den Scheiß, aber es ist mir egal. Das war New Yorker Musik.«

»Du hast Recht.«

»Und niemand ist gestorben«, sagte sie.

»Das ist richtig«, sagte ich. »Niemand ist gestorben.«

AUF DER SUCHE NACH DAVID

Elaine sagte: »Du hörst nie auf zu arbeiten, oder?«

Ich blickte sie an. Wir waren in Florenz, saßen an einem kleinen, gekachelten Tisch an der Piazza della Signoria und schlürften Cappuccino, der mindestens ebenso gut war wie das Zeug, das sie einem im Peacock in der Greenwich Avenue servierten. Es war ein strahlender Tag, aber die Luft war kühl und frisch. Die Stadt badete in der Oktobersonne. Elaine trug eine Khakihose und eine maßgeschneiderte Safari-Jacke. Sie sah aus wie eine glamouröse Auslandskorrespondentin oder vielleicht eine Spionin. Ich trug ebenfalls eine Khakihose, dazu ein Polohemd und den blauen Blazer, den sie meinen Altbewährten nannte.

Wir hatten fünf Tage in Venedig verbracht. Nun waren wir den zweiten von fünf Tagen in Florenz, dann blieben uns noch sechs Tage in Rom, bevor uns Alitalia wieder nach Hause bringen würde.

Ich sagte: »Nette Arbeit, wenn man sie bekommen kann.«

»Mhm«, sagte sie. »Ich hab dich erwischt. Du hast das Umfeld unter die Lupe genommen, so wie du es immer tust.«

»Ich war viele Jahre lang ein Cop.«

»Ich weiß. Ich vermute, es ist eine Angewohnheit, die man nicht ablegen kann. Und auch keine schlechte. Ich hab auch etwas New Yorker Straßeninstinkt, aber ich kann nicht wie du meine Augen herumwandern lassen und Sachen registrieren. Und du denkst nicht einmal darüber nach, du machst es automatisch.«

»Vermutlich. Aber ich würde es nicht als arbeiten bezeichnen.«

»Wenn wir eigentlich die Sehenswürdigkeiten von Florenz genießen«, sagte sie, »und die klassische Schönheit der Statuen auf der Piazza bewundern sollten, aber du stattdessen eine alte Schwuchtel in einer weißen Leinenjacke fünf Tische weiter anstarrst und zu erraten versuchst, ob sie ein

Vorstrafenregister hat und was darin zu finden ist – würdest du das nicht als arbeiten bezeichnen?«

»Dazu muss ich nicht raten«, sagte ich. »Ich weiß, was in seinem Vorstrafenregister steht.«

»Tust du das?«

»Er heißt Horton Pollard«, sagte ich. »Wenn es derselbe Mann ist, und ich habe sehr oft zu ihm hingeblickt, um sicherzugehen, dass er der Mann ist, für den ich ihn halte. Es ist schon mehr als zwanzig Jahre her, seit ich ihn zum letzten Mal gesehen habe. Vermutlich eher fünfundzwanzig.« Ich warf einen weiteren Blick in seine Richtung und sah, dass der weißhaarige ältere Herr etwas zum Kellner sagte. Er hob eine Augenbraue auf eine Weise, die zugleich arrogant und rechtfertigend war. Das war so gut wie ein Fingerabdruck. »Er ist es«, sagte ich. »Horton Pollard. Ich bin mir sicher.«

»Warum gehst du nicht rüber und sprichst mit ihm?«

»Weil er das vielleicht nicht möchte.«

»Vor fünfundzwanzig Jahren warst du noch bei der Polizei. Was hast du gemacht, ihn eingebuchtet?«

»Mhm.«

»Wirklich? Was hat *er* getan? Kunstbetrug? Daran denkt man, wenn man an einem Tisch im Freien in Florenz sitzt, aber wahrscheinlich war er nur ein Aktienbetrüger.«

»Mit anderen Worten, irgendein Wirtschaftsverbrecher mit weißem Kragen.«

»Eher mit fließendem Kragen, so wie er aussieht. Ich geb's auf. Was hat er gemacht?«

Ich hatte in seine Richtung geblickt und unsere Blicke trafen sich. In seinen Augen zeichnete sich Wiedererkennen ab, seine Augenbrauen hoben sich wieder auf jene Weise, die unverkennbar die seine war. Er schob den Stuhl zurück, stand auf.

»Er kommt her«, sagte ich. »Du kannst ihn selbst fragen.«

»Mr. Scudder«, sagte er. »Ich hätte fast Martin gesagt, aber ich weiß, dass das nicht stimmt. Helfen Sie mir.«

»Matthew, Mr. Pollard. Und das ist meine Frau, Elaine.«

»Sie dürfen sich glücklich schätzen«, sagte er zu mir und nahm die Hand, die sie ihm hinstreckte. »Ich habe hierher geblickt und mir gedacht, was für eine schöne Frau! Und dann habe ich noch einmal hergesehen und mir gedacht, den Mann kenne ich doch. Aber es hat eine Minute gedauert, bis ich Sie einordnen konnte. Ihr Name fiel mir zuerst ein, zumindest der Nachname. Er heißt Scudder, aber woher kenne ich ihn? Und dann ist mir natürlich der Rest eingefallen, alles bis auf Ihren Vornamen. Ich wusste, dass er nicht Martin lautet, aber ich konnte diesen Namen nicht aus meinem Bewusstsein verdrängen und Matthew kommen lassen.« Er seufzte. »Ein seltsamer Muskel, dieses Gedächtnis. Oder sind Sie noch nicht alt genug, um das festgestellt zu haben?«

»Mein Gedächtnis ist noch ziemlich gut.«

»Oh, meines ist auch *gut*«, sagte er. »Es ist nur launisch. Eigensinnig, denke ich manchmal.«

Auf meine Aufforderung hin zog er einen Stuhl von einem Tisch in der Nähe heran und setzte sich. »Aber nur kurz«, sagte er und fragte, was uns nach Italien verschlagen hatte und wie lange wir in Florenz bleiben würden. Er lebe hier, erklärte er uns. Er lebe schon seit einer ganzen Reihe von Jahren hier. Er kannte unser Hotel am Ostufer des Arnos und bezeichnete es als reizend und sein Geld wert. Er erwähnte ein Café in derselben Straße wie unser Hotel, das wir unbedingt ausprobieren sollten.

»Obwohl Sie sich sicherlich nicht nach meinen Empfehlungen richten müssen«, sagte er, »oder nach denen von Michelin. In Florenz kann man kein schlechtes Essen bekommen. Nun, das stimmt nicht *ganz*. Wenn Sie darauf bestehen, in diese teuren Restaurants zu gehen, werden Sie die eine oder andere Enttäuschung erleben. Aber wenn Sie sich einfach nur in die nächstbeste einfache Trattoria setzen, werden Sie jedes Mal gut essen.«

»Ich denke, wir haben schon ein bisschen zu gut gegessen«, sagte Elaine.

»Diese Gefahr besteht«, räumte er ein, »obwohl es den Florentinern gelingt, selbst ziemlich schlank zu bleiben. Ich habe angefangen, ein bisschen zuzulegen, als ich die erste Zeit hier war. Wie könnte man nicht? Alles schmeckt so gut. Aber ich bin die Kilos, die ich zugelegt hatte, losgeworden und es ist mir gelungen, sie fernzuhalten. Obwohl ich mich manchmal frage, warum ich mir die Mühe gebe. Um Himmels willen, ich bin sechsundsiebzig Jahre alt.«

»Das sieht man Ihnen nicht an«, sagte sie ihm.

»Das möchte ich auch nicht. Aber warum denken Sie, ist das so? Niemand anderes auf der Welt kümmert sich darum, wie ich aussehe. Warum sollte es für mich eine Rolle spielen?«

Sie sagte ihm, dass es sich um eine Sache der Selbstachtung handelte, und er sinnierte über die Schwierigkeit zu bestimmen, wo die Selbstachtung aufhörte und die Eitelkeit anfing. Dann sagte er, dass er unsere Gastfreundschaft überstrapaziere, nicht wahr, und stand auf. »Aber Sie müssen mich besuchen kommen«, sagte er. »Meine Villa ist nicht übermäßig prachtvoll, aber sie ist ganz nett und ich bin stolz genug auf sie, dass ich sie herzeigen möchte. Bitte versprechen Sie mir, dass Sie morgen zum Mittagessen kommen werden.«

»Nun ...«

»Also abgemacht«, sagte er und gab mir seine Visitenkarte. »Jeder Taxifahrer wird wissen, wo das ist. Aber Sie sollten den Preis im Voraus festlegen. Einige von denen werden Sie betrügen, obwohl die meisten überraschend ehrlich sind. Sagen wir, um eins?« Er beugte sich vor, legte die Handflächen auf die Tischplatte. »Ich habe im Laufe der Jahre oft an Sie gedacht, Matthew. Vor allem hier, wenn ich ein paar Meter von Michelangelos David entfernt meinen *caffè nero* schlürfe. Es ist nicht das Original, müssen Sie wissen. Das steht in einem Museum, obwohl die Museen heutzutage auch nicht mehr sicher sind. Wussten Sie, dass man vor ein paar Jahren einen Bombenanschlag auf die Uffizien verübt hat?«

»Ich habe davon gelesen.«

»Die Mafia. Bei uns zu Hause bringen sie sich nur gegenseitig um. Hier jagen sie Kunstwerke in die Luft. Trotzdem, im Großen und Ganzen ist es ein wunderbar zivilisiertes Land. Vermutlich musste ich hier enden, in der Nähe des Davids.« Ich konnte ihm nicht mehr folgen, und ich vermute, er musste es bemerkt haben, denn er runzelte die Stirn, über sich selbst verärgert. »Ich schwafle nur«, sagte er. »Vermutlich ist die eine Sache, die mir hier fehlt, Menschen, mit denen ich reden kann. Und ich war immer der Ansicht, dass ich mit Ihnen reden könnte, Matthew. Natürlich haben die Umstände das verhindert, aber im Laufe der Jahre habe ich die verpasste Gelegenheit bedauert.« Er erhob sich. »Also, morgen um eins. Ich freue mich darauf.«

»Nun, natürlich brenne ich darauf zu gehen«, sagte Elaine. »Ich würde sehr gerne herausfinden, wie seine Villa aussieht. ›Sie ist nicht übermäßig prachtvoll, aber sie ist ganz nett.‹ Ich wette, dass sie nicht nur nett ist. Ich wette, sie ist großartig.«

»Du wirst es morgen herausfinden.«

»Ich weiß nicht. Er will mit dir reden, und drei ist vielleicht eine zu viel für die Art von Gespräch, das er mit dir führen möchte. Du hast ihn nicht wegen Kunstdiebstahl verhaftet, oder?«

»Nein.«

»Hat er jemanden getötet?«

»Seinen Liebhaber.«

»Nun, das ist doch, was jeder macht, oder? Das töten, was man liebt, wie dieser Wie-hieß-er-noch-mal gesagt hat.«

»Oscar Wilde.«

»Danke, Mr. Superhirn. Tatsächlich hab ich das gewusst. Manchmal, wenn eine Person sagt Wie-hieß-der-noch-mal oder dieser Dingsda, dann tut sie das nicht, weil sie sich nicht erinnern kann. Es ist nur so eine Floskel.«

»Ich verstehe.«

Sie blickte mich fragend an. »Es war etwas Besonderes daran«, sagte sie. »Was?«

»Es war brutal.« Vor meinem inneren Auge stieg ein Bild des Tatorts auf und ich blinzelte es weg. »Man bekommt bei der Polizei ziemlich viel zu sehen und das meiste davon ist hässlich, aber das damals war wirklich schlimm.«

»Er wirkt so sanft. Ich würde erwarten, dass er, falls er einen Mord begeht, es auf eine Weise tut, die beinahe gewaltfrei ist.«

»Es gibt nicht sehr viele gewaltfreie Morde.«

»Nun, auf jeden Fall unblutig.«

»Der war alles, nur das nicht.«

»Nun, spann mich nicht weiter auf die Folter. Was hat er getan?«

»Er hat ein Messer benutzt«, sagte ich.

»Und ihn erstochen?«

»Ihn tranchiert«, sagte ich. »Der Liebhaber war jünger als Pollard und ich vermute, dass er ein gutaussehender Mann war, aber ich würde es nicht bezeugen können. Was ich gesehen habe, hat ausgesehen wie das, was am Tag nach Thanksgiving vom Truthahn übrig ist.«

»Nun, das ist anschaulich genug«, sagte sie. »Ich muss sagen, dass ich es mir bildlich vorstellen kann.«

»Ich war als Erster am Tatort, abgesehen von den beiden Uniformierten, die alarmiert worden waren. Und die waren jung genug, um eine zynische Haltung einzunehmen.«

»Während du alt genug warst, es nicht zu tun. Hast du dich übergeben?«

»Nein, nach ein paar Jahren im Dienst tut man das nicht mehr. Aber es war schlimmer als alles, was ich je zuvor gesehen hatte.«

Horton Pollards Villa stand im Norden der Stadt, und wenn sie nicht prachtvoll war, dann war sie zumindest wunderschön, ein stuckiertes weißes Juwel am Hang mit einem kommandierenden Blick über das Tal. Er führte uns durch die Räume, beantwortete Elaines Fragen zu den Gemälden und den Einrichtungsgegenständen und akzeptierte ihre Erklärung, warum sie nicht zum Mittagessen bleiben konnte. Zumindest tat er so – als sie in dem Taxi, das uns gebracht hatte, davonfuhr, deutete etwas an seinem Gesichtsausdruck einen kurzen Moment lang an, dass er sich durch ihren Aufbruch beleidigt fühlte.

»Wir werden auf der Terrasse essen«, sagte er. »Aber was ist nur mit mir los? Ich habe Ihnen noch keinen Drink angeboten. Was hätten Sie gerne, Matthew? Die Bar ist gut bestückt, aber ich weiß nicht, ob Paolo ein sehr großes Repertoire an Cocktails hat.«

Ich antwortete ihm, dass jede Art von Mineralwasser in Ordnung wäre. Er sagte etwas auf Italienisch zu seinem Diener, dann blickte er mich abschätzend an und fragte, ob ich zum Essen Wein wollte.

Ich verneinte. »Ich bin froh, dass ich daran gedacht habe zu fragen«, sagte er. »Ich wollte eine Flasche öffnen und sie atmen lassen, aber jetzt kann sie einfach weiter die Luft anhalten. Sie haben damals getrunken, wenn ich mich richtig erinnere.«

»Ja, das habe ich.«

»In der Nacht, als es passiert ist«, sagte er. »Es scheint mir, als hätten Sie mir gesagt, dass ich aussähe, als ob ich einen Drink vertragen könnte. Und Sie haben eine Flasche hervorgezogen und uns beiden Drinks eingeschenkt. Ich erinnere mich, dass ich überrascht war, weil es Ihnen erlaubt war, im Dienst zu trinken.«

»Das war es nicht«, sagte ich, »aber davon hab ich mich nicht immer abhalten lassen.«

»Und jetzt trinken Sie überhaupt nicht mehr?«

»Nein, nicht mehr. Aber das ist kein Grund, weshalb Sie keinen Wein zum Essen trinken sollten.«

»Aber das tue ich nie«, sagte er. »Ich konnte nicht, während ich eingesperrt war, und nachdem man mich entlassen hatte, musste ich feststellen, dass ich nichts mehr dafür übrig hatte, weder für den Geschmack noch für die körperliche Empfindung. Ich trank eine Zeitlang trotzdem das gelegentliche Glas Wein, weil ich dachte, dass man ohne es nicht wirklich zivilisiert wäre. Dann wurde mir klar, dass ich wirklich nichts mehr dafür übrig hatte. Das ist so ziemlich das Beste am Alter, vielleicht das einzig Gute daran. In zunehmendem Maße werden einem mehr und mehr Dinge egal, insbesondere die Meinung von anderen Menschen. Aber bei Ihnen war es anders, oder? Sie haben aufgehört, weil Sie es mussten.«

»Ja.«

»Fehlt es Ihnen?«

»Ab und zu.«

»Mir nicht, aber ich war auch nie zu sehr davon angetan. Es hat eine Zeit gegeben, zu der ich bei einer Blindverkostung verschiedene Weingüter voneinander unterscheiden konnte, aber im Grunde genommen hatte ich für keines von ihnen sehr viel übrig, und vom Cognac nach dem Essen bekam ich immer Sodbrennen. Jetzt trinke ich Mineralwasser zum Essen und Kaffee danach. *Acqua minerale*. In einer meiner Lieblingstrattorias nennt der Wirt es *acqua miserabile*. Aber er verkauft es mir genauso bereitwillig wie irgendetwas anderes. Es ist ihm egal, und *mir* wäre es egal, wenn es ihm nicht egal wäre.«

Das Mittagessen war einfach aber delikat – ein grüner Salat, Ravioli mit Butter und Salbei, ein gutes Stück Fisch. Unser Gespräch drehte sich vor allem um Italien und es tat mir leid, dass Elaine nicht geblieben war, um daran teilzuhaben. Er hatte sehr viel zu sagen – über die Art und Weise, wie Kunst den Alltag in Florenz prägte, über die seit langer Zeit bestehende Begeisterung der britischen Oberschicht für die Stadt – ich fand es interessant, aber für sie wäre es von noch größerem Interesse gewesen als für mich.

Danach räumte Paolo unsere Teller ab und servierte Espresso. Wir verstummten und ich nippte an meinem Kaffee, während ich in das Tal blickte. Ich fragte mich, wie lange es dauern würde, bis man sich daran sattgesehen hatte.

»Ich dachte, ich würde mich daran gewöhnen«, sagte er, meine Gedanken lesend. »Aber ich habe es noch nicht und ich denke nicht, dass ich es jemals werde.«

»Wie lange sind Sie schon hier?«

»Fast fünfzehn Jahre. Ich kam so schnell wie möglich nach meiner Entlassung hierher.«

»Und Sie sind niemals zurückgegangen?«

Er schüttelte den Kopf. »Ich bin mit der Absicht hergekommen zu bleiben. Als ich hier war, gelang es mir, mir das notwendige Aufenthaltsvisum zu besorgen. Es ist nicht schwer, wenn man Geld hat, und ich war in einer glücklichen Lage. Ich habe immer noch eine Menge Geld, ich werde immer genug haben. Ich lebe gut, aber nicht sehr luxuriös. Selbst wenn ich länger leben sollte als sonst irgendjemand, wird genug Geld da sein, mich durchzubringen.«

»Das macht es leichter.«

»Das tut es«, stimmte er zu. »Es hat die Jahre drinnen nicht leichter gemacht, das muss ich sagen, aber wenn ich kein Geld gehabt hätte, hätte ich die Zeit vielleicht irgendwo verbracht, wo es noch schlimmer gewesen wäre. Nicht, dass der Ort, an den sie mich gesteckt haben, ein Vergnügungspark gewesen wäre.«

»Ich vermute, Sie waren in einer psychiatrischen Anstalt.«

»Eine Einrichtung für geistig abnorme Straftäter«, sagte er und sprach die Wörter präzise aus. »Die Formulierung hat etwas, oder? Und dennoch war sie absolut passend. Meine Tat war zweifellos eine Straftat und sie war absolut geistig abnorm.«

Er schenkte sich noch mehr Espresso ein. »Ich habe Sie hierher eingeladen, damit ich darüber sprechen kann«, sagte er. »Das ist egoistisch von mir, aber das gehört zum Altern. Man wird egoistischer oder vielleicht weniger besorgt darum, seinen Egoismus vor sich selbst und der Welt zu verbergen.« Er seufzte. »Man wird auch direkter, aber in diesem Fall fällt mir schwer zu entscheiden, womit ich beginnen sollte.«

»Womit auch immer Sie wollen«, schlug ich vor.

»Mit David, vermute ich. Nicht die Statue. Der Mann.«

»Vielleicht ist mein Gedächtnis doch nicht mehr ganz so gut, wie ich es gerne hätte«, sagte ich. »War der Name Ihres Partners David? Ich hätte schwören können, dass er Robert hieß. Robert Naismith, und es gab noch einen zweiten Vornamen, aber der war auch nicht David.«

»Es war Paul«, sagte er. »Sein voller Name lautete Robert Paul Naismith. Er wollte, dass man ihn Rob nannte. Ich hab ihn manchmal David genannt, aber das gefiel ihm nicht. Für mich war er jedoch immer David.«

Ich schwieg. Eine Fliege surrte in einer Ecke, dann verstummte sie. Die Stille dehnte sich.

Dann fing er an zu sprechen.

»Ich bin in Buffalo aufgewachsen«, sagte er. »Ich weiß nicht, ob Sie jemals dort waren. Eine sehr schöne Stadt, zumindest in ihren netteren Vierteln. Breite Straßen, die von Ulmen gesäumt wurden. Ein paar schöne öffentliche Gebäude, ein paar bemerkenswerte Privathäuser. Natürlich sind die Ulmen alle dem Ulmensterben zum Opfer gefallen und in den Villen in der Delaware Avenue befinden sich jetzt Anwaltskanzleien und Zahnkliniken, aber alles verändert sich, oder nicht? Ich bin zu dem Glauben gelangt, dass das der natürliche Lauf der Dinge ist, was jedoch nicht heißt, dass es einem gefallen muss.

In Buffalo wurde die Pan-American Exposition abgehalten, aber das war sogar vor meiner Zeit. Sie fand im Jahr 1901 statt, wenn ich mich richtig erinnere, und mehrere der Gebäude, die zu diesem Anlass erbaut wurden, stehen heute noch. In einem der schönsten von ihnen, es steht am Rand des größten Parks der Stadt, befindet sich seit vielen Jahrzehnten die Buffalo Historical Society mit ihrer Museumssammlung.

Sie fragen sich bestimmt, wo das hinführt. Es gab, und es gibt sie bestimmt noch immer, eine kreisförmige Zufahrt vor dem Museum der Historical Society, und in ihrer Mitte stand eine Bronzekopie von Michelangelos David. Möglicherweise handelt es sich um einen Abguss, obwohl ich denke, dass wir mit ziemlicher Sicherheit davon ausgehen können, dass es sich nur um eine Kopie handelt. Sie ist auf jeden Fall in Lebensgröße – oder vielleicht sollte ich besser sagen in Originalgröße, da Michelangelos Statue selbst ja überlebensgroß ist. Falls der junge David nicht doch eher so gebaut war wie sein Widersacher Goliath.

Sie haben die Statue gestern gesehen – obwohl es sich, wie ich gesagt habe, auch hier um eine Kopie handelt. Ich weiß nicht, wie viel Aufmerksamkeit Sie ihr geschenkt haben, aber ich frage mich, ob Sie wissen, was der Bildhauer gesagt haben soll, als man ihn gefragt hat, wie es ihm gelungen war, ein solches Meisterwerk zu schaffen. Es ist eine derart wundervolle Antwort, dass sie eigentlich apokryph sein muss.

›Ich habe den Marmor angesehen‹, soll Michelangelo gesagt haben, ›und ich habe das entfernt, was nicht David war.‹ Das ist fast so köstlich wie die Aussage des junge Mozarts, das Komponieren von Musik sei die einfachste Sache der Welt, man müsse nur die Musik niederschreiben, die man in seinem Kopf höre. Wen kümmert es wirklich, ob zumindest einer von beiden jemals etwas dieser Art gesagt hat? Wenn sie es nicht getan haben, nun, dann hätten sie es tun sollen, finden Sie nicht auch?

Ich habe die Statue mein ganzes Leben über gekannt. Ich kann mich nicht erinnern, wann ich sie zum ersten Mal gesehen habe, aber es muss bei meinem ersten Besuch im Museum gewesen sein und da muss ich noch sehr jung gewesen sein. Wir haben in der Nottingham Terrace gewohnt, weniger als zehn Minuten zu Fuß vom Museum, und als kleiner Junge bin ich unzählige Male im Museum gewesen. Es scheint mir, als hätte der David immer Eindruck auf mich gemacht. Die Pose, die Haltung, die verblüffende Kombination aus Stärke und Verletzbarkeit, aus Zartheit und Selbstvertrauen. Und natürlich die absolute körperliche Schönheit des Davids, die Sexualität – aber es hat eine Weile gedauert, bevor ich mir dieses Aspekts bewusst wurde oder bevor ich mir seine Wahrnehmung eingestand.

Als wir alle sechzehn wurden und den Führerschein gemacht haben, gewann der David eine neue Bedeutung für uns. Die kreisförmige Zufahrt, müssen Sie wissen, war das Seufzergässchen erster Wahl für junge

Liebespaare, denen der Sinn nach Ungestörtheit stand. Es war eine angenehme, parkartige Umgebung in einem guten Teil der Stadt, im Unterschied zu den wenigen vorhandenen Alternativen in üblen Vierteln am Ufer des Sees. Dementsprechend wurde ›den David anschauen‹ zu einem Euphemismus für dort parken und herummachen – was ja, wenn ich jetzt darüber nachdenke, selbst ein Euphemismus ist, oder?

In meinen späteren Jugendjahren habe ich sehr viel von David gesehen. Die Ironie dabei ist natürlich, dass ich sehr viel mehr von seiner jungen maskulinen Gestalt angezogen wurde als von den üppigen Kurven der jungen Frauen, die bei diesen Besuchen meine Begleiterinnen waren. Es scheint mir, als ob ich von Geburt an schwul gewesen wäre, ich mich das aber nicht habe wissen lassen. Zuerst habe ich die Impulse abgeleugnet. Später, als ich gelernt hatte, ihnen zu folgen – im Front Park, in der Herrentoilette des Greyhound Busbahnhofs –, habe ich abgeleugnet, dass sie irgendetwas zu bedeuten hätten. Es war, so versicherte ich mir selbst, eine Phase, die ich durchmachte.«

Er schürzte die Lippen, schüttelte den Kopf, seufzte. »Eine sehr lange Phase«, sagte er, »denn ich scheine immer noch in ihr zu stecken. Bei meinem Nichtwahrhabenwollen half mir die Tatsache, dass das, was auch immer ich mit anderen jungen Männern tat, nur ein Anhängsel zu meinem offenkundig normalen wirklichen Leben war. Ich ging auf ein gutes College, ich kam an Weihnachten und für den Sommer nach Hause und wo auch immer ich war, genoss ich die Gesellschaft von Frauen.

Das Liebesspiel war in jenen Jahren in der Regel eine eher unvollendete Angelegenheit. Die Mädchen gaben sich wirklich Mühe, Jungfrauen zu bleiben, zumindest im streng technischen Sinn, wenn nicht, bis sie heirateten, dann zumindest bis sie sich in dem befanden, was man heute eine feste Beziehung nennt. Ich weiß nicht, wie wir es damals nannten, aber ich vermute, dass es sich um eine weniger umständliche Formulierung gehandelt hat.

Trotzdem, manchmal ging es doch ganz bis zum Ende und bei diesen Gelegenheiten schlug ich mich gut genug. Keine meiner Partnerinnen hatte je einen Grund, sich zu beklagen. Ich konnte es tun, verstehen Sie, und ich genoss es. Und selbst wenn es weniger aufregend war als das, was ich bei meinen männlichen Partnern fand, nun, das konnte man der Verlockung des Verbotenen zuschreiben. Es musste nicht bedeuten, dass irgendetwas mit mir nicht *stimmte*. Es bedeutete nicht, dass ich auf irgendeine grundlegende Weise *anders* war.

Ich führte ein normales Leben. Ich könnte sagen, dass ich entschlossen war, ein normales Leben zu führen, aber ich schien dafür nicht sonderlich viel Entschlossenheit zu benötigen. In meinem letzten Jahr am College verlobte ich mich mit einem Mädchen, das ich schon buchstäblich mein ganzes Leben lang gekannt hatte. Unsere Eltern waren befreundet und wir waren miteinander aufgewachsen. Ich schloss mein Studium mit einem akademischen Grad ab und wir heirateten. Mein Fachgebiet war Kunstgeschichte, wie Sie sich vielleicht erinnern. Es gelang mir, eine Stelle an der University of Buffalo zu bekommen. SUNY Buffalo heißt sie heute, aber das war Jahre, bevor sie in den Verbund der staatlichen Universitäten New Yorks eingegliedert wurde. Es war einfach nur die UB und die meisten ihrer Studenten kamen aus der Stadt oder der näheren Umgebung.

Zuerst wohnten wir in einer Wohnung in der Nähe des Campus, aber dann legten unsere Eltern zusammen und wir zogen in ein Haus in der Hallam Road, etwa gleich weit entfernt von den Häusern, in denen wir aufgewachsen waren.

Es war auch nicht weit von der David-Statue.«

Er führte ein normales Leben, erklärte er. Zeugte zwei Kinder, fing mit dem Golfspielen an und trat dem Country Club bei. Er erbte etwas Geld, und ein Lehrbuch, das er geschrieben hatte, brachte ihm Tantiemen, die mit jedem Jahr beträchtlicher wurden. Während die Jahre vergingen, wurde es für ihn immer leichter zu glauben, dass seine Beziehungen zu anderen Männern in der Tat nur eine Phase gewesen waren, eine, aus der er im Grunde genommen herausgewachsen war.

»Ich fühlte immer noch etwas«, sagte er, »aber das Bedürfnis, deshalb zu handeln, schien vergangen zu sein. Es kam beispielsweise vor, dass ich vom Aussehen eines meiner Studenten beeindruckt war, aber ich unternahm deshalb nie etwas und ich überlegte mir auch nie ernsthaft, etwas zu unternehmen. Ich sagte mir, dass meine Bewunderung ästhetischer Natur war, eine natürliche Reaktion auf männliche Schönheit. In der Jugend, hormongesteuert, wie man dann ist, hatte ich das mit tatsächlichem sexuellem Verlangen verwechselt. Jetzt konnte ich es als das unschuldige und asexuelle Phänomen erkennen, das es war.«

Was nicht heißen sollte, dass er seine kleinen Abenteuer völlig aufgegeben hatte.

»Man lud mich irgendwohin ein, um an einer Konferenz teilzunehmen«, sagte er, »oder einen Gastvortrag zu halten. Ich war in einer anderen Stadt, wo ich niemanden kannte und auch mich niemand kannte. Ich gönnte mir ein paar Drinks und spürte dann das Verlangen nach etwas Aufregung. Und ich konnte mir sagen, dass ein Verhältnis mit einer anderen Frau ein Betrug an meiner Ehefrau und eine Verletzung meiner Ehegelübde wäre, während man dasselbe kaum von einem unschuldigen Zeitvertreib mit einem anderen Mann behaupten konnte. Also ging ich in die Art von Kneipe, in die man in so einem Fall geht – sie waren nie schwer zu finden, selbst in jenen verklemmten Tagen nicht, selbst in Provinzkäffern und Collegestädten nicht. Und wenn ich erst einmal dort war, war es nie schwer, jemanden zu finden.«

Er schwieg einen Augenblick lang und blickte ziellos in die Ferne.

»Dann bin ich in eine Kneipe in Madison in Wisconsin spaziert«, sagte er, »und da war er.«

»Robert Paul Naismith.«

»David«, sagte er. »Das war, wen *ich* sah, das war der Junge, auf den sich mein Blick in dem Augenblick heftete, als ich die Schwelle überschritt. Ich kann mich genau an den Moment erinnern, verstehen Sie. Ich kann ihn jetzt exakt so sehen, wie ich ihn damals sah. Er trug ein dunkles Seidenhemd, eine hellbraune Hose und Slipper ohne Socken, die damals niemand trug. Er stand mit einem Drink in der Hand am Tresen; sein Körperbau und die Art und Weise, wie er da stand, die Pose, die Haltung – er war Michelangelos David. Mehr als das, er war *mein* David. Er war mein Ideal, er war das Objekt einer lebenslangen Suche, von der ich nicht einmal gewusst hatte, dass ich mich auf ihr befand. Ich nahm ihn mit meinen Augen in mich auf und ich war verloren.«

»Einfach so«, sagte ich.

»Oh ja«, stimmte er zu. »Einfach so.«

Er schwieg und ich fragte mich, ob er darauf wartete, dass ich ihn dazu ermunterte weiterzureden. Ich entschied, dass das nicht der Fall war. Er schien beschlossen zu haben, einen Augenblick lang in der Erinnerung zu schwelgen.

Dann sagte er: »Ganz einfach gesagt, ich hatte noch nie jemanden wirklich geliebt. Ich bin zu dem Schluss gekommen, dass es sich dabei um eine Form des Wahnsinns handelt. Nicht jemanden zu lieben, sondern wirklich tief etwas für jemanden zu empfinden. Zu lieben scheint mir ziemlich normal zu sein, sogar veredelnd. Ich liebte meine Eltern, gewiss, und auf eine etwas andere Weise liebte ich auch meine Frau.

Das hier war etwas grundsätzlich anderes. Es war zwanghaft. Es war beherrschend. Es war die Leidenschaft eines Sammlers: Ich muss dieses Gemälde haben, diese Skulptur, diese Briefmarke. Ich muss sie mir zu eigen machen, sie vollständig besitzen. Sie und nur sie allein wird mich erfüllen. Sie wird meine eigene Natur verändern. Sie wird mich wertvoll machen.

Es ging nicht um Sex, nicht wirklich. Ich will nicht behaupten, dass Sex nichts damit zu tun hatte. Ich fühlte mich von David angezogen, wie ich mich noch nie zuvor von jemandem angezogen gefühlt hatte. Aber gleichzeitig fühlte ich mich weniger sexuell gesteuert, als es gelegentlich zuvor der Fall gewesen war. Ich wollte David besitzen. Wenn mir das gelänge, wenn ich ihn ganz zu meinem Eigentum machen könnte, würde es kaum eine Rolle spielen, ob ich Sex mit ihm hatte.«

Er verstummte. Dieses Mal entschied ich, dass er darauf wartete, ermuntert zu werden. Ich sagte: »Was ist passiert?«

»Ich stellte mein Leben auf den Kopf«, sagte er. »Unter irgendeinem fadenscheinigen Vorwand blieb ich noch eine Woche in Madison, nachdem die Konferenz zu Ende gegangen war. Dann flog ich mit David nach New York und kaufte eine Wohnung, das Dachgeschoss in einem Sandsteinhaus in Turtle Bay. Und dann flog ich zurück nach Buffalo, allein, und erklärte meiner Frau, dass ich sie verlassen würde.«

Er senkte die Augen. »Ich wollte sie nicht verletzen«, sagte er, »aber natürlich verletzte ich sie tief und schwer. Sie war nicht völlig überrascht, denke ich, zu erfahren, dass ein Mann in die Angelegenheit verwickelt war. Sie war im Laufe der Jahre zu entsprechenden Vermutungen über mich gekommen und hatte es wahrscheinlich als Teil des Gesamtpakets gesehen, die Kehrseite, wenn man mit einem Mann mit ästhetischem Empfinden verheiratet ist.

Aber sie hatte gedacht, dass mir etwas an ihr lag, und ich machte ihr sehr deutlich, dass dem nicht so war. Sie war eine Frau, die nie jemandem ein Leid zugefügt hatte, und ich bereitete ihr sehr großen Schmerz, was ich bedauere und immer bedauern werde. Es scheint mir eine sehr viel schlimmere Sünde zu sein als die, für die ich im Gefängnis saß.

Genug darüber. Ich trennte mich von ihr und zog nach New York. Natürlich musste ich meinen Lehrstuhl an der UB aufgeben. Ich hatte Verbindungen in der akademischen Welt und einen anständigen, wenn auch nicht glorreichen Ruf, weshalb ich eine Stelle an der Columbia University oder der NYU hätte finden können. Aber der Skandal, den ich verursacht hatte, minderte meine Aussichten und überhaupt hatte ich nichts mehr für das Unterrichten übrig. Ich wollte einfach leben, mein Leben genießen.

Es gab genug Geld, um das möglich zu machen. Wir lebten gut. Zu gut, genau genommen. Nicht weise, sondern zu gut. Jeden Abend ein gutes Restaurant, gute Weine zum Essen. Abonnements für die Oper und das Ballett. Die Sommer in den Pines auf Fire Island. Die Winter auf Barbados oder Bali. Reisen nach London, Paris und Rom. Und, in der Stadt oder auf Reisen, die Gesellschaft anderer reicher Schwuler.«

»Und?«

»Und es ging so weiter«, sagte er. Er faltete die Hände in seinem Schoß, ein leichtes Lächeln zeichnete sich auf seinen Lippen ab. »Es ging so weiter und dann nahm ich eines Tages ein Messer und tötete ihn. Den Teil kennen Sie, Matthew. Da kamen Sie ins Spiel.«

»Ja.«

»Aber Sie wissen nicht warum.«

»Nein, das kam nie heraus. Oder falls doch, dann habe ich es verpasst.«

Er schüttelte den Kopf. »Es kam nie heraus. Ich versuchte nicht, mich zu verteidigen, und ich bot ganz bestimmt keine Erklärung an. Aber können Sie es nicht erraten?«

»Warum Sie ihn getötet haben? Ich habe keine Ahnung.«

»Aber Sie müssen einige der Gründe, weshalb Menschen andere Menschen umbringen, kennengelernt haben. Warum halten Sie einen alten Sünder nicht bei Laune und versuchen, meinen Grund zu erraten. Beweisen Sie mir, dass mein Motiv doch nicht so einzigartig war.«

»Die Gründe, die mir einfallen, sind die offensichtlichen«, sagte ich, »wodurch sie wahrscheinlich ausscheiden. Lassen Sie mich sehen. Er wollte Sie verlassen. Er war untreu. Er hatte sich in jemand anderen verliebt.«

»Er hätte mich niemals verlassen«, sagte er. »Er liebte das Leben, das wir führten, über alles und er wusste, dass er mit jemand anderem nicht halb so gut leben würde. Er hätte sich ebenso wenig in jemand anderen verlieben können, wie er sich in mich hätte verlieben können. David war in sich selbst verliebt. Und natürlich war er untreu, schon von Anfang an, aber ich hatte es nie anders von ihm erwartet.«

»Sie erkannten, dass Sie Ihr Leben für ihn geopfert hatten«, sagte ich, »und hassten ihn dafür.«

»Ich *hatte* mein Leben für ihn geopfert, aber ich bedauerte es nicht. Ich hatte eine Lüge gelebt, welcher Verlust bestand darin, sie wegzuwerfen? Während man das Wochenende in Paris verbringt, sehnt man sich da nach den sanften Annehmlichkeiten eines Seminarraums in Buffalo? Gut möglich, dass Leute gibt, die das tun, aber ich gehöre nicht zu ihnen.«

Ich war bereit aufzugeben, aber er bestand darauf, dass ich noch ein paar weitere Versuche unternahm. Ich lag mit allen Vermutungen daneben.

Er sagte: »Sie geben auf? In Ordnung, ich werde es Ihnen sagen. Er veränderte sich.«

»Er veränderte sich?«

»Als ich ihn getroffen hatte«, sagte er, »war mein David die schönste Kreatur, die ich je gesehen hatte, die absolute Verkörperung meines lebenslangen Ideals. Er war schlank aber muskulös, verletzlich aber doch stark. Er war – nun, gehen Sie wieder auf die Piazza della Signoria und sehen Sie sich die Statue an. Michelangelo hat ihn genau richtig getroffen. So hat er ausgesehen.«

»Und was dann? Ist er gealtert?«

Er spannte das Gesicht an. »Jeder altert«, sagte er, »außer denen, die jung sterben. Es ist unfair, aber es bleibt einem nichts anderes übrig. David alterte nicht nur. Er wurde gröber. Er wurde dicker. Er aß zu viel, trank zu viel, blieb zu lange auf und nahm zu viele Drogen. Er nahm zu. Er wurde aufgeschwemmt. Er bekam Hängebacken und Tränensäcke unter den Augen. Seine Muskeln schwanden unter der Fettschicht dahin und sein Fleisch schlaffte ab.

Es passierte nicht über Nacht. Aber so erlebte ich es, denn der Prozess war schon sehr weit fortgeschritten, bevor ich mir erlaubte, ihn wahrzunehmen. Aber schließlich konnte ich nicht anders, als ihn wahrzunehmen.

Ich konnte es nicht ertragen, ihn anzusehen. Zuvor hatte ich ihn ununterbrochen anblicken müssen und jetzt ertappte ich mich dabei, wie ich den Blick abwand. Ich fühlte mich verraten. Ich hatte mich in einen griechischen Gott verliebt und musste mitansehen, wie er zu einem römischen Kaiser wurde.«

»Und deshalb haben Sie ihn getötet?«

»Ich habe nicht versucht, ihn zu töten.«

Ich blickte ihn an.

»Oh, vermutlich habe ich das doch getan. Ich hatte getrunken, wir hatten beide getrunken und wir hatten uns gestritten. Ich war wütend. Ich vermute nicht, dass ich zu weit hinüber war, um nicht zu wissen, dass er tot sein würde, wenn ich mit ihm fertig war. Und dass ich ihn getötet haben würde. Aber darum ging es nicht.«

»Nein?«

»Er verlor das Bewusstsein«, sagte er. »Er lag da, nackt, nach Wein stinkend, der aus seinen Poren austrat, diese große Masse an Fleisch, so weiß wie Marmor. Ich vermute, ich hasste ihn dafür, dass er sich so sehr verändert hatte, und ich weiß, wie sehr ich mich dafür hasste, dass ich zu seiner Veränderung beigetragen hatte. Also beschloss ich, etwas dagegen zu unternehmen.«

Er schüttelte den Kopf und seufzte tief. »Ich ging in die Küche«, sagte er, »und kam mit einem Messer zurück. Ich dachte an den Jungen, den ich an jenem ersten Abend in Madison gesehen hatte, und ich dachte an Michelangelo. Und ich versuchte, Michelangelo zu sein.«

Ich musste verdutzt ausgesehen haben. Er sagte: »Erinnern Sie sich nicht? Ich nahm das Messer und schnitt den Teil von ihm ab, der nicht David war.«

Es war ein paar Tage später in Rom, als ich Elaine das alles berichtete. Wir saßen an einem Café in der Nähe der Spanischen Treppe im Freien. »All diese Jahre«, sagte ich, »habe ich es als gegeben angenommen, dass er versucht hatte, seinen Liebhaber zu zerstören. Darum geht es bei Verstümmelung normalerweise, sie ist der Ausdruck des Bedürfnisses zu vernichten. Aber er hat nicht versucht, ihn zu entstellen, er wollte ihn *wiederherstellen*.«

»Er war nur ein paar Jahre seiner Zeit voraus«, sagte sie. »Jetzt nennen sie es Fettabsaugung und verlangen ein Vermögen dafür. Aber ich sag dir eines. Sobald wir zurück sind, gehe ich direkt vom Flughafen ins Fitnesscenter, bevor all diese Nudeln zu einem dauerhaften Teil von mir werden. Ich werde kein Risiko eingehen.«

»Ich denke nicht, dass du dir irgendwelche Sorgen machen musst.«

»Das ist beruhigend. Aber wie furchtbar. Wie verdammt furchtbar für beide.«

»Die Dinge, die die Menschen tun.«

»Du sagst es. Nun, was möchtest *du* tun: Wir können hier herumsitzen und Mitleid haben mit zwei Männern und dem, was sie mit ihrem Leben angestellt haben, oder wir könnten zurück ins Hotel gehen und etwas Lebensbejahendes tun. Sag du es mir.«

»Das ist eine schwierige Frage«, sagte ich. »Wie schnell brauchst du meine Antwort?«

VERLOREN UND GEFUNDEN

Als der Anruf kam, saß ich im Wohnzimmer vor dem Fernseher, labte mich an einem Glas Bourbon und schaute die Yankees. Es ist komisch, an was man sich erinnert und an was nicht. Ich erinnere mich, dass Thurman Munson gerade einen langen Foul Ball geschlagen hatte, bei dem weniger als ein halber Meter zum Home Run gefehlt hatte, aber ich erinnere mich nicht, gegen wen sie spielten oder wie die Saison für sie lief.

Ich erinnere mich, dass der Bourbon J. W. Dant war und ich ihn auf Eis trank, daran erinnere ich mich natürlich. Ich konnte mich immer an das erinnern, was ich trank, auch wenn ich mich nicht immer erinnerte, warum.

Die Jungs waren aufgeblieben, um mit mir die ersten Innings zu gucken, aber am nächsten Tag hatten sie Schule, weshalb Anita sie nach oben und ins Bett gebracht hatte, während ich mir einen neuen Drink geholt und mich wieder gesetzt hatte. Das Eis war schon fast geschmolzen gewesen, als Munson seinen langen Foul Ball schlug, und ich schüttelte noch immer den Kopf darüber, als das Telefon klingelte. Ich ließ es klingeln. Anita hob ab und kam herein, um mir zu sagen, dass es für mich war. Die Sekretärin von irgendjemandem, sagte sie.

Ich nahm den Hörer in die Hand und eine Frauenstimme sagte professionell knapp: »Mr. Scudder, ich rufe Sie im Auftrag von Mr. Alan Herdig von Herdig und Crowell an.«

»Ich verstehe«, sagte ich. Ich hörte zu, während sie weitersprach, und überlegte mir, wie lange ich brauchen würde, um in ihr Büro zu fahren. Ich legte auf und schnitt eine Grimasse.

»Musst du reinfahren?«

Ich nickte. »Es war auch an der Zeit, dass wir mit diesem Fall vorankommen«, sagte ich. »Ich denke nicht, dass ich heute Nacht viel Schlaf bekommen werde. Und morgen früh habe ich einen Gerichtstermin.«

»Ich hol dir ein frisches Hemd. Setz dich. Du hast noch Zeit, deinen Drink auszutrinken, oder?«

Dafür hatte ich immer Zeit.

Das war vor vielen Jahren. Nixon war Präsident und hatte ein paar Jahre seiner ersten Amtszeit hinter sich. Ich war Detective beim NYPD und gehörte zum Sechsten Revier in Greenwich Village. Ich hatte ein Haus auf Long Island mit zwei Autos in der Garage, einem Ford Kombi für Anita und einem heruntergekommenen Plymouth Valiant für mich.

Auf dem Long Island Expressway herrschte nicht viel Verkehr und ich schenkte der Geschwindigkeitsbegrenzung keine allzu große Beachtung. Kein Cop verpasste je einem anderen Cop einen Strafzettel. Ich kam gut voran und es muss etwa gegen Viertel vor zehn gewesen sein, als ich den Wagen an einer Bushaltestelle in der 1st Avenue abstellte. Ich hatte eine Karte auf dem Armaturenbrett liegen, die mich vor Strafzetteln und Abschleppfahrzeugen beschützte.

Das Beste daran, den Gesetzen Geltung zu verschaffen, ist, dass man selbst keine allzu große Rücksicht auf sie nehmen muss.

Ihr Portier rief oben an, um mich anzukündigen, und sie erwartete mich in der Tür mit einem Drink in der Hand. Ich weiß nicht mehr, was sie anhatte, aber ich bin mir sicher, dass sie gut darin aussah. Sie sah immer gut aus.

Sie sagte: »Ich hätte dich niemals zu Hause angerufen. Aber es ist geschäftlich.«

»Für dich oder für mich?«

»Vielleicht für uns beide. Ein Kunde von mir hat angerufen. Arbeitet in der Madison Avenue, vielleicht Chef einer Werbeagentur. Anzüge von Tripler, Dauerkarten für die Rangers, Haus in Connecticut.«

»Und?«

»Ich hab ihm wohl irgendwann mal erzählt, dass ich einen Cop kenne. Er und ein paar Freunde haben eine nette kleine Partie Karten gespielt, als einem von ihnen etwas passiert ist.«

»Ihm ist etwas passiert? Wenn einem Freund von einem etwas passiert, bringt man ihn ins Krankenhaus. Oder war es dafür zu spät?«

»Das hat er nicht gesagt, aber so hab ich es aufgefasst. Es hörte sich für mich so an, als hätte jemand einen Unfall gehabt und sie bräuchten jemanden, der dafür sorgt, dass sich die Sache in Luft auflöst.«

»Und da hast du an mich gedacht.«

»Nun«, sagte sie.

Sie hatte in einer ähnlichen Situation schon einmal an mich gedacht. Ein anderer Kunde von ihr, ein Wall-Street-Krieger, hatte eines schönen Nachmittags einen Herzinfarkt in ihrem Bett erlitten. Die meisten Männer werden einem sagen, dass das die Art ist, wie sie sterben möchten, und vielleicht ist sie so gut wie jede andere, aber sie ist nicht sonderlich bequem für die Menschen, die nach ihnen aufräumen müssen. Vor allem nicht, wenn das betreffende Bett einer Dame vom horizontalen Gewerbe gehört.

Wenn das Äquivalent im Heroingeschäft passiert, ist es gute Werbung. Ein Junkie meldet sich mit einer Überdosis ab, und das Erste, was alle seine Kumpel wissen wollen, ist, wo er das Zeug herhatte und wie sie selbst etwas davon in die Finger bekommen können. Denn, hey, es muss gut sein, oder? Im Gegensatz dazu hat eine Hure weniger Vorteile davon, wenn sie als Todesursache angeführt wird. Und ich vermute auch, dass sie eine, wenn man es so bezeichnen möchte, gewerbsmäßige Verpflichtung spürte, dem Typen und seiner Familie die Peinlichkeit zu ersparen. Also hatte ich ihn weggeschafft und ihn vollständig bekleidet in einer Gasse unten im Finanzviertel zurückgelassen. Nachdem ich anonym die Behörden alarmiert hatte, war ich in ihre Wohnung zurückgekehrt, um mir meine Belohnung abzuholen.

»Ich habe die Adresse«, sagte sie jetzt. »Willst du dir die Sache mal ansehen? Oder soll ich ihnen sagen, dass ich dich nicht erreichen konnte?«

Ich küsste sie und wir klammerten uns einen langen Moment lang aneinander. Als ich wieder auftauchte, um Luft zu holen, sagte ich: »Das wäre eine Lüge.«

»Wie bitte?«

»Ihnen zu sagen, dass du mich nicht erreichen konntest. Du kannst mich immer erreichen.«

»Du bist süß.«

»Du solltest mir besser diese Adresse geben«, sagte ich.

*   *   *

Ich stieg an der Bushaltestelle in mein Auto und stellte es an einer anderen, etwa ein Dutzend Blocks weiter im Norden, wieder ab. Die Adresse, nach der ich suchte, gehörte zu einem Sandsteinhaus in den östlichen Sechziger Straßen. Im Erdgeschoss befand sich ein Geschäft mit Hand- und Aktentaschen im Schaufenster, flankiert von einem Reisebüro und einem Herrenausstatter. Im Windfang gab es vier Klingeln. Ich betätigte die dritte und hörte, wie die Sprechanlage aktiviert wurde, hörte aber nicht, dass jemand etwas sagte. Ich wollte gerade noch einmal klingeln, als das Geräusch des Türöffners zu hören war. Ich drückte die Tür auf und stieg die mit Teppich belegte Treppe drei Stockwerke hoch.

Aus Gewohnheit stand ich neben der Wohnungstür, als ich klopfte. Ich erwartete nicht wirklich, dass eine Kugel durch die Tür kommen würde, und was durch die Tür kam, war eine Stimme, die leise fragte, wer dort war.

»Polizei«, sagte ich. »Ich habe gehört, dass es hier ein Problem gibt.«

Es gab eine Pause. Dann war eine Stimme – vielleicht dieselbe, vielleicht aber auch nicht – zu hören, die sagte: »Ich verstehe nicht. Hat sich jemand beschwert, Officer?«

Sie wollten einen Cop, aber nicht jeden beliebigen Cop. »Ich heiße Scudder«, sagte ich. »Elaine Mardell hat gesagt, dass Sie Hilfe brauchen.«

Das Schloss wurde entriegelt und die Tür öffnete sich. Zwei Männer standen dort, fürs Büro gekleidet in dunklen Anzügen, weißen Hemden und Krawatten. Ich blickte an ihnen vorbei und sah noch zwei Männer, einer davon im Anzug, der andere in einer grauen Hose und einem blauen Blazer. Sie sahen alle aus, als wären sie Anfang bis Mitte vierzig, wodurch sie zehn bis fünfzehn Jahre älter waren als ich.

Ich war damals wie alt, zweiunddreißig? So ungefähr.

»Kommen Sie herein«, sagte einer von ihnen. »Vorsichtig.«

Ich wusste nicht, weshalb ich vorsichtig sein sollte, fand es aber heraus, als ich die Tür weiter aufschieben wollte und sie nach ein paar Zentimetern stoppte. Auf dem Boden lag der Körper eines Mannes, seitlich zusammengekrümmt. Ein Arm war über den Kopf gestreckt, der andere lag angewinkelt an seiner Seite, die Hand ein paar Zentimeter vom Griff eines Messers entfernt. Es handelte sich um ein Springmesser, das bis zum Griff in seiner Brust steckte.

Ich schloss die Tür, kniete mich hin, um ihn näher in Augenschein zu nehmen, und hörte, wie der Riegel einschnappte, als einer der Männer die Tür absperrte.

Der Tote war etwa in ihrem Alter und war ähnlich gekleidet gewesen, bis er die Anzugjacke ausgezogen und seine Krawatte gelockert hatte. Sein Haar war ein bisschen länger als das der anderen, vielleicht, weil es ihm oben auf dem Scheitel ausging und er die kahle Stelle verbergen wollte. Das versucht jeder und es funktioniert nie.

Ich suchte nicht nach seinem Puls. Eine Berührung seiner Stirn bestätigte, dass er zu kalt war, um einen zu haben. Ich hätte ihn auch nicht wirklich berühren müssen, um zu wissen, dass er tot war. Zum Teufel, das hatte ich schon gewusst, bevor ich mein Auto geparkt hatte.

Trotzdem nahm ich mir die Zeit, ihn genauer anzusehen. Ohne hochzublicken, fragte ich, was passiert war. Es gab eine Pause, bis sie sich entschieden hatten, wer antworten würde, dann sagte derselbe Mann, der mich durch die Tür befragt hatte: »Wir wissen es nicht wirklich.«

»Sie sind nach Hause gekommen und haben ihn hier vorgefunden?«

»Wohl kaum. Wir haben ein paar Partien Poker gespielt, zu fünft. Dann hat es geklingelt und Phil ist hingegangen, um nachzusehen, wer es war.«

Ich nickte in Richtung des Toten. »Das da ist Phil?«

Jemand bestätigte es. »Er war schon ausgestiegen«, fügte der Mann im Blazer hinzu.

»Und der Rest von Ihnen war noch in der Partie?«

»Das ist richtig.«

»Also ist er – Phil?«

»Ja, Phil.«

»Phil ist zur Tür gegangen, während Sie die Partie zu Ende gespielt haben.«

»Ja.«

»Und?«

»Und wir haben nicht wirklich gesehen, was passiert ist«, sagte einer der Anzüge.

»Wir waren mitten in der Partie«, erklärte ein anderer, »und man kann von dort, wo wir saßen, nicht wirklich etwas sehen.«

»Am Kartentisch«, sagte ich.

»Das ist richtig.«

Der Tisch stand abseits am anderen Ende des Wohnzimmers. Es war ein Pokertisch, der mit grünem Stoff bespannt war und Vertiefungen für Chips und Gläser hatte. Ich ging hinüber und sah ihn mir an.

»Platz für acht«, sagte ich.

»Ja.«

»Aber Sie waren nur zu fünft. Oder gab es noch andere Mitspieler?«

»Nein, nur wir fünf.«

»Sie vier und Phil.«

»Ja.«

»Und Phil war drüben auf der anderen Seite des Zimmers, um die Tür zu öffnen, und einer oder zwei von ihnen hatten ihm den Rücken zugewandt und alle vier waren Sie mehr daran interessiert, wie sich die Partie entwickelte, anstatt zu erfahren, wer an der Tür war.« Sie nickten zustimmend, erfreut über meine Fähigkeit, das alles zu kapieren. »Aber Sie müssen etwas gehört haben, dass Sie dazu veranlasst hat, hinzusehen.«

»Ja«, sagte der Blazer. »Phil hat aufgeschrien.«

»Was hat er gesagt?«

»›Nein!‹ oder ›Nicht!‹, etwas in der Art. Dadurch wurden wir aufmerksam, und wir haben uns von unseren Stühlen erhoben und zu ihm geblickt, aber ich denke nicht, dass einer von uns einen Blick auf den Typen werfen konnte.«

»Den Typen, der …«

»Der Phil erstochen hat.«

»Er muss wieder zur Tür hinaus gewesen sein, bevor Sie die Gelegenheit hatten, einen Blick auf ihn zu werfen.«

»Ja.«

»Und er hat die Tür hinter sich zugezogen.«

»Oder Phil hat sie zugeschoben, als er zu Boden gegangen ist.«

Ich sagte: »Er hat eine Hand ausgestreckt, um sich abzustützen …«

»Richtig.«

»Und die Tür ist zugefallen und er ist auf dem Boden gelandet.«

»Richtig.«

Ich ging wieder dorthin zurück, wo die Leiche lag. Es war eine nette Wohnung, stellte ich fest, geräumig und komfortabel eingerichtet. Sie erweckte den Eindruck, der ständige Wohnsitz eines Junggesellen zu sein und nicht die Zweitwohnung eines verheirateten Pendlers. Es gab Bücher in den Bücherregalen, eingerahmte Kunstdrucke an den Wänden, Holzscheite im Kamin. Gegenüber dem Kamin wirkte ein 60 mal 90 Zentimeter großer kleiner Teppich deplatziert auf dem großen Orientteppich. Ich hatte eine Vermutung, warum er dort lag.

Aber ich ging daran vorbei und kniete neben der Leiche nieder. »Stich ins Herz«, stellte ich fest. »Er muss mehr oder weniger sofort tot gewesen sein. Ich vermute, er gab keine letzten Worte mehr von sich.«

»Nein.«

»Er ist zusammengesackt, auf dem Boden gelandet und hat sich nicht mehr bewegt.«

»Das ist richtig.«

Ich erhob mich. »Das muss ein Schock gewesen sein.«

»Ein furchtbarer Schock.«

»Warum haben Sie es nicht gemeldet?«

»Gemeldet?«

»Der Polizei«, sagte ich. »Oder dem Rettungsdienst, um ihn in ein Krankenhaus bringen zu lassen.«

»Ein Krankenhaus hätte ihm nichts mehr genutzt«, sagte der Blazer. »Ich meine, man sah, dass er tot war.«

»Kein Puls, kein Atem.«

»Richtig.«

»Trotzdem, Sie müssen gewusst haben, dass man die Polizei anrufen soll, wenn so etwas passiert.«

»Ja, natürlich.«

»Aber Sie haben es nicht getan.«

Sie blickten einander an. Es wäre wahrscheinlich interessant gewesen zu sehen, was ihnen einfallen würde, aber ich erleichterte ihnen die Sache.

»Sie müssen Angst gehabt haben«, sagte ich.

»Nun, natürlich.«

»Ein Mann geht die Tür öffnen und bevor man sich versieht, liegt er tot auf dem Boden. Das muss ein verstörendes Erlebnis sein, vor allem, wenn man in Betracht zieht, dass Sie nicht wissen, wer ihn getötet hat und warum. Oder haben Sie eine Idee?«

Sie hatten keine.

»Ich vermute, die Wohnung hier gehört nicht Phil.«

»Nein.«

Natürlich nicht. Wenn sie ihm gehört hätte, wären sie schon lange verschwunden gewesen.

»Muss Ihre sein«, sagte ich dem Blazer und genoss, wie er die Augen aufriss. Er gab zu, dass es seine war, und fragte, woher ich das gewusst hatte. Ich erklärte ihm nicht, dass er als Einziger der Anwesenden keinen Ehering trug oder dass ich vermutete, er hatte, als er nach Hause gekommen war, den Geschäftsanzug aus- und etwas Bequemeres angezogen, während die anderen noch das trugen, worin sie an diesem Morgen im Büro erschienen waren. Ich murmelte nur etwas von wegen, dass man als Polizist gewisse Instinkte entwickelt, und ließ ihn glauben, dass ich ein Genie war.

Ich fragte, ob irgendjemand unter ihnen Phil gut gekannt hatte, und war nicht überrascht zu erfahren, dass es niemanden gab. Er war der Freund eines Freundes, sagte jemand, und machte irgendetwas an der Wall Street.

»Also war er kein Stammgast an Ihrem Pokertisch.«

»Nein.«

»Aber er hat nicht zum ersten Mal mitgespielt, oder?«

»Es war sein zweites Mal«, sagte jemand.

»Das erste Mal war letzte Woche?«

»Nein, vor zwei Wochen. Letzte Woche war er nicht dabei.«

»Vor zwei Wochen. Wie hat er sich geschlagen?«

Aufwändiges Schulterzucken. Die allgemeine Meinung schien zu sein, dass er vielleicht ein paar Dollar gewonnen hatte, aber niemand hatte sonderlich darauf geachtet.

»Und heute Abend?«

»Ich denke, er lag bei plus/minus Null. Wenn er Gewinn gemacht hatte, konnten es nicht mehr als ein paar Dollar sein.«

»Um welche Art von Einsätze spielen Sie?«

»Es ist ein Spiel unter Freunden. Eins-zwei-fünf bei Stud-Partien. Bei Draw sind es zwei Dollar vor dem Kartentausch, danach fünf.«

»Also kann man wie viel gewinnen oder verlieren, ein paar Hundert?«

»Das wäre ein großer Verlust.«

»Oder ein großer Gewinn«, sagte ich.

»Nun, ja. So oder so.«

Ich kniete mich neben der Leiche hin und tastete sie ab. Ausweise in seiner Brieftasche identifizierten ihn als Philip T. Ryman mit einer Adresse in Teaneck.

»Hat in Jersey gewohnt«, sagte ich. »Und Sie haben gesagt, dass er an der Wall Street gearbeitet hat?«

»Irgendwo im Zentrum.«

Ich hob seine linke Hand. Die Armbanduhr war eine Rolex und ich vermute, dass es sich um eine echte gehandelt haben musste, denn das war vor der Flut an Fälschungen. Am entsprechenden Finger trug er etwas, das wie ein Ehering aussah, aber ich sah, dass es sich in Wirklichkeit um einen großen Ring aus Silber oder Weißgold handelte, der verdreht worden war, sodass sich das große Stück auf der Seite der Handfläche befand. Es sah wie ein unfertiger Siegelring aus, der darauf wartete, dass Initialen in seine glänzende Oberfläche eingeritzt wurden.

Ich erhob mich. »Nun«, sagte ich. »Ich würde sagen, es ist gut, dass Sie mich gerufen haben.«

»Es gibt eine Reihe von Problemen«, erklärte ich ihnen. »Ein paar Dinge, die beim eintreffenden Beamten oder einem Gerichtsmediziner die Alarmglocken klingeln lassen würden.«

»Wie ...«

»Wie das Messer«, sagte ich. »Phil hat die Tür geöffnet, der Mörder hat einmal auf ihn eingestochen und ist verschwunden, war aus der Tür und die Treppe hinunter, bevor der Körper auf dem Boden aufgeprallt war.«

»Vielleicht nicht so schnell«, sagte einer von ihnen. »Aber es ging ziemlich schnell. Auf jeden Fall schneller, als wir wussten, was passiert.«

»Das verstehe ich«, sagte ich, »aber die Sache ist die, dass es eine ziemlich ungewöhnliche Vorgehensweise ist. Der Mörder hat sich nicht die Zeit genommen, sich zu vergewissern, dass sein Opfer tot war, wovon man nicht selbstverständlich ausgehen kann, wenn man mit einem Messer auf jemanden einsticht. Und er hat das Messer in seinem Opfer stecken lassen.«

»Würde er das nicht tun?«

»Nun, es könnte zu ihm zurückverfolgt werden. Alles, was er tun muss, um diese Möglichkeit auszuschließen, ist, es mitzunehmen. Außerdem ist es eine Waffe. Angenommen, jemand verfolgt ihn? Vielleicht würde er das Messer noch einmal brauchen.«

»Vielleicht ist er in Panik geraten.«

»Vielleicht ist er das«, stimmte ich zu. »Da ist noch eine Sache, und der Gerichtsmediziner würde sie bemerken, falls sie der Beamte am Tatort übersieht. Die Leiche wurde bewegt.«

Es war interessant zu beobachten, wie ihre Blicke hin- und herhasteten. Sie sahen einander an, sie sahen mich an, sie sahen den am Boden liegenden Phil an.

»In einer Leiche sammelt sich Blut«, sagte ich. »Livores ist der Fachausdruck für die Flecken. Es sieht für mich so aus, als wäre Phil nach vorne gefallen und mit dem Gesicht nach unten aufgekommen. Er ist wahrscheinlich gegen die Tür gefallen, als sie sich schloss, und hinabgerutscht und auf dem Gesicht gelandet. Also konnten Sie die Tür nicht öffnen, aber Sie mussten es tun, und deshalb haben Sie ihn schließlich bewegt.«

Blicke huschten hin und her. Der Gastgeber, derjenige im Blazer, sagte: »Wir wussten, dass Sie hereinkommen mussten.«

»Richtig.«

»Also konnten wir ihn nicht direkt an der Tür liegen lassen.«

»Natürlich nicht«, stimmte ich zu. »Aber all das wird schwer zu erklären sein. Sie haben nicht sofort die Polizei verständigt und Sie haben die Leiche bewegt. Die werden ein paar Fragen an Sie haben.«

»Vielleicht könnten Sie uns eine Vorstellung davon geben, welche Fragen wir zu erwarten haben?«

»Vielleicht kann ich noch mehr tun«, sagte ich. »Es ist gegen die Vorschriften und ich sollte es wahrscheinlich nicht tun, aber ich werde Ihnen einen Vorschlag machen, was wir tun sollten.«

»Ja?«

»Ich schlage vor, dass wir etwas inszenieren«, sagte ich. »Wie die Dinge liegen, wurde Phil von einer unbekannten Person erstochen, die geflohen ist, bevor jemand einen Blick auf sie werfen konnte. Sie wird vielleicht nie zum Vorschein kommen, und wenn sie das nicht tut, werden die Cops Sie alle vier in die Mangel nehmen.«

»Herrgott«, sagte jemand.

»Es wäre für alle viel einfacher«, sagte ich, »wenn Phils Tod ein Unfall wäre.«

»Ein Unfall?«

»Ich weiß nicht, ob Phil vorbestraft ist oder nicht«, sagte ich. »Er kommt mir irgendwie bekannt vor, aber das tun viele Leute. Er hat das Gesicht eines Spielers, die Art von Gesicht, die man in einem Wettbüro finden würde. Vielleicht hat er an der Wall Street gearbeitet, das ist möglich, denn beim Kartenspiel betrügen ist nicht unbedingt eine Vollzeitbeschäftigung.«

»Beim Kartenspiel betrügen?«

»Das wäre meine Vermutung. Sein Ring ist ein Spiegel; nach innen gedreht, kann er einen Blick auf das werfen, was sich unten im Kartenstapel befindet. Es ist nur eine Art des Betrugs, und er hatte wahrscheinlich noch dreißig oder vierzig andere. Sie fassen das hier als eine gemütliche Runde auf, ein freundschaftliches Spiel einmal in der Woche mit Fünf-Dollar-Limit und, was, maximal drei Setzrunden? Im Laufe eines Jahres gleichen sich die Gewinne und Verluste so ziemlich aus und niemand kommt allzu sehr zu Schaden. Stimmt das so in etwa?«

»Ja.«

»Also würden Sie nicht erwarten, einen Betrüger anzuziehen, einen Falschspieler. Aber er ist nicht auf der Suche nach den großen Nummern, er sucht nach einem Spiel genau wie Ihrem, wo alle gute Freunde sind und keiner einen Grund hat, misstrauisch zu sein. Dort kann er ohne Risiko in ein paar Stunden zweihundert, dreihundert Dollar abkassieren. Ich bin mir sicher, dass Sie alle ganz passable Pokerspieler sind, aber würden Sie vermuten, dass jemand Karten von der Unterseite des Stapels verteilt, oder nach gezinkten Karten Ausschau halten? Würden Sie es bemerken, wenn jemand nicht die oberste Karte des Stapels verteilt, selbst wenn Sie es in Zeitlupe sehen würden?«

»Wahrscheinlich nicht.«

»Phil hat wahrscheinlich ein bisschen betrogen«, fuhr ich fort. »Das hat er wahrscheinlich auch vor zwei Wochen getan und niemand hat es bemerkt. Aber er hat offenbar irgendwann irgendwo irgendjemand anderen verärgert. Vielleicht hat er dieselben Tricks in einer größeren Partie abgezogen oder er hat einfach nur im falschen Bett geschlafen, aber jemand hat gewusst, dass er hierher kommen würde, ist aufgetaucht, nachdem Sie zu spielen begonnen hatten, und hat geklingelt. Er wäre hereingekommen und hätte Phil herausgerufen, aber das musste er nicht tun, weil ihm Phil die Tür geöffnet hat.«

»Und der Kerl hatte ein Messer.«

»Richtig«, sagte ich. »So war es, aber das ist ein weiterer Punkt, der einen Ermittlungsbeamten verwirren könnte. Woher hat der Kerl gewusst, dass Phil die Tür öffnen würde? In den meisten Fällen öffnet der Hausherr die Tür, und ansonsten ist die Chance, dass es sich um Phil handelt, nur eins zu fünf. Würde der Kerl einfach dort stehen, mit dem Messer in der Hand? Und würde Phil einfach öffnen, ohne sich zu vergewissern, wer geklingelt hat?«

Ich hob eine Hand. »Ich weiß, so ist es abgelaufen. Aber ich denke, es wäre für Sie vielleicht der Mühe wert, ein etwas plausibleres Szenario zu inszenieren, etwas, bei dem es den Cops viel leichter fällt, es zu akzeptieren. Nehmen wir an, wir vergessen den Eindringling. Nehmen wir an, die Geschichte, die wir erzählen, lautet, dass Phil beim Kartenspielen betrogen hat und er dessen beschuldigt wurde. Vielleicht sind ein paar böse Worte gefallen und Drohungen wurden ausgetauscht. Phil hat in seine Tasche gelangt und ein Messer hervorgezogen.«

»Das ist ...«

»Sie wollen sagen, dass es weit hergeholt ist«, sagte ich. »Aber es ist durchaus plausibel, dass er irgendeine Waffe bei sich trug, für den Fall, dass er jemanden einschüchtern müsste, der ihn beim Falschspielen erwischt. Er zückt das Messer und Sie reagieren. Sagen wir, Sie kippen den Tisch in seine Richtung. Er geht mit dem Tisch zu Boden und am Ende hat er sein eigenes Messer in der Brust stecken.«

Ich ging durch das Zimmer. »Wir werden den Tisch woanders hinstellen müssen«, fuhr ich fort. »Dort wo er jetzt steht, gibt es nicht wirklich genug Platz für diese Art von Kampf. Aber angenommen, er hätte genau in der Mitte des Zimmers gestanden, unter der Deckenleuchte? Tatsächlich wäre das ein logischer Platz für ihn.« Ich bückte mich, nahm den kleinen Teppich und schleuderte ihn zur Seite. »Den Teppich hätte man nicht hier liegen, wenn der Tisch hier stehen würde.« Ich bückte mich und deutete auf einen Fleck. »Sieht aus, als hätte jemand Nasenbluten gehabt, und das erst kürzlich, denn ansonsten hätten Sie den Teppich schon reinigen lassen.

Wenn ich es mir recht überlege, könnte das gut in die Geschichte passen. Phil dürfte bei einem Stich ins Herz nicht stark geblutet haben, aber es hätte ein bisschen Blutverlust gegeben und ich habe dort, wo er jetzt liegt, kein Blut gesehen. Wenn wir ihn an die richtige Stelle legen, wird man höchstwahrscheinlich annehmen, dass es sein Blut ist. Vielleicht erweist es sich sogar als dieselbe Blutgruppe. Ich meine, so viele verschiedene Blutgruppen gibt es ja nicht, oder?«

Ich blickte sie der Reihe nach an. »Ich denke, das wird klappen«, sagte ich. »Um es abzurunden, werden wir sagen, dass Sie Freunde von mir sind. Ich spiele ab und zu mit, auch wenn ich heute, als Phil hier war, nicht dabei war. Und als das Unglück passiert ist, war Ihr erster Gedanke, mich anzurufen, und das ist der Grund, weshalb es länger gedauert hat, bis der Vorfall gemeldet wurde. Sie haben es mir gemeldet und ich war auf dem Weg hierher, weshalb Sie gedacht haben, dass das genügt.« Ich stoppte, um Atem zu holen, nahm mir einen Augenblick lang Zeit, um jedem von ihnen in die Augen zu sehen. »Wir müssen die Dinge genau richtig arrangieren«, fuhr ich fort, »und es dürfte eine gute Idee sein, etwas Geld zu verteilen. Aber ich denke, das hier wird als Tod durch Unfall in die Bücher eingehen.«

»Sie müssen gedacht haben, dass du ein Genie bist«, sagte Elaine.

»Oder ein Idiot savant«, sagte ich. »Ich stand dort und hab sie angeleitet, genau das vorzutäuschen, was in Wirklichkeit passiert war. Ich vermute, am Anfang haben sie gedacht, dass ich unabsichtlich in eine Rekonstruktion des Vorfalls stolpere, aber am Ende hatten sie wahrscheinlich kapiert, dass ich sehr wohl wusste, was ich tat.«

»Aber du hast es nicht eindeutig ausgesprochen.«

»Nein, wir haben die Fiktion aufrechterhalten, dass ein Eindringling das Messer in Ryman gesteckt hat und wir das Beweismaterial manipulierten.«

»Während ihr es in Wirklichkeit wiederhergestellt habt. Was hat dich auf die Spur gebracht?«

»Dass die Leiche die Tür blockiert hat. Das Muster der Todesflecken hat nicht gestimmt, aber ich war schon misstrauisch, bevor ich das entdeckte. Es ist einfach zu praktisch, dass eine Leiche dort liegt, wo sie verhindert, dass die Tür geöffnet wird. Außerdem stand der Tisch am falschen Platz und der kleine Teppich musste irgendetwas verbergen, warum sollte er sonst an genau der Stelle liegen? Also hab ich mir das Zimmer so vorgestellt, wie es richtig ausgesehen hat, und dann hat sich der Rest von selbst ergeben. Aber dafür muss man kein Genie sein. Jeder Cop hätte Dinge gesehen, die nicht gepasst haben, und er hätte ein paar harte Fragen gestellt, woraufhin die vier eingeknickt wären.«

»Und dann was? Mordanklagen?«

»Höchstwahrscheinlich, aber sie sind angesehene Geschäftsmänner und der Verstorbene war ein Mistkerl, also hätte man sie womöglich nur wegen Totschlags angeklagt. Vielleicht hätten sie auf eine noch geringere Anklage plädieren können. Trotzdem, eine Einstufung als Unfalltod bewahrt sie vor einer Menge Ärger.«

»Und das ist, was wirklich passiert ist?«

»Ich kann mir nicht vorstellen, dass einer dieser Männer ein Springmesser mit sich herumträgt oder es an einem Kartentisch zieht. Genauso unwahrscheinlich erscheint mir, dass sie es Ryman abnehmen und ihn damit töten konnten. Ich denke, er ist nach hinten gefallen und der Tisch ist auf ihm gelandet, und vielleicht sind noch ein oder zwei von den Typen auf dem Tisch gelandet. Und er hatte noch immer das Messer in der Hand und es sich selbst in die Brust gesteckt.«

»Und die Cops, die am Tatort eingetroffen sind –«

»Nun, ich hab es für sie gemeldet, also hab ich mir die Ermittlungsbeamten mehr oder weniger ausgesucht. Ich hab Jungs genommen, mit denen sich arbeiten lässt.«

»Und du hast mit ihnen gearbeitet.«

»Es ist für alle gut ausgegangen«, sagte ich. »Ich hab ein paar Dollars von den vier Kartenspielern eingesammelt und etwas davon dort landen lassen, wo es am meisten Gutes tun würde.«

»Um das Ganze ein wenig zu glätten.«

»Das ist richtig.«

»Aber du hast nicht alles davon verteilt.«

»Nein«, sagte ich, »nicht alles. Gib mir deine Hand. Hier.«

»Was ist das?«

»Ein Finderlohn.«

»Dreihundert Dollar?«

»Zehn Prozent«, sagte ich.

»Meine Güte«, sagte sie. »Ich hab nichts erwartet.«

»Was tut man, wenn einem jemand Geld gibt?«

»Man sagt danke«, sagte sie, »und steckt es an einen sicheren Ort. Das ist großartig. Du bringst sie dazu, die Wahrheit zu sagen, und jeder bekommt Geld. Musst du sofort nach Syosset zurück? Chet Baker spielt heute Abend im Mikell's.«

»Wir könnten hingehen«, sagte ich, »und danach könnten wir hierher zurückkommen. Ich hab Anita gesagt, dass ich wahrscheinlich über Nacht in der Stadt bleiben muss.«

»Oh, prima«, sagte sie. »Denkst du, dass er ›Let's Get Lost‹ singen wird?«

»Es würde mich nicht überraschen«, sagte ich. »Vor allem nicht, wenn du ihn nett bittest.«

Ich erinnere mich nicht, ob er es sang oder nicht, aber ich hörte es vor wenigen Tagen im Radio. Er hat ein plötzliches Ende gefunden, dieser alternde Junge mit der schmelzenden Stimme und dem mindestens ebenso schmelzenden Flügelhorn. Er ist irgendwo in Europa aus dem Fenster eines Hotelzimmers gefallen, und die meisten Menschen sind der Meinung, dass jemand nachgeholfen hat. Er hatte im Laufe der Zeit eine Menge Leute verärgert und war immer damit davongekommen, aber so läuft das normalerweise. Man kommt so lange davon, bis man nicht mehr davonkommt.

»Let's get Lost«. Ich hörte den Song und keine vierundzwanzig Stunden später nahm ich die *Times* in die Hand und las eine Todesanzeige für einen Rohstoffhändler namens P. Gordon Fawcett, der an Prostatakrebs gestorben war. Der Name kam mir bekannt vor, aber es dauerte ein paar Stunden, bis ich ihn zuordnen konnte. Es war der Typ im Blazer gewesen, derjenige, in dessen Wohnung Phil Ryman sich selbst erstochen hatte.

Komisch, wie sich die Dinge entwickeln. Kurz nach diesem Pokerabend führte ein anderer Vorfall zu meinem Abschied vom NYPD und aus meiner Ehe. Elaine und ich verloren den Kontakt zueinander und trafen uns ein paar Jahre später wieder, als ich einen Weg gefunden hatte, zu leben ohne zu trinken. Also haben wir uns verloren und wiedergefunden – und jetzt sind wir verheiratet. Wer hätte das geahnt?

Mein Leben hat sich völlig verändert, aber ich kann mir gut vorstellen, auch jetzt zu genau so einer Art von Notfall gerufen zu werden – ein toter Mann auf dem Teppich, ein Messer in seiner Brust, in der Gesellschaft von vier Pokerspielern, die sich nichts mehr wünschen, als dass er sich in Luft auflösen würde. Wie gesagt, mein Leben hat sich verändert und ich vermute, ich habe mich selbst auch verändert. Deshalb würde ich es höchstwahrscheinlich jetzt anders angehen. Was ich tun würde, ist, dass ich es sofort melden würde, damit sich die Cops der Sache annehmen.

Trotzdem, mir hat immer gefallen, wie diese Sache gelaufen ist. Ich wurde zu einer Vertuschung gerufen und was ich getan habe, war, die Vertuschung zu vertuschen. Und im Laufe dieses Prozesses brachte ich die Wahrheit ans Licht. Oder zumindest eine Annäherung daran, und ist das nicht alles, was man erwarten kann? Ist das nicht genug?

EIN MOMENT FALSCHEN DENKENS

Monica sagte: »Welche Art von Waffe? Ein Mann erschießt sich in seinem Wohnzimmer, umgeben von Familie und Freunden, und du willst wissen, welche Waffe er benutzt hat?«

»Ich hab mich nur gefragt«, sagte ich.

Monica verdrehte die Augen. Sie ist eine von Elaines ältesten Freundinnen. Sie waren zusammen auf der Highschool in Rego Park und haben sich seitdem nicht aus den Augen verloren. Elaine arbeitete viele Jahre als Callgirl und Monica, die selbst nie in diesem Metier tätig war, hatte anscheinend keine Probleme damit. Elaine ihrerseits enthält sich eines Urteils über Monicas Vorliebe für verheiratete Männer.

An diesem Abend war sie in Begleitung des aktuellen Auserwählten. Wir waren zu viert in einer Wiederaufnahme von *Allegro* gewesen, dem Musical von Rodgers und Hammerstein, das bei der Erstaufführung kein großer Hit gewesen war. Von dort gingen wir ins Paris Green für ein spätes Abendessen. Wir sprachen über das Musical und spekulierten darüber, warum es keinen Erfolg gehabt hatte. Wir stimmten darin überein, dass die Songs gut waren, und ich war alt genug, mich daran erinnern zu können, »A Fellow Needs a Girl« im Radio gehört zu haben. Elaine sagte, dass sie eine LP von Lisa Kirk habe und eines der Lieder darauf »The Gentleman Is a Dope« sei. Diese Nummer, sagte sie, sei der Höhepunkt gewesen, als die Show zum ersten Mal gespielt wurde, und habe Lisa Kirk zum Star gemacht.

Monica sagte, dass sie das Lied gerne irgendwann mal hören würde. Elaine antwortete, dass sie nur die Platte finden müsse und dann etwas, mit dem sie sie abspielen konnte. Monica sagte, dass sie noch einen Plattenspieler habe.

Monicas Typ sagte gar nichts und ich hatte das Gefühl, dass er weder wusste, wer Lisa Kirk war, noch warum er das alles über sich ergehen lassen musste, nur um mit Monica ins Bett steigen zu können. Sein Name war

Doug Halley – wie der Komet, hatte er gesagt – und er machte irgendwas auf der Wall Street. Was auch immer es war, er machte es gut genug, um seine zweite Frau und ihre gemeinsamen Kinder in einem Haus in Pound Ridge in Westchester County wohnen zu lassen, während er seinen Kindern aus erster Ehe das Studium finanzierte. Wir erfuhren, dass sein Sohn aufs Bowdoin College ging und seine Tochter gerade angefangen hatte, an der Colgate University zu studieren.

Wir quetschten Lisa Kirk als Gesprächsthema aus, so gut es ging, dann kamen die Getränke: Perrier für mich, Cranberry-Saft für Elaine und Monica und ein Stolichnaya Martini für Halley. Er hatte kurz gezögert, bevor er ihn bestellt hatte – Monica hatte ihm bestimmt gesagt, dass ich ein trockener Alkoholiker war, und selbst wenn sie es nicht getan hatte, war ihm bestimmt aufgefallen, dass er der Einzige war, der einen Drink bestellte. Ich konnte fast hören, wie er darüber nachdachte und dann entschied, zum Teufel damit. Ich war froh, dass er sich den Drink bestellt hatte. Er sah aus, als hätte er ihn nötig, und als er gebracht wurde, nahm er einen kräftigen Schluck.

Ungefähr dann erwähnte Monica den Kerl, der sich selbst erschossen hatte. Es war am Vorabend passiert, zu spät, um es in die Morgenausgaben der Zeitungen zu schaffen. Monica hatte die Berichterstattung am Nachmittag auf New York One gesehen. Ein Mann hatte im Verlauf eines gemütlichen Abends mit Freunden und Familienangehörigen in seinem Zuhause in Inwood eine Waffe gezogen, über seine finanzielle Lage und alles, was mit der Welt nicht stimmt, geschimpft und dann den Lauf in seinen Mund gesteckt und sich das Hirn weggepustet.

»Welche Art von Waffe?«, sagte Monica noch einmal. »Das ist typisch Mann, oder? Es gibt keine Frau auf der Welt, die diese Frage gestellt hätte.«

»Eine Frau hätte gefragt, was er anhatte«, sagte Halley.

»Nein«, sagte Elaine. »Wen interessiert, was er anhatte? Eine Frau würde fragen, was seine Ehefrau trug.«

»Einen Ausdruck des Entsetzens, wäre meine Vermutung«, sagte Monica. »Könnt ihr euch das vorstellen? Man macht sich einen netten Abend mit Freunden und dann erschießt sich dein Ehemann vor aller Augen.«

»Sie haben es nicht gezeigt, oder?«

»Sie haben sie nicht vor die Kamera gezerrt, aber sie haben mit einem Mann gesprochen, der dort war und das Ganze mitangesehen hat.«

Halley sagte, dass es eine größere Geschichte gewesen wäre, wenn sie die Frau interviewt hätten, und wir fingen an, über die Medien und darüber, wie aufdringlich sie geworden waren, zu sprechen. Wir blieben bei diesem Thema, bis das Essen gebracht wurde.

Als wir nach Hause kamen, sagte Elaine: »Der Mann, der sich erschossen hat. Als du gefragt hast, ob sie es gezeigt haben, hast du nicht ein Interview mit der Ehefrau gemeint. Du wolltest wissen, ob sie ihn dabei gezeigt haben, wie er es getan hat.«

»Heutzutage«, sagte ich, »lässt doch fast immer jemand einen Camcorder mitlaufen. Aber ich hab nicht wirklich gedacht, dass jemand die Tat gefilmt hat.«

»Denn dann wäre es eine noch größere Geschichte gewesen.«

»Das stimmt. Der Umfang, den sie einer Geschichte einräumen, hängt davon ab, was sie dir zeigen können. Sie wäre ein bisschen größer gewesen, wenn es ihnen gelungen wäre, die Frau zu interviewen, aber es wäre den ganzen Tag lang überall der Aufmacher gewesen, wenn sie ihn tatsächlich dabei hätten zeigen können, wie er es tat.«

»Trotzdem hast du gefragt.«

»Einfach so«, sagte ich. »Um Konversation zu betreiben.«

»Ja, klar. Und du wolltest wissen, welche Art von Waffe er benutzt hat. Warst nur ein Mann und hast über Männersachen geredet. Weil dir Doug so sympathisch war, dass du dich unbedingt mit ihm verkumpeln wolltest.«

»Oh, ich war ganz verrückt nach ihm. Wo treibt sie die immer auf?«

»Ich bin mir nicht sicher«, sagte sie, »aber ich denke, sie hat einen Radar. Wenn da draußen ein Vollidiot ist, der noch dazu verheiratet ist, dann peilt sie ihn an. Warum hat es dich interessiert, welche Art von Waffe es war?«

»Was ich mich gefragt habe«, sagte ich, »war, ob es sich um einen Revolver oder eine Pistole gehandelt hat.«

Sie dachte darüber nach. »Und wenn sie ihn dabei gezeigt hätten, wie er es getan hat, könntest du dir die Aufnahme ansehen und würdest wissen, welche Art von Waffe es war.«

»Das würde jeder.«

»Ich nicht«, sagte sie. »Überhaupt, welchen Unterschied macht es?«

»Wahrscheinlich keinen.«

»Ach?«

»Es hat mich an einen Fall erinnert, den wir mal hatten«, sagte ich. »Vor vielen Jahren.«

»Damals, als du noch ein Cop warst und ich die Freundin eines Cops.«

Ich schüttelte den Kopf. »Nur Ersteres. Ich war bei der Polizei, aber wir hatten uns noch nicht getroffen. Ich war noch in Uniform und es hat noch eine Weile gedauert, bis man mich zum Detective gemacht hat. Und wir waren noch nicht nach Long Island gezogen, wir haben noch in Brooklyn gewohnt.«

»Du und Anita und die Jungs.«

»War Andy überhaupt schon auf der Welt? Nein, das kann nicht sein, denn sie war mit ihm schwanger, als wir das Haus in Syosset gekauft haben. Wir hatten damals wahrscheinlich schon Mike, aber welchen Unterschied macht es? Es geht nicht um sie. Es geht um einen armen Schweinehund in Park Slope, der sich selbst erschossen hat.«

»Und hat er einen Revolver oder eine Pistole benutzt?«

»Eine Pistole. Er war ein Veteran aus dem Zweiten Weltkrieg, und es war die Pistole, die er mit nach Hause gebracht hatte. Es muss eine Kaliber .45 gewesen sein.«

»Und er hat sie sich in den Mund gesteckt und–«

»Er hat sie an seine Schläfe gehalten. Sie sich in den Mund stecken, nun, ich denke, das wurde erst durch Cops populär.«

»Populär?«

»Du weißt, was ich meine. Die Methode ›Mund auf, Knarre rein, abdrücken‹ hat sich rumgesprochen, und es gab immer mehr Zivilisten, die diesen Weg des Selbstmords wählten.« Ich verstummte, erinnerte mich. »Mein Partner war Vince Mahaffey. Ich hab dir schon von ihm erzählt.«

»Er hat diese kleinen Zigarren geraucht.«

»Guinea-Stinker hat er sie genannt. De Nobili war die Marke, und es waren ekelhafte kleine Dinger, die aussahen, als wenn sie den Verdauungstrakt einer Katze durchlaufen hätten. Ich denke nicht, dass sie schlimmer hätten stinken können, wenn sie es wirklich getan hätten. Vince rauchte sie den ganzen Tag über, und er aß wie ein Schwein und trank wie ein Fisch.«

»Das perfekte Vorbild.«

»Vince war in Ordnung«, sagte ich. »Ich hab verdammt viel von ihm gelernt.«

»Wirst du mir die Geschichte erzählen?«

»Willst du sie hören?«

Sie machte es sich auf der Couch bequem. »Klar«, sagte sie. »Ich liebe es, wenn du mir Geschichten erzählst.«

Es war ein Abend unter der Woche, erinnerte ich mich, und wir hatten Vollmond. Es scheint mir, als wäre es Frühling gewesen, aber vielleicht täusche ich mich.

Mahaffey und ich fuhren im Streifenwagen. Ich saß am Steuer, als über Funk die Nachricht kam, und er meldete sich und sagte, dass wir die Sache übernehmen würden. Es war im Slope. Ich kann mich nicht an die Adresse erinnern, aber wo auch immer es war, wir waren nicht weit entfernt. Ich fuhr uns hin und wir gingen ins Haus.

Park Slope ist jetzt eine sehr erstrebenswerte Gegend, aber das hier war, bevor der Prozess der Gentrifizierung anfing und der Slope noch ein Arbeiterviertel war, noch dazu überwiegend irisch. Das Haus, zu dem man uns schickte, war eines einer Reihe identischer Sandsteinhäuser, vier Stockwerke mit jeweils zwei Wohnungen auf einem Stockwerk. Der Windfang befand sich eine halbe Treppe über Straßenhöhe; ein Mann stand im Eingang und wartete auf uns.

»Sie wollen zu den Conways«, sagte er. »Im zweiten Stock links.«

»Sind Sie ein Nachbar?«

»Wir wohnen unter ihnen«, sagte er. »Ich hab Sie angerufen. Meine Ehefrau ist jetzt bei ihr, bei der armen Frau. Er war ein echter Hurensohn, ihr Ehemann.«

»Sie sind nicht mit ihm ausgekommen?«

»Wie kommen Sie darauf? Er war ein guter Nachbar.«

»Wie wurde er dann zum Hurensohn?«

»Wenn man so etwas tut«, sagte der Mann finster. »Wenn sich jemand umbringen will, Herrgott, es ist eine unverzeihliche Sünde, aber es ist die Sache eines jeden Einzelnen, oder?« Er schüttelte den Kopf. »Aber dann macht man das für sich allein, verdammt noch mal. Nicht, wenn einem die Ehefrau dabei zuschaut. So lange die arme Frau lebt, wird das ihre letzte Erinnerung an ihren Mann sein.«

Wir stiegen die Treppe hoch. Das Haus war in gutem Zustand, aber trostlos, und das Treppenhaus roch nach Kohl und Mäusen. Die Kochgerüche in Mietshäusern haben sich im Laufe der Jahre verändert, gemeinsam mit der ethnischen Zusammensetzung der Bewohner. Kohl war das, was man in irischen Nachbarschaften roch. Ich vermute, er tritt in Greenpoint und Brighton Beach noch stark in Erscheinung, weil sich dort die Neuankömmlinge aus Polen und Russland niederlassen. Und ich bin mir sicher, dass die Gerüche in den Treppenhäusern von Häusern, in denen Immigranten aus Asien, Afrika und Lateinamerika wohnen, ganz anders sind, aber ich vermute, dass es dort auch nach Mäusen stinkt.

Auf halbem Weg nach oben trafen wir eine Frau, die gerade herunterkam. »Mary Frances!«, rief sie nach oben. »Die Polizei ist da!« Sie wandte sich uns zu. »Sie ist hinten«, sagte sie, »bei den Kindern, den armen Kleinen. Die Wohnung ist gleich oben am Treppenabsatz links. Sie können einfach reingehen.«

Die Tür zur Wohnung der Conways stand einen Spalt offen. Mahaffey klopfte, und als keine Antwort kam, schob er die Tür weiter auf. Wir gingen hinein und da war er, ein Mann mittleren Alters in dunkelblauer Hose und einem ärmellosen weißen Unterhemd aus Baumwolle. Er hatte sich beim Rasieren an diesem Morgen geschnitten, aber das war das Geringste seiner Probleme.

Er lag in einem Polstersessel, der dem Fernseher zugewandt war. Er war auf die linke Seite gefallen und hatte ein großes Loch in der rechten Schläfe, mit verbrannter Haut um die Eintrittswunde. Seine rechte Hand lag in seinem Schoß, sie hielt noch immer die Pistole, die er aus dem Krieg mitgebracht hatte.

»Jesus«, sagte Mahaffey.

Es gab ein Bild von Jesus an der Wand über dem Kamin und, genauso eingerahmt, ein Bild von John F. Kennedy. Andere Fotos und Heiligenbilder waren hier und da über den Raum verteilt – auf Tischen, an Wänden, auf dem Fernseher. Ich blickte das kleine, eingerahmte Foto eines lächelnden jungen Mannes in Armeeuniform an und kapierte gerade, dass es sich um eine jüngere Version des Toten handelte, als seine Frau ins Zimmer kam.

»Es tut mir leid«, sagte sie. »Ich habe nicht gehört, wie Sie hereingekommen sind. Ich war bei den Kindern. Sie sind in einem furchtbaren Zustand, das können Sie sich bestimmt vorstellen.«

»Sind Sie Mrs. Conway?«

»Mrs. James Conway.« Sie warf einen Blick auf ihren frisch verstorbenen Ehemann, aber ihre Augen blieben nicht lange auf ihm haften. »Er hat geredet und gelacht«, sagte sie. »Er hat gescherzt. Und dann hat er sich selbst erschossen. Warum sollte er so etwas tun?«

»Hatte er getrunken, Mrs. Conway?«

»Er hatte einen oder zwei Drinks gehabt«, sagte sie. »Er genoss es, zu trinken. Aber er war nicht betrunken.«

»Was ist mit der Flasche passiert?«

Mrs. Conway legte die Hände aneinander. Sie war eine kleine Frau mit einem verhärmten Gesicht und blassen blauen Augen und trug eine Kittelschürze aus Baumwolle mit Blumenmuster. »Ich hab sie weggestellt«, sagte sie. »Das hätte ich nicht tun sollen, oder?«

»Haben Sie sonst noch etwas verändert, Ma'am?«

»Nur die Flasche«, sagte sie. »Die Flasche und das Glas. Ich wollte nicht, dass die Leute sagen würden, dass er betrunken war, als er es getan hat, denn wie wäre das für die Kinder?« Ihr Gesicht verdüsterte sich. »Oder ist es besser zu denken, dass ihn der Alkohol dazu gebracht hat, es zu tun? Ich weiß nicht, was schlimmer ist. Was denken Sie?«

»Ich denke, wir könnten alle einen Drink vertragen«, sagte er. »Sie selbst nicht ausgenommen, Ma'am.«

Sie ging durch das Zimmer, holte eine Flasche Schenley aus einem Mahagonischrank und brachte sie gemeinsam mit drei Gläsern aus geschliffenem Kristall zu uns. Mahaffey schenkte uns allen ein und hielt sein Glas gegen das Licht. Sie nippte vorsichtig an ihrem, während Mahaffey und ich unsere Gläser austranken. Es war gewöhnlicher Blended Whiskey, das Getränk eines ehrlichen Arbeiters. Nichts Besonderes, aber er erfüllte seinen Zweck.

Mahaffey hob noch einmal sein Glas und blickte durch es hindurch hoch zu der aus einer bloßen Glühbirne bestehende Deckenbeleuchtung. »Das sind sehr schöne Gläser«, sagte er.

»Waterford«, sagte sie. »Es waren acht, aber sie gehörten meiner Mutter und die drei hier sind alle, die übrig sind.« Sie warf einen kurzen Blick auf den Toten. »Er hat aus einem Marmeladenglas getrunken. Wir benutzen die Waterfords im Alltag nicht.«

»Nun, ich würde es als besondere Gelegenheit bezeichnen«, sagte Mahaffey. »Trinken Sie, ja? Es wird Ihnen guttun.«

Sie fasste sich ein Herz, trank ihr Glas aus, schauderte leicht, dann atmete sie tief ein. »Danke«, sagte sie. »Es tut *wirklich* gut, muss ich sagen. Nein, nichts mehr für mich. Aber Sie können gerne noch ein Glas trinken.«

Ich lehnte ab. Vince schenkte sich einen Kurzen ein. Er ging mit ihr ihre Geschichte durch, schrieb von Zeit zu Zeit etwas in sein Notizbuch. An einem Punkt begann sie, herumzurechnen, wie sie ohne den armen Jim durchkommen würde. Er hatte im Moment keine Arbeit gehabt, aber er war im Baugewerbe tätig gewesen und wenn er gearbeitet hatte, hatte er relativ gut verdient. Und es würde etwas von der Fürsorgeverwaltung für Kriegsveteranen geben, oder? Und von der Sozialhilfe?

»Ich bin mir sicher, dass es etwas geben wird«, beruhigte Vince sie. »Was ist mit der Versicherung? Hatte er eine Lebensversicherung?«

Es gab eine, sagte sie. Fünfundzwanzigtausend Dollar, er hatte sie abgeschlossen, als das erste Kind geboren wurde, und sie hatte dafür gesorgt, dass der Beitrag jeden Monat gezahlt wurde. Aber er hatte sich selbst umgebracht, würde das nicht dafür sorgen, dass nichts ausbezahlt würde?

»Der Meinung sind die meisten Menschen«, erklärte er ihr, »aber es ist selten so. Normalerweise gibt es eine Klausel, keine Auszahlung bei Selbstmord während der ersten sechs Monate oder des ersten Jahres, vielleicht sogar der ersten zwei Jahre. Damit man nicht am Montag eine Versicherung abschließt und sich am Dienstag umbringt. Aber Sie haben sie schon länger als zwei Jahre, oder?«

Sie nickte eifrig. »Wie alt ist Patrick jetzt? Fast neun, und sie wurde ungefähr zu der Zeit abgeschlossen, als er auf die Welt kam.«

»Dann würde ich sagen, dass es keine Probleme geben wird«, sagte er. »Und das ist nur gerecht, wenn man darüber nachdenkt. Die Versicherung kassiert all die Jahre über die Beiträge, warum sollte sie dann durch einen Moment falschen Denkens vom Haken kommen?«

»Ich hatte denselben Gedanken«, sagte sie, »aber ich dachte mir, dass keine Hoffnung besteht. Ich dachte, dass das nun mal so ist.«

»Nun«, sagte er, »es ist nicht so.«

»Wie haben Sie es genannt? Ein Moment falschen Denkens? Aber ist das nicht alles, was nötig ist, um dafür zu sorgen, dass er nicht in den Himmel kommt? Es ist die Sünde der Verzweiflung, müssen Sie wissen.« Letzteres war an mich gerichtet, da sie offenbar dachte, dass Mahaffey sich mehr mit Theologie auskannte als ich. »Und ist das gerecht?«, wollte sie wissen, wobei sie sich wieder an Mahaffey wandte. »Besser eine Witwe um ihr Geld bringen, als dafür sorgen, dass James Conway fälschlich in der Hölle landet.«

»Vielleicht ist es Gott möglich, die Dinge eher längerfristig zu betrachten.«

»Das ist nicht, was die Priester sagen.«

»Wenn er zu dem Zeitpunkt nicht bei vollem Verstand war …«

»Bei vollem Verstand?« Sie trat einen Schritt zurück, presste eine Hand an ihre Brust. »Wer, der bei vollem Verstand ist, würde so etwas tun?«

»Nun …«

»Er hat gescherzt«, sagte sie. »Und er hat sich die Pistole an den Kopf gehalten, und selbst da hatte ich keine Angst, denn er schien so wie immer zu sein und es gab nichts daran, was einem Angst gemacht hätte. Abgesehen davon, dass ich den Gedanken hatte, dass ein Schuss durch Zufall ausgelöst werden könnte, und das hab ich ihm auch gesagt.«

»Und was hat er darauf geantwortet?«

»Das wir alle besser dran wären, wenn das passieren würde, er selbst eingeschlossen. Und ich hab ihm gesagt, dass er so etwas nicht sagen soll, dass es entsetzlich und sündhaft ist, und er hat gesagt, dass es nur die Wahrheit sei, und dann hat er mich angesehen, er hat mich *angesehen*.«

»Wie hat er Sie angesehen?«

»Wie: Siehst du, was ich tue? Siehst du mir zu, Mary Frances? Und dann hat er sich erschossen.«

»Vielleicht war es ein Unfall«, schlug ich vor.

»Ich hab sein Gesicht gesehen. Ich hab gesehen, wie sich sein Finger am Abzug gekrümmt hat. Es war, als würde er es tun, um mich zu ärgern. Aber er war nicht wütend auf mich. Um Gottes willen, warum sollte er …«

Mahaffey schlug mir auf die Schulter. »Bring Mrs. Conway hinaus«, sagte er. »Sie soll sich frisch machen und ein Glas Wasser trinken. Und vergewissert euch, dass es den Kindern gut geht.« Ich blickte ihn an und er drückte meine Schulter. »Ich will etwas nachprüfen«, sagte er.

Ich ging mit Mrs. Conway in die Küche, wo sie ein Geschirrtuch anfeuchtete und sich damit zaghaft das Gesicht abtupfte. Dann füllte sie ein Marmeladenglas mit Wasser und trank es mit einer Reihe von kleinen Schlucken aus. Danach gingen wir zu den Kindern, einem achtjährigen Jungen und einem Mädchen, das ein paar Jahre jünger war. Sie saßen einfach mit im Schoß gefalteten Händen da, als hätte ihnen jemand befohlen, sich nicht zu bewegen.

Mrs. Conway bemutterte sie, versicherte ihnen, dass alles in Ordnung kommen würde, und wies sie an, sich zum Schlafengehen fertigzumachen. Wir ließen sie so zurück, wie wir sie vorgefunden hatten, nebeneinander sitzend, die Hände noch immer im Schoß gefaltet. Vermutlich standen sie unter Schock, und es schien mir, als hätten sie jedes Recht dazu.

Ich brachte die Frau zurück ins Wohnzimmer, wo Mahaffey über die Leiche des Ehemanns gebeugt war. Er richtete sich auf, als wir den Raum betraten. »Mrs. Conway«, sagte er. »Ich muss Ihnen etwas Wichtiges mitteilen.«

Sie blickte ihn abwartend an.

»Ihr Mann hat sich nicht selbst umgebracht«, verkündete er.

Sie riss die Augen auf und starrte Mahaffey an, als hätte der plötzlich den Verstand verloren. »Aber ich hab gesehen, wie er es getan hat«, sagte sie.

Er runzelte die Stirn, nickte. »Verzeihen Sie mir«, sagte er. »Ich habe mich falsch ausgedrückt. Was ich sagen wollte, ist, dass Ihr armer Mann keinen Selbstmord begangen hat. Er hat sich selbst umgebracht, natürlich hat er sich selbst umgebracht–«

»Ich habe es mitangesehen.«

»–und natürlich haben Sie das getan, das ist eine furchtbare Sache für Sie, eine grausame Sache. Aber es war nicht seine Absicht, Ma'am. Es war ein Unfall.«

»Ein Unfall!«

»Ja.«

»Sich eine Pistole an den Kopf halten und den Abzug durchdrücken. Ein Unfall?«

Mahaffey hatte ein Taschentuch in der Hand. Er drehte die Handfläche nach oben, um zu zeigen, was er darin hielt. Es war das Magazin der Pistole.

»Ein Unfall«, sagte Mahaffey. »Sie haben gesagt, dass er gescherzt hat, und das ist, was es war, ein Scherz, der schiefgegangen ist. Wissen Sie, was das ist?«

»Etwas, das mit der Pistole zu tun hat?«

»Es ist das Magazin, Ma'am. So nennt man das. Darin befinden sich die Patronen.«

»Die Kugeln?«

»Die Kugeln, ja. Und wissen Sie, wo ich es gefunden habe?«

»In der Pistole?«

»Dort hätte ich erwartet, es zu finden«, sagte er, »und dort habe ich danach gesucht, aber es war nicht dort. Und dann hab ich seine Hosentaschen abgetastet, und dort war es.« Und er schob das Magazin, das er noch immer mit dem Taschentuch hielt, in die rechte Hosentasche des Mannes.

»Sie verstehen es nicht«, sagte er zu der Frau. »Was ist mit dir, Matt? Verstehst du, was passiert ist?«

»Ich denke, ja.«

»Er wollte einen Scherz mit Ihnen treiben, Ma'am. Er hat das Magazin aus der Pistole genommen und es in seine Tasche gesteckt. Dann wollte er sich die ungeladene Pistole an den Kopf halten und Ihnen einen Schreck einjagen. Er wollte den Abzug durchdrücken, und es würde diesen Augenblick geben, bevor der Hahn in eine leere Kammer klickt, diesen Augenblick, in dem Sie denken würden, dass er sich wirklich erschossen hat, und er würde Ihre Reaktion sehen.«

»Aber er hat sich erschossen«, sagte sie.

»Weil noch eine Patrone in der Kammer der Pistole war. Wenn die Pistole durchgeladen ist, entlädt man sie nicht völlig, wenn man das Magazin herausnimmt. Er hat vergessen, dass sich eine Patrone in der Kammer befand, er glaubte, eine ungeladene Pistole in der Hand zu halten, und als er den Abzug durchgedrückt hat, blieb ihm nicht einmal Zeit, überrascht zu sein.«

»Der Herrgott erbarme sich seiner!«, sagte sie.

»Amen«, sagte Mahaffey. »Es ist eine schreckliche Sache, Ma'am, aber es ist kein Selbstmord. Ihr Mann hatte nie die Absicht, sich umzubringen. Es ist eine Tragödie, eine furchtbare Tragödie, aber es war ein Unfall.« Er atmete tief ein. »Vielleicht muss er etwas Zeit im Fegefeuer verbringen, weil er Ihnen einen derartigen Streich spielen wollte, aber er wird nicht in der Hölle landen, und das ist doch etwas, oder? Und jetzt möchte ich Ihr Telefon benutzen, Ma'am, und die Meldung durchgeben.«

»Deshalb wolltest du wissen, ob es sich um einen Revolver oder um eine Pistole gehandelt hat«, sagte Elaine. »Die eine Waffe hat ein Magazin, die andere nicht.«

»Eine Pistole hat ein Magazin, ein Revolver eine Trommel.«

»Wenn er einen Revolver gehabt hätte, hätte er russisches Roulette spielen können. Das ist, wenn man die Trommel dreht, oder?«

»Meines Wissens, ja.«

»Wie funktioniert das? Sind alle Kammern bis auf eine leer? Oder sind Patronen in allen Kammern bis auf eine?«

»Ich vermute, das hängt davon ab, wie hoch die Chancen sein sollen.«

Sie dachte darüber nach, zuckte mit den Schultern. »Diese armen Leute in Brooklyn«, sagte sie. »Was hat Mahaffey dazu gebracht, nach dem Magazin zu suchen?«

»Irgendetwas war komisch an der ganzen Sache«, sagte ich, »und er hat sich an einen Fall erinnert, bei dem ein Mann seinen Freund erschossen hatte, obwohl er sich sicher war, dass die Pistole nicht geladen war, weil er das Magazin herausgenommen hatte. Das war zumindest seine Verteidigung vor Gericht gewesen, hat Mahaffey mir erzählt, und es hat dem Kerl nichts gebracht, aber es blieb Mahaffey im Gedächtnis haften. Und als er einen genaueren Blick auf die Waffe geworfen hat, hat er sofort gesehen, dass das Magazin fehlte, und dann ging es nur noch darum, es zu finden.«

»In der Tasche des Toten.«

»Richtig.«

»Und er hat damit James Conway vor der Ewigkeit in der Hölle bewahrt«, sagte sie. »Nur, dass der mit oder ohne Mahaffey aus dem Schneider gewesen wäre, oder? Ich meine, hätte Gott nicht gewusst, wo er ihn hinschicken muss, ohne dazu einen Cop zu brauchen, der ein Magazin in die Höhe hält?«

»Frag mich nicht, Liebling. Ich bin nicht einmal katholisch.«

»Goi ist Goi«, sagte sie. »Du solltest so etwas eigentlich wissen. Aber egal, ich verstehe. Es macht vielleicht keinen Unterschied für Gott oder für Conway, aber es macht einen gewaltigen Unterschied für Mary Frances. Sie kann ihren Gatten in heiligem Boden bestatten und weiß, dass er auf sie warten wird, wenn sie selbst in den Himmel kommt.«

»Richtig.«

»Es ist eine schreckliche Geschichte, oder? Ich meine, es ist eine gute Geschichte, so als Geschichte, aber es ist schrecklich, der Gedanke, dass sich ein Mensch auf diese Weise umbringt. Und seine Frau und seine Kinder sehen ihm dabei zu und müssen dann damit leben.«

»Schrecklich«, stimmte ich zu.

»Aber da ist noch mehr an der Sache. Oder etwa nicht?«

»Mehr?«

»Komm schon«, sagte sie. »Du hast etwas verschwiegen.«

»Du kennst mich zu gut.«

»Natürlich tue ich das.«

»Und was ist dann der Teil, auf den ich nicht eingegangen bin?«

Sie dachte darüber nach. »Das Glas Wasser«, sagte sie.

»Warum das?«

»Er hat euch beide aus dem Zimmer geschickt«, sagte sie, »*bevor* er nachgesehen hat, ob das Magazin in der Pistole war oder nicht. Also war es nur Mahaffey, der das Magazin ganz allein gefunden hat.«

»Sie war völlig aufgelöst und er dachte, dass es ihr guttun würde, wenn sie sich ein wenig Wasser ins Gesicht spritzen könnte. Und wir hatten keinen Mucks von den Kindern gehört, also ergab es Sinn, dass sie nach ihnen sah.«

»Und sie musste dich als Begleitung haben, damit sie sich auf dem Weg zu den Kindern nicht verläuft.«

Ich nickte. »Es war praktisch«, räumte ich ein, »die Entdeckung zu machen, wenn sonst niemand anwesend war. Er hatte mehr als genug Zeit, die Waffe zu nehmen, das Magazin herauszuholen, die Waffe wieder Conway in die Hand zu stecken und das Magazin in die Tasche des Mannes zu schieben. Auf diese Weise könnte er seine gute Tat für den Tag vollbracht haben, indem er einen Selbstmord zu einem Unfalltod machte. Gott würde er damit nicht hereinlegen können, aber den Gemeindepfarrer auf jeden Fall. Conways Leiche konnte in heiligem Boden begraben werden, egal was der letztendliche Bestimmungsort seiner Seele war.«

»Und du denkst, das ist, was er getan hat?«

»Es ist gut möglich. Aber stell dir vor, du bist Mahaffey. Du prüfst die Waffe und das Magazin befindet sich noch in ihr und du tust, was wir gerade gesagt haben. Würdest du dann mit dem Magazin in der Hand dastehen und darauf warten, der Witwe und deinem Partner zu erzählen, was du gerade herausgefunden hast?«

»Warum nicht?«, sagte sie, dann beantwortete sie ihre Frage selbst. »Nein, natürlich nicht«, sagte sie. »Wenn ich eine derartige Entdeckung machen wollte, würde ich es vor Zeugen tun. Was ich tun würde, ich würde mir das Magazin schnappen, es aus der Waffe herausnehmen und es in seine Tasche schieben. Ich würde ihm die Waffe wieder in die Hand stecken und *dann* würde ich warten, bis ihr beide zurückkommt. Dann hätte ich einen genialen Einfall und wir würden die Waffe untersuchen, herausfinden, dass das Magazin fehlt, und einer von uns würde es in seiner Tasche finden, wo ich weiß, dass es sich befindet, weil ich es gerade erst dorthin gesteckt habe.«

»Sehr viel überzeugender, als nur seine Aussage, dass er es dort gefunden hat, als niemand anwesend war, um mitanzusehen, wie er es findet.«

»Andererseits«, sagte sie, »würde er das nicht auf jeden Fall tun? Sagen wir, ich gucke mir die Waffe an und sehe, dass das Magazin fehlt. Warum warte ich nicht, bis ihr zurückkommt, bevor ich anfange, nach dem Magazin zu suchen?«

»Deine Neugier ist zu groß.«

»Und deshalb kann ich keine Minute warten? Aber selbst dann, nehmen wir an, ich sehe nach und finde das Magazin in seiner Tasche. Warum würde ich es herausnehmen?«

»Um sicherzugehen, dass es das ist, wofür du es hältst.«

»Und warum stecke ich es nicht zurück?«

»Vielleicht kommt dir niemals der Gedanke, dass jemand deinen Worten keinen Glauben schenken könnte«, schlug ich vor. »Oder, wo auch immer Mahaffey das Magazin gefunden hat, in der Pistole oder in Conways Tasche, so wie er behauptet hat, vielleicht hätte er es zurückgetan, wenn er genügend

Zeit gehabt hätte. Aber wir kamen zurück ins Zimmer, und da stand er mit dem Magazin in der Hand.«

»In seinem Taschentuch, hast du gesagt. Wegen der Fingerabdrücke?«

»Klar. Man will existierende Abdrücke nicht verwischen oder eigene hinterlassen. Nicht, dass das Labor viel Zeit auf diesen Fall verschwendet hätte. Heutzutage würden sie es vielleicht tun, aber damals, in den frühen Sechzigern? Wenn sich ein Mann vor Zeugen selbst erschossen hat?«

Sie war einen langen Moment lang still. Dann sagte sie: »Also, was ist passiert?«

»Was passiert ist?«

»Ja, deiner Einschätzung nach. Was ist wirklich passiert?«

»Es gibt keinen Grund dafür, dass es nicht so gewesen sein konnte, wie er es dargestellt hat. Ein Unfalltod. Ein dämlicher Unfall, aber trotzdem ein Unfall.«

»Aber?«

»Aber Vince hatte ein weiches Herz«, sagte ich. »Eine Wohnung voller Heiligenbilder wie dort, da musste er davon ausgehen, dass es für die Frau wichtig war, dass ihr Mann die Chance hatte, in den Himmel zu kommen. Wenn er es so hinbiegen konnte, hat er sich bestimmt keine großen Gedanken um die objektive Realität gemacht.«

»Und es hätte ihm nichts ausgemacht, die Beweismittel zu manipulieren?«

»Er hätte deswegen keine schlaflosen Nächte gehabt. Gott weiß, dass ich nie welche hatte.«

»Jeder, dem du jemals etwas in die Schuhe geschoben hast«, sagte sie, »war schuldig.«

»An irgendetwas«, stimmte ich zu. »Wenn du meine Einschätzung willst, es gibt keine Möglichkeit, es zu sagen. Sobald Vince die Idee hatte, dass das Magazin fehlen könnte, stand das Szenario. Entweder hatte Conway das Magazin herausgenommen und wir würden es finden, oder er hatte es nicht getan und wir würden es für ihn herausnehmen und es *dann* finden.«

»>Die Dame oder der Tiger<. Nur, dass es nicht wirklich genauso ist, denn in beiden Fällen kommt es ja zum selben Ergebnis. Es kommt als Unfall in die Akten, ob es nun einer war oder nicht.«

»Das ist der Gedanke dabei.«

»Also macht es keinen Unterschied, ob so oder so.«

»Ich vermute nicht«, sagte ich, »aber ich habe immer gehofft, dass es so war, wie Mahaffey behauptet hat.«

»Weil du nicht schlecht von ihm denken wolltest? Nein, das ist es nicht. Du hast bereits gesagt, dass er fähig war, Beweise zu manipulieren, und du würdest deshalb sowieso nicht schlecht von ihm denken. Ich geb's auf. Warum? Weil du nicht willst, dass Mr. Conway in der Hölle gelandet ist?

»Ich hab den Mann nie kennengelernt«, sagte ich, »und es wäre vermessen von mir, mir darüber Gedanken zu machen, wo er landet. Aber ich würde es vorziehen, wenn das Magazin in seiner Tasche gewesen war, so wie Mahaffey es behauptet hat, wegen dem, was es beweisen würde.«

»Dass er sich nicht hatte umbringen wollen? Ich dachte, wir hätten gerade gesagt, dass ...«

Ich schüttelte den Kopf. »Dass sie es nicht getan hat.«

»Wer? Die Frau?«

»Mhm.«

»Dass sie was nicht getan hat? Ihn umgebracht hat? Du denkst, dass *sie* ihn umgebracht hat?«

»Es ist möglich.«

»Aber er hat sich selbst erschossen«, sagte sie. »Vor Zeugen. Oder hab ich was verpasst?«

»Das ist mit großer Sicherheit das, was passiert ist«, sagte ich. »Aber sie war eine der Zeugen und die Kinder waren die anderen Zeugen, und wer weiß, was die gesehen haben, wenn sie überhaupt etwas gesehen haben? Nehmen wir an, er sitzt auf der Couch und sie sehen alle fern und sie nimmt sein altes Kriegssouvenir, verpasst ihm eine in den Schädel und fängt an zu schreien. ›Um Himmels willen, seht nur, was euer Vater getan hat! Oh, Jesus, Maria und Josef, Daddy hat sich selbst umgebracht!‹ Sie haben auf den Bildschirm gestarrt, sie haben absolut nichts gesehen, aber sie werden denken, dass sie es getan haben, wenn die Frau mit dem Herumjammern fertig ist.«

»Und sie haben nie gesagt, was sie gesehen oder nicht gesehen haben.«

»Sie haben kein Wort gesagt, weil wir sie nicht gefragt haben. Hör zu, ich denke nicht, dass sie es getan hat. Überhaupt kam mir diese Möglichkeit erst viel später in den Sinn, und da hatten wir den Fall bereits abgeschlossen, also welchen Sinn hatte es? Ich hab den Gedanken Vince gegenüber nie erwähnt.«

»Und wenn du es getan hättest?«

»Er hätte gesagt, dass sie nicht der Typ dafür war, und er hätte Recht gehabt. Aber man weiß nie. Wenn sie es nicht getan hat, hat Vince ihr inneren Frieden verschafft. Wenn sie es getan hat, muss sie sich gefragt haben, wie das Magazin vom Pistolengriff in die Tasche ihres Mannes gelangt ist.«

»Sie würde erkannt haben, dass Mahaffey es dort hingesteckt hat.«

»Mhm. Und sie hätte fünfundzwanzigtausend Gründe dafür gehabt, ihm dankbar zu sein.«

»Hä?«

»Die Lebensversicherung«, sagte ich.

»Aber du hast gesagt, dass sie sowieso zahlen mussten.«

»Doppelversicherung«, sagte ich. »Sie hätten den Nennwert der Versicherung bezahlen müssen, aber wenn es sich um einen Unfall handelt, müssen sie die doppelte Summe bezahlen. Dass heißt, falls es in der Police eine Unfallzusatzversicherung gab, und ich habe keine Möglichkeit zu wissen, ob dem so war oder nicht. Aber bei den meisten Policen, die damals abgeschlossen wurden, gab es diese Klausel, vor allem bei relativ niedrigen Policen. Die Versicherungen haben sie gerne so ausgestellt und die Versicherungsnehmer ließen sich normalerweise darauf ein. Ein etwas höherer Beitrag und doppelte Auszahlung? Warum nicht?«

Wir sprachen noch ein bisschen darüber. Dann fragte sie nach dem aktuellen Fall, demjenigen, durch den wir darauf gekommen waren. Ich hatte, erklärte ich, aus reiner Neugier wissen wollen, um was für eine Waffe es sich gehandelt hatte. Falls es sich wirklich um eine Pistole gehandelt hatte und falls das Magazin tatsächlich in seiner Tasche und nicht, wie man eigentlich erwarten sollte, in der Pistole gewesen war, hätte irgendein Cop das bestimmt bereits festgestellt und es würde früher oder später herauskommen.

»Was für eine Geschichte«, sagte sie. »Und wann ist das passiert, vor fünfunddreißig Jahren? Und du hast es noch nie erwähnt?«

»Ich hab nie daran gedacht«, sagte ich, »nicht als eine Geschichte, die es sich zu erzählen lohnt. Weil sie keine Auflösung hat. Es gibt keine Möglichkeit herauszufinden, was wirklich passiert ist.«

»Das ist richtig«, sagte sie. »Aber es ist trotzdem eine gute Geschichte.«

Der Kerl in Inwood, so stellte sich heraus, hatte einen Revolver Kaliber .38 benutzt, und er hatte ihn an diesem Tag geputzt und geladen. Keine Möglichkeit, dass es sich um einen Unfall handelte.

Und auch wenn ich die Geschichte im Laufe der Jahre niemals erzählt hatte, bedeutet das nicht, dass sie mir nicht manchmal in den Sinn gekommen war. Vince Mahaffey und ich hatten nie wirklich über den Vorfall gesprochen, und manchmal wünschte ich mir, wir hätten es getan. Es wäre nett gewesen zu wissen, was wirklich passiert war.

Vorausgesetzt, das ist möglich, und ich bin mir nicht sicher, dass es das ist. Er hatte mich schließlich aus dem Zimmer geschickt, bevor er tat, was auch immer er getan hat. Das legt nahe, dass er nicht wollte, dass ich davon wusste. Warum sollte ich dann davon ausgehen, dass er mir im Nachhinein davon erzählen würde?

Es gibt keine Möglichkeit, es zu wissen. Und, während die Jahre vergehen, stelle ich fest, dass es mir so besser gefällt. Ich könnte Ihnen nicht sagen warum, aber es ist so.

MICK BALLOU STARRT DEN SCHWARZEN BILDSCHIRM AN

»Zuerst«, sagte Mick Ballou, »dachte ich dasselbe wie jeder im Land. Ich dachte, dass das verdammte Kabelfernsehen ausgefallen war.«

Wir saßen im Grogan's, der Kneipe in Hell's Kitchen, die er besitzt und besucht. Er sprach über die letzte Episode der *Sopranos*, die abrupt damit geendet hatte, dass der Bildschirm schwarz wurde und zehn bis fünfzehn Sekunden lang so blieb.

»Und dann dachte ich, nun, ihnen ist kein Ende eingefallen. Aber Kristin hat sich daran erinnert, wie sich Tony und Bobby über den Tod unterhalten haben. Darüber, wie es sein würde zu sterben, dass man es nicht einmal wissen würde, wenn es einen erwischt. Also war das das Ende. Tony stirbt und er weiß es noch nicht einmal.«

Es war spät an einem Abend unter der Woche. Der schweigsame Barkeeper hatte bereits die letzten Kunden aus dem Laden gescheucht und die Stühle auf die Tische gestellt, damit sie nicht im Weg waren, wenn jemand anderes am Morgen den Boden aufwischte. Ich war selbst lange unterwegs gewesen; ich hatte bei einem AA-Treffen in Marine Park gesprochen und war dann auf dem Nachhauseweg auf einen Kaffee eingekehrt. Zu Hause hatte Elaine mich mit einer Nachricht empfangen: Mick habe angerufen und gefragt, ob ich gegen zwei vorbeikommen könne.

Es hatte eine Zeit gegeben, zu der die meisten unserer gemeinsamen Abende um diese Uhrzeit begonnen hatten; er hatte dann zwölf Jahre alten Jameson getrunken, während ich ihm mit Kaffee, Coke oder Wasser Gesellschaft geleistet hatte. Wir saßen immer bis zum Morgen, dann schleppte er mich in die St. Bernard's Church in der westlichen 14th Street zur Butchers' Mass. Heutzutage fingen unsere Abende früher an und endeten früher, und es gab nicht mehr genügend Fleischer im gentrifizierten Meatpacking

District für eine eigene Messe. Überhaupt, St. Bernard's hatte selbst den Geist aufgegeben und war nun Our Lady of Guadalupe.

Wir waren älter geworden, Mick und ich. Wir wurden müde und gingen nach Hause ins Bett.

Und jetzt hatte er mich herbeigerufen, um das Ende einer Fernsehserie zu diskutieren.

Er sagte: »Was denkst du, was passiert?«

»Du sprichst nicht vom Fernsehen.«

Er schüttelte den Kopf. »Das Leben. Oder das Ende davon. Ist das, wie es ist? Ein schwarzer Bildschirm?«

Ich sprach über Nahtoderfahrungen, die alle bemerkenswert ähnlich waren, mit dem Bewusstsein, das in der Luft schwebt und dazu aufgefordert wird, zum Licht zu gehen, sich dann aber entscheidet, in den Körper zurückzukehren. »Aber es gibt nicht sehr viele Augenzeugenberichte von denen«, sagte ich, »die zum Licht gehen.«

Er dachte darüber nach, nickte.

»Du bist katholisch«, sagte ich. »Sagt dir die Kirche nicht, was passiert?«

»Es gibt Dinge, bei denen ich ihnen glaube«, sagte er, »und Dinge, bei denen ich es nicht tue. Kristin denkt, dass man auf der anderen Seite die trifft, die einem nahegestanden haben. Aber natürlich würde sie das glauben wollen.«

Kristin Hollander hatte ihre Eltern bei einem brutalen Einbruch verloren und im Anschluss daran Mick kennengelernt, als ich ihn zu ihr geschickt hatte, um sie zu beschützen. Seitdem waren sie Freunde geworden.

»Sie hat so einen Fernseher, der einen an eine Kinoleinwand erinnert«, sagte er. »Wir haben die Episode zusammen geguckt und danach stundenlang darüber gesprochen.« Er trank Whiskey. »Es gibt einige, da hätte ich nichts dagegen, sie wiederzusehen. Meinen Bruder Dennis zum Beispiel. Aber nach ein paar Sätzen über die alten Zeiten, worüber würden wir für den Rest der Ewigkeit sprechen?«

Ich fragte mich, worauf das hinauslief. Er hatte mich mitten in der Nacht zu sich gerufen und ich hatte das Gefühl, dass er mir etwas sagen wollte, fürchtete mich aber davor zu fragen, was es war.

Und so verfielen wir in gemeinsames Schweigen, was während unserer langen gemeinsamen Abende nicht selten vorkam. Ich suchte nach einem Weg, es anzusprechen, aber es war Mick, der zuerst sprach.

»Es gibt einen Gefallen, um den ich dich bitten muss«, sagte er.

»Ich fürchtete mich davor, es zu hören«, erzählte ich Elaine. »Ich war mir einfach sicher, er wollte mir sagen, dass er sterben wird.«

»Aber er tut es nicht.«

»Er will, dass ich sein Trauzeuge werde. Er wird heiraten. Kristin.«

»Ich hatte mir gedacht, dass er dich deshalb treffen wollte. Damit er es dir sagen kann. Hast du es nicht kommen sehen?«

»Ich dachte mir, dass sie einfach nur Freunde sind.«

Sie sah mich überrascht an.

»Er ist vierzig Jahre älter als sie«, sagte ich. »Und er hat seine Jahre damit zugebracht, mit harter Hand über die West Side zu herrschen. Nein, ich habe es nicht kommen sehen.«

»Hast du niemals beobachtet, wie sie ihn ansieht? Oder wie er sie ansieht?«

»Ich wusste, dass sie sich gut verstehen«, sagte ich, »aber-«

»Mannomann«, sagte sie. »Was für ein Detektiv.«

EIN LETZTER ABEND IM GROGAN'S

Wir aßen im Paris Green zu Abend, ein paar Blocks Richtung Süden von unserer Wohnung in der 9th Avenue. Ich bestellte Kalbsmilch und wunderte mich nicht zum ersten Mal, warum das Gericht so hieß, obwohl es weder weiß noch flüssig war. Elaine erklärte mir, dass Google uns darüber in weniger als dreißig Sekunden aufklären konnte. Es würde eher zwei Stunden dauern, sagte ich ihr, bis ich auf all die anderen faszinierenden Dinge geklickt hatte, die mir dabei angeboten werden würden.

Der Fisch des Tages war Alaska-Heilbutt, und das war, was sie wählte. Nach vielen Jahren als Vegetarierin hatte ein Ernährungsberater sie davon überzeugt, Fisch als Gemüse zu betrachten. Zuerst machte sie sich Sorgen, dass es das kulinarische Äquivalent zu einer Einstiegsdroge sein würde und sie, ehe sie sichs versah, Rinderknochen zerbrechen und das Mark aussaugen würde. Bis jetzt war sie nicht über ein paarmal Fisch in der Woche hinausgekommen.

Es war gegen acht, als Gary uns zu unserem Tisch brachte, und vielleicht eine Stunde später, als wir uns den Nachspeisen verweigerten und den Espresso akzeptierten. Es kommt selten vor, dass sie Kaffee trinkt, vor allem nicht so spät, und meine Überraschung musste sich auf meinem Gesicht abgezeichnet haben. »Es könnte ein langer Abend werden«, sagte sie. »Ich hab mir überlegt, dass ich dafür besser wach bleiben sollte.«

»Ich kann sehen, wie sehr du dich darauf freust.«

»Ungefähr so sehr wie du. Es wird sein wie eine Totenwache ohne Leiche. Nur dass die Totenwache gestern Abend gewesen wäre – was ist dann heute? Das Begräbnis?«

»Vermutlich.«

»Ich war immer der Ansicht, dass die irische Totenwache sehr viel Sinn ergibt. So lange Alkohol in sich hineinschütten, bis einem etwas Gutes einfällt, das man über den Verstorbenen sagen kann. Mein Volk verhängt die

Spiegel, sitzt auf harten Holzbänken herum und stopft Essen in sich hinein. Ich frage mich, wie es wohl gestern Abend war.«

»Ich bin mir sicher, dass er uns davon berichten wird.«

Wir tranken unseren Kaffee aus und ich gab der Kellnerin ein Zeichen, dass wir die Rechnung haben wollten. Gary brachte sie persönlich. Wie viele Jahre kannten wir ihn schon? Seit wie vielen Jahren kamen wir mehrmals im Monat hierher?

Es schien mir, als hätten sich weder er noch das Restaurant verändert. Er sah immer so aus, als würde ihn etwas an einen Witz erinnern, und das Leuchten in seinen blauen Augen war keinen Deut schwächer geworden. Aber in seinem Bart, der noch immer von seinem langen Kinn hing wie das Nest eines Trupials, war jetzt etwas Grau zu sehen und sein Alter zeigte sich in seinen Augenwinkeln. Es war ein Abend, um solche Dinge zu bemerken.

»Ich habe Sie gestern Abend nicht gesehen«, sagte er. »Natürlich bin ich erst rübergegangen, nachdem wir hier geschlossen hatten. Da waren Sie vermutlich schon auf dem Nachhauseweg.«

»Von wo?«

»Von der Kneipe des Großen. Sie sind Freunde, oder nicht? Oder irre ich mich, wie so häufig?«

»Wir sind eng befreundet«, sagte ich. »Ich wusste nicht, dass Sie ihn so gut kennen.«

»Das tue ich nicht, nicht wirklich. Aber er gehört zum Viertel, nicht wahr? Ich bezweifle, dass ich mehr als ein Dutzend Mal in ebenso vielen Jahren im Grogan's war, aber ich wollte es mir nicht nehmen lassen, gestern Abend dort zu sein.«

»Um die letzte Ehre zu erweisen«, schlug Elaine vor.

»Und um zuzusehen, wie sich meine Nachbarn an den Freigetränken schadlos halten. Ein Anblick, bei dem man nicht umhin kann, seine Meinung über die menschliche Rasse zu revidieren, egal, wie hoch oder niedrig sie vorher war. Und, wissen Sie, um das Ende einer Ära mitzuerleben, und ist das nicht die am meisten strapazierte Phrase in unserem Wortschatz? Jedes Mal, wenn eine Sitcom eingestellt wird, behauptet jemand, dass es sich um das Ende eine Ära handelt.«

»Gelegentlich ist es das auch«, sagte sie.

»Sie denken an *Seinfeld*.«

196

»Nun, ja.«

»Eine Ausnahme«, sagte er, »die die Regel bestätigt. So wie das Schließen von Grogan's Open House. Ein fester Bestandteil des Viertels, doch schon bald wird das Gebäude verschwunden sein und niemand wird sich mehr daran erinnern, was dort einmal war. Unsere Stadt, sie erfindet sich immerwährend selbst neu. Ich habe gehört, dass man dem Besitzer ein so gutes Angebot gemacht hat, dass er sogar bereit war, den Zorn von Mr. B. zu riskieren, weil er das Haus einfach so verkauft, ohne ihn zu fragen. Und ich habe auch gehört, dass das Haus Mick gehört hat, egal wessen Name auf der Besitzurkunde stand.«

»Man hört so einiges«, sagte ich.

»Das tut man«, stimmte er zu. »Ich freue mich, Ihnen bestätigen zu können, dass die Ära, in der man dieses und jenes hört, noch nicht zu Ende gegangen ist.«

Länger als ich ihn kenne, hat mein Freund Mick Ballou Grogan's Open House betrieben, eine Kneipe in Hell's Kitchen an der südöstlichen Ecke der Kreuzung der 10th Avenue mit der 50th Street. Der Laden begann als Stammlokal der Gangster des Viertels, oder zumindest des Teils unter ihnen, der dem Mann selbst irgendeine Art von undefinierter Treue geschworen hatte. In den letzten Jahren hatte Grogan's einen gewissen Grad an unkonventioneller Salonfähigkeit erlangt, während die Straßen um es herum gentrifiziert wurden. Die neuen Anwohner, die in die renovierten Mietshäuser und die Eigentumswohnungen in den neuen Hochhäusern eingezogen waren, kamen gerne auf ein Guinness vom Fass vorbei, um sich dabei gegenseitig auf das aufmerksam zu machen, was Einschusslöcher in der Wand sein mochten oder auch nicht.

Mick hatte immer mit Vorliebe irische Jungs als Barkeeper angestellt, die meisten davon frisch aus Belfast, Derry oder Strabane. Der nordirische Akzent hatte nie einen Neuankömmling davon abgehalten zu lernen, wie man einen Wild Mustang oder einen Novarian Sunset machte. Der neuen Meute gefiel es, am Tresen neben den alten Stammgästen aus der Nachbarschaft zu stehen, und ein Mann, der sein halbes Leben lang als U-Bahn-Fahrer gearbeitet hatte, wurde in den Erzählungen zu einer verwegenen Gestalt mit

Blut an den Händen. Die alten Kerle störte es nicht; sie versuchten nur, mit einem Glas Bier durchzukommen, bis der nächste Scheck ihrer Rente eintraf.

»Komm nicht am Freitag«, hatte Mick mir gesagt. »Es wird unser letzter Abend sein, und es ist sicher, dass die gesamte Bevölkerung der West Side hierher kommen wird. Getränke, bis der Vorrat aufgebraucht ist, und es wird sogar was zu essen geben.«

»Und alle sind willkommen außer mir?«

»Du wärst durchaus auch willkommen«, sagte er, »aber du würdest es hassen, so wie ich es vermutlich hassen werde. Ich werde nicht zulassen, dass Kristin kommt, und ich würde selbst auch nicht hier sein, wenn ich nicht müsste. Komm am Samstag und bring Elaine mit.«

»Freitag ist der letzte Abend«, sagte ich.

»Ist er. Und am nächsten Abend werden nur wir vier hier sein. Hatten wir unsere besten Abende nicht immer, nachdem die Kneipe geschlossen hatte?«

Wir gingen die 9th Avenue hinab, dann die 50th Street entlang. Dort packten die letzten Verkäufer des Straßenfestes gerade ihre Sachen zusammen. »Wie Nomaden in Zentralasien«, sagte Elaine. »Sie bauen ihre Jurten ab und ziehen auf besseres Weideland.«

»Vor ein paar Jahren hätten ihre Herden hier hungern müssen«, sagte ich. »Oder sie wären den lokalen Wölfen zum Opfer gefallen. Jetzt verkaufen sie T-Shirts, Gap-Imitate und vietnamesische Sandwiches, und der Nachbarschaftsverein verwendet die Standgebühren zur Anschaffung von Überwachungskameras und für die Pflanzung von noch mehr Ginkgobäumen.«

»Und schau dir nur die dekorativen Laternenpfähle an«, sagte sie. »Genau wie die, die wir in Paris gesehen haben.«

Als wir uns der 10th Avenue näherten, konnten wir Grogan's sehen. Die Kneipe befand sich im Erdgeschoss, darüber waren drei Stockwerke mit Mietwohnungen. Auf allen Wohnungsfenstern zur Straßenseite befand sich ein großes weißes X, was signalisierte, dass das Gebäude abgerissen werden würde. Hinter den Xen war kein Licht zu sehen und im Grogan's schien es ebenfalls dunkel zu sein. Ich fragte mich, ob Mick es sich vielleicht anders überlegt hatte und nach Hause gegangen war, aber dann sah ich ein schwaches Licht, das durch das kleine Fenster in der Eingangstür leuchtete.

Wir zögerten am Bordstein, obwohl kein Verkehr herrschte, und Elaine antwortete auf meinen nicht ausgesprochenen Gedanken. »Wir müssen«, sagte sie.

Kristin sperrte uns die Tür auf. Sanftes Licht brannte in einem Lampenschirm aus Bleiglas, der über einem Tisch im hinteren Bereich hing. Um den Tisch herum waren vier Stühle angeordnet, die einzigen Stühle im Raum, die nicht auf Tische gestellt waren. Mick befand sich nicht am Tisch, ich konnte ihn auch sonst nirgendwo sehen.

»Ich bin froh, dass ihr gekommen seid«, sagte sie. »Er selbst ist es auch.« Sie verdrehte die Augen. »Er selbst auch. Hört mich nur an. Er ist im Büro, er wird gleich kommen. Und jetzt, da ihr hier seid–«

Sie arrangierte ein GESCHLOSSEN-Schild aus Karton so, dass es das Fenster bedeckte. »Doppelte Aufgabe«, sagte sie. »Sagt ihnen, dass wir geschlossen haben, und verhindert, dass sie das Licht brennen sehen.«

»Die ganze Welt sieht dich als jüdisch-amerikanische Prinzessin«, sagte die frühere Elaine Mardell. »Und doch ist es eindeutig, dass du geboren wurdest, um eine irische Kneipenwirtin zu werden.«

»Eine kleine Dorfkneipe in Donegal«, sagte Kristin. »Am windgepeitschten Ufer des Lough Swilly. Das ist unsere Lieblingsfantasie. Das Witzige daran ist: Ich denke, dass ich das tatsächlich genießen würde. Und er ebenso, für bis zu drei Wochen. Dann würde er ein Streichholz an das bezaubernde Strohdach halten und nach Hause kommen wollen.«

Sie führte uns zum Tisch. Sie trank Eistee und wir sagten, dass wir uns anschließen würden. Micks Flasche zwölf Jahre alter Jameson stand auf dem Tisch neben einem Glas und einem kleinen Wasserkrug. Das Glas der Jameson-Flasche ist durchsichtig, deshalb konnte ich die Farbe des Inhalts sehen. Ich mag die Farbe von gutem Whiskey immer noch. Oder die von schlechtem, was das anbelangt, denn die Farbe sagt absolut nichts über die Qualität aus. Alles, was sie einem sagt, ist, dass es einen danach dürstet.

Bevor Kristin mit unserem Eistee zurückkam, war Mick mit einer

Papiertüte in der Hand aus dem Büro hinten erschienen. »Ich hatte verdammte Schwierigkeiten, eine Tüte zu finden, in die ich es reintun konnte«, sagte er. »Als ob es ein Problem gewesen wäre, es sich unverpackt unter den Arm zu klemmen und damit durch die Straßen zu gehen. Bei uns zu Hause gibt es keinen Platz dafür, und er selbst hat den Fehler begangen, es zu bewundern.«

Ich wusste, worum es sich handelte, bevor Elaine es aus der Tüte genommen hatte. Eine dreiundzwanzig mal dreißig Zentimeter große, gerahmte irische Landschaft.

»Das ist der Connor Pass auf der Halbinsel Dingle«, sagte Kristin. »Es sieht dort auch wirklich so aus. Ich denke, das ist der schönste Ort, an dem ich jemals gewesen bin.«

»Ein handkolorierter Stahlstich«, sagte Elaine. »Damals hatte man noch keinen Farbdruck, also gab es Leute, die die Farben einzeln mit der Hand aufgetragen haben. Da habt ihr eine verloren gegangene Kunstfertigkeit, aber das gilt auch für Stahlstiche.«

»Die wenigen Kunstfertigkeiten, die noch nicht verloren gegangen sind«, sagte Mick, »haben den Kopf auf dem Hackblock und warten darauf, dass die Technologie sie enthauptet.« Seine Hand bewegte sich zuerst zur Flasche, dann zum Krug, dann wieder zur Flasche; er nahm sie und schenkte sich ein wenig von dem guten Whiskey aus Cork ein.

»Eine ganz schöne Angelegenheit gestern Abend«, sagte er.

»Ich wollte schon fragen.«

»Oh, es ging ziemlich hoch her. Sie haben an der Tür ihre zwanzig Dollar gezahlt und dafür durften sie trinken, bis die Quelle versiegte. Es war für die Angestellten, müsst ihr wissen. Ich hatte vier Jungs am Arbeiten und sie durften am Ende mehr als achttausend Dollar unter sich aufteilen.«

»Nicht schlecht für einen Abend Arbeit.«

»Nun, es war ein sehr langer Abend und die Meute hat sie auf Trab gehalten. Aber sie hatten darüber hinaus noch die Trinkgelder, und die sind anständig, wenn die Getränke umsonst sind.« Er hatte sein Glas in der Hand gehalten und nahm nun einen sehr kleinen Schluck daraus. »Ich stand an der Tür, hab das Geld in Empfang genommen und durfte den ganzen Abend lang dieselbe Frage beantworten: ›Ist es nicht furchtbar, dass der habgierige Vermieter einfach so das Gebäude verkauft hat?‹«

Kristin legte eine Hand auf seinen Arm. »Wo die ganze Zeit über«, sagte sie, »der Mann selbst der habgierige Vermieter war.«

»Ich war der beste Vermieter, den es jemals gegeben hat«, sagte er. »Drei Stockwerke über mir vollgepackt mit Mietern in mietpreisgebundenen Wohnungen. Die Heizkosten für das Haus waren höher als die Mieteinnahmen, doch ich hab mir niemals die Mühe gemacht, die Mieterhöhungen einzufordern, die mir das Gesetz erlaubt hätte.«

»Ein Heiliger«, sagte Elaine.

»Das war ich. Wenn der Schöpfer nur halb so gut als Vermieter gewesen wäre wie ich, hätten Adam und Eva den Garten Eden niemals verlassen. Mein Haufen hat die Miete unpünktlich gezahlt, manchmal waren sie mehrere Monate im Verzug, und hab ich ihnen jemals Probleme bereitet? Wenn es eine Sache gibt, die meine Zeit im Fegefeuer etwas verkürzen wird, dann ist es, wie ich meine Mieter behandelt habe. Und dann, als Sahnehäubchen, hab ich noch jedem fünfzigtausend Dollar gegeben, damit er umzieht.«

Ich sagte, dass das großzügig war.

»Ich konnte es mir leisten. Frag nicht, was Rosenstein sie für das Haus hat zahlen lassen.«

»Werde ich nicht.«

»Ich werde es dir trotzdem sagen. Einundzwanzig Millionen Dollar.«

»Eine hübsche runde Summe.«

»Die Summe«, sagte er, »sollte zwanzig Millionen sein, was zwar noch etwas runder, aber nicht ganz so hübsch ist, und Rosenstein ist zu ihnen zurückgegangen und hat ihnen erklärt, dass sein Klient eine Vorliebe für das gute alte englische System hat und lieber Guineen als Pfund hätte. Bist du mit Guineen vertraut?«

»Du meinst nicht die Währung Guineas, oder?«

»Die Guinee war eine Goldmünze«, sagte er, »damals, als man so etwas noch hatte. Ihr Wert lag ziemlich nahe an einem Pfund Sterling, aber mit einundzwanzig Schilling statt zwanzig. Also ist ein Preis in Guineen fünf Prozent höher als der gleiche Preis in Pfund. Ich vermute, dass die Idee aus der Mode kam, als man auf Dezimalwährung umgestellt hat, aber es gab eine Zeit, zu der gehobenere Kreise Preise in Guineen vorzogen. Rosenstein hat mir gesagt, er erwarte nicht wirklich, dass es funktionieren würde, aber es sei auf keinen Fall unverschämt genug, um das ganze Geschäft zum Platzen zu bringen. Wir könnten jederzeit einen Rückzieher machen und die zwanzig akzeptieren. Aber sie haben uns tatsächlich in Guineen bezahlt.«

»Und diese kleine Dreingabe hat deine Mieter zufriedengestellt.«

»Das hat sie.« Er stellte das Glas ab. »Man sollte meinen, dass sie im Lotto gewonnen hätten, und auf gewisse Weise hatten sie das auch. Natürlich gab es einen kleinen Wichser, dritter Stock hinten links, der dachte, dass sich im Sack des Weihnachtsmanns noch ein oder zwei Spielzeuge befinden müssten. ›Oh, ich weiß nicht, Mr. Ballou. Wo soll ich hinziehen und wie werde ich etwas Anständiges finden, das ich mir leisten kann? Und was so ein Umzug kosten wird.‹«

Ich konnte die Andeutung eines Lächelns auf Kristins Gesicht sehen.

»Ich hab ihn angeblickt«, sagte Mick, »und hab ich ihm die Hand auf die Schulter gelegt? Nein, ich denke, das habe ich nicht getan. Ich hab ihn nur angesehen, die Stimme gesenkt und ihm gesagt, ich wüsste, dass er in der Lage sein würde auszuziehen, und das sogar sehr schnell, denn es würde für ihn und seine Nächsten hier sehr unsicher sein in der Gegenwart von Männern, die Sachen abreißen und Dinge in die Luft jagen. Und am Ende war seine Wohnung die erste, die leer war. Könnt ihr euch das vorstellen?«

Kristin faltete die Hände. Sie sah aus wie Lois Lane. »Mein Held«, sagte sie.

Es ist nicht unmöglich, mich zu überraschen, aber ich kann mich an nichts erinnern, was mich mehr überrascht hätte als Micks Ankündigung, dass er und Kristin heiraten würden. Ich erfuhr im Grogan's davon, nach einleitenden Mutmaßungen darüber, was mit einem passiert, wenn man stirbt. Ich hatte mich innerlich auf schlechte Neuigkeiten gefasst gemacht, als er mich darum bat, sein Trauzeuge zu werden.

Elaine schwört, dass sie es hatte kommen sehen, und kann nicht verstehen, warum es mir nicht ebenso ging.

Kristin war in unser Leben getreten, als ihre Eltern das ihre lassen mussten. Sie waren die Opfer eines besonders schrecklichen Einbruchs gewesen. Der Irre, der ihn verübt hatte, hatte noch nicht genug gehabt; er wollte Kristin und das Haus und das Geld. Er wollte sich auch nicht davon abhalten lassen, als ich seinen ersten Versuch vereitelte. Er kam ein paar Jahre später zurück und hätte fast Erfolg gehabt.

Ich brachte Mick dazu, auf sie aufzupassen, weil ich mir sicher war, dass niemand an ihm vorbeikommen würde. Sie saßen in der Küche ihres Sandsteinhauses, tranken Kaffee und spielten Cribbage. Vermutlich unterhielten sie sich auch, wobei ich mir beim besten Willen nicht vorstellen konnte, worüber.

Es handelte sich um dasselbe Haus, indem sie die Leichen ihrer Eltern entdeckt hatte. Sie hat weiter dort gelebt, weil sie tief in ihrem Inneren sehr viel zäher ist, als man meinen würde. Sie lebt jetzt dort als die Frau meines Freundes, und auch wenn sie ein mindestens ebenso unwahrscheinliches Paar sind wie die Schöne und das Biest, hört man doch nach ein paar Minuten in ihrer Gesellschaft auf, die Verschiedenheit wahrzunehmen. Er ist ein großer Mann, hart und kantig wie eine der Steinstatuen auf der Osterinsel, sie sieht aus wie ein zerbrechlicher, zarter Windhauch von einem Mädchen. Er ist vierzig Jahre älter als sie. Sie hatte eine privilegierte Kindheit, während er ein Gangster aus Hell's Kitchen ist, der erwachsene Männer mit seinen bloßen Händen umgebracht hat.

Und sie legt ihre Hand auf seinen Arm und strahlt, während er seine Geschichten erzählt.

Es gab eine Stille, in der eine unausgesprochene Frage in der Luft hing. Elaine brach Ersteres und stellte Letzteres. Bereute er den Verkauf?

»Nein«, sagte er und schüttelte den Kopf. »Warum sollte ich? Ich könnte die Kneipe tausend Jahre lang betreiben und niemals zwanzig Millionen Dollar damit machen. Und selbst wenn es eine feste Institution im Viertel ist, was gestern Abend genügend Leute zum Ausdruck bringen mussten, nun, dann ist es eine, auf die das Viertel gut verzichten kann.«

»Hier hat sich Geschichte abgespielt«, sagte ich.

»Das stimmt, und das meiste davon war unschön. Verbrechen, die geplant wurden, Schwüre, die abgelegt und gebrochen wurden. Du warst am schlimmsten Abend von allen hier.«

»Daran hab ich gerade gedacht.«

»Wie könntest du nicht? Zwei Männer im Eingang, die den Raum mit

Kugeln eindecken, als würden sie einen Rasen bewässern. Einer wirft eine Bombe, und ich kann jetzt noch ihre Flugbahn sehen und das grelle Licht vor dem Lärm, wie ein Blitz vor dem Donner.«

Es wurde wieder still im Raum, bis Mick aufstand. »Wir brauchen Musik«, verkündete er. »Eigentlich hätten sie heute Nachmittag wegen der Wurlitzer kommen sollen, der Lastwagen von St. Vincent de Paul. Das Teil ist weder alt genug, um wertvoll zu sein, noch neu genug, um wirklich nützlich zu sein, aber sie haben gesagt, dass sie ein neues Zuhause dafür finden werden. Wenn sie morgen oder am Montag kommen, können sie sie gerne haben, vorausgesetzt ich bin hier, um sie reinzulassen. Am Dienstag wechselt das Gebäude den Besitzer und alles, was sich darin befindet, wird dem neuen Eigentümer gehören und wahrscheinlich zusammen mit den Ziegelsteinen und den Holzdielen auf einer Mülldeponie landen. Ihr habt keine Verwendung dafür, oder? Oder für einen zwei Tonnen schweren Mosler-Tresor? Das hab ich mir gedacht. Was wollt ihr hören?«

Elaine und ich zuckten mit den Schultern. Kristin sagte: »Etwas Trauriges.«

»Etwas Trauriges, ja?«

»Etwas Schwermütiges und Irisches.«

»Ah«, sagte er. »Klar, das lässt sich einrichten.«

Ich erinnerte mich an einen Abend ein paar Jahre zuvor. Elaine und ich auf dem Weg aus der Met im Lincoln Center, die letzten Töne von *La Bohème* hallten noch nach. Elaine in komischer Stimmung, ruhelos. »Sie stirbt jedes verdammte Mal. Ich will noch nicht nach Hause gehen. Können wir mehr Musik hören? Etwas Trauriges, es ist okay, wenn es traurig ist. Es kann mir mein verdammtes Herz brechen, wenn es will. Hauptsache, niemand stirbt.«

Wir waren in ein paar Clubs gegangen, hatten schließlich Small's unten im Zentrum aufgesucht, und als wir wieder nach draußen kamen, war die Sonne bereits aufgegangen. Und ihre Stimmung hatte sich gehoben.

Zwischen irischen Liedern im Erdgeschoss eines Mietshauses in Hell's Kitchen und Jazz in einem Keller im Village mögen Welten liegen, aber beides diente demselben Zweck: Uns in der Stimmung schwelgen zu lassen, um uns durch sie hindurch zu helfen. Ich erinnere mich nicht mehr genau, was Mick auswählte, aber es gab Songs von den Clancy Boys und den Dubliners und ein paar Balladen über den Aufstand von 1798, darunter eine Aufnahme von »Boolavogue« mit einer klaren Tenorstimme, die von der Totenklage eines Dudelsacks begleitet wurde.

Das war die letzte Platte, die er spielte, und es wäre schwer gewesen, darauf noch etwas Besseres folgen zu lassen. Mir kam das Gedicht von Chesterton in den Sinn und ich versuchte, mich an den genauen Wortlaut zu erinnern, als Elaine meine Gedanken las und es zitierte:

Denn die großen Kelten Irlands
gab Gott anheim dem Wahn,
heiter sind all ihre Kriege
und traurig ist all ihr Gesang.

»Ich frage mich«, sagte Mick. »Sind nur die Iren so? Oder sind wir es alle, tief in unseren Herzen?« Er stand auf, nahm seine Flasche und das Glas. »Das ist genug Whiskey. Ihr trinkt alle Eistee? Ich werde uns einen neuen Krug holen.« Und zu Kristin: »Nein, bleib sitzen. Es ist immer noch mein Laden. Ich werde uns bedienen.«

Er sagte: »Werde ich es vermissen? Die kurze Antwort ist, dass es eine Kneipe ist wie jede andere. Ich habe den Geschmack an ihnen verloren, sogar an meiner eigenen.«

»Und die lange Antwort?«

Er dachte darüber nach. »Ich vermute, dass ich es tun werde«, sagte er. »Wisst ihr, die Jahre summieren sich. Schon allein ihr Gewicht hat eine Wirkung. Ich war nicht immer hier in der Kneipe, aber sie war immer für mich da.« Er füllte sein Glas mit Eistee, nippte daran, als wäre es Whiskey. »Der Raum ist heute Abend voller Geister. Könnt ihr es fühlen?«

Wir nickten alle.

»Und nicht nur die Schatten derer, die an jenem schlimmen Abend gestorben sind. Auch andere, die ganz woanders den Tod gefunden haben. Gerade eben hab ich zum Tresen rübergeblickt und einen kleinen alten Mann mit einer Leinenmütze gesehen, der auf einem Hocker saß und ganz langsam sein Bier getrunken hat. Ich hab dich einmal auf ihn aufmerksam gemacht, aber du erinnerst dich bestimmt nicht mehr.«

Ich tat es doch. »Ex-IRA«, sagte ich. »Wenn es der Kerl ist, an den ich denke.«

»Genau der. Einer von Tom Barrys Jungs in West Cork, und der Haufen hat genug Blut vergossen, um Bantry Bay rot zu färben. Als seine Stammkneipe dichtgemacht hat, fing er an, hierher zu kommen und hier sieben Tage die Woche ein oder zwei Bier zu trinken. Und dann, eines Abends, war er nicht mehr da, und es ging die Kunde, dass er gestorben sei. Niemand lebt für immer, nicht einmal ein kleiner Halsabschneider aus Kenmare.«

Er sprach es *Ken-mahr* aus. Es gibt eine ein paar Blocks lange Kenmare Street in NoLita, was die Bezeichnung ist, die Immobilienmakler einem quadratischen Gebiet von ein paar Häuserblocks nördlich von Little Italy verpasst haben. Einem Mitglied der Tammany-Hall-Seilschaft namens Big Tim Sullivan gelang es, die Straße nach dem Heimatort seiner Mutter in County Kerry benennen zu lassen, aber er konnte die Leute nicht dazu bringen, den Namen auf die irische Weise auszusprechen. *Ken-mär* sagen sie, wenn sie den Namen überhaupt aussprechen, denn die Bewohner sind heutzutage vor allem Chinesen.

»Andy Buckley«, sagte er. »Du erinnerst dich an Andy.«

Darauf war keine Antwort nötig. Ich würde Andy Buckley kaum vergessen können.

»Er war an diesem schlimmen Abend hier. Hat uns zum Auto und von hier weggebracht, uns beide.«

»Ich erinnere mich.«

»So gut am Steuer eines Wagens wie sonst niemand, den ich gekannt habe. Und ebenso gut beim Dart. Er schien sich kaum darauf zu konzentrieren, und mit einer Handbewegung hatte er das kleine gefiederte Teil genau dort platziert, wo er es hinhaben wollte.«

»Er ließ es völlig mühelos aussehen.«

»Das tat er. Wisst ihr, als ich die Kneipe wieder hab herrichten lassen, hab ich auch eine neue Dartscheibe gekauft und sie am gewohnten Platz hinten an der Wand anbringen lassen. Und ich musste feststellen, dass es mir nicht gefiel, sie da zu sehen. Also hab ich sie abgehängt.« Er atmete tief ein, wartete, atmete aus. »Ich hatte keine andere Wahl«, sagte er.

Andy Buckley hatte Mick, seinen Arbeitgeber und Freund, verraten. Ihn verkauft und in eine Falle locken wollen. Ich war dabei gewesen, als Mick auf einer einsamen Straße im Norden des Staates Andys Kopf in seine großen Hände genommen und ihm das Genick gebrochen hatte.

Du erinnerst dich an Andy, hatte er gesagt.

»Keine verdammte andere Wahl«, sagte er, »und trotzdem scheint es auf mir zu lasten. Oder warum hätte ich sonst eine neue Dartscheibe anbringen lassen sollen? Um sie dann wieder abzunehmen?«

»Wenn sie nicht mit ihrem Angebot angekommen wären«, sagte er, »hätte ich Grogan's nie geschlossen. Es wäre mir nicht in den Sinn gekommen. Aber der Zeitpunkt ist richtig, müsst ihr wissen.«

Kristin nickte, und ich hatte das Gefühl, dass sie das Thema zuvor schon diskutiert hatten. Elaine fragte, was am Zeitpunkt richtig war.

»Mein Leben hat sich verändert«, sagte er. »Auf vielfältige Art und Weise, abgesehen von dem Wunder, dass ein Engel vom Himmel herabgestiegen ist, um mich zu heiraten.«

»Hört euch nur den an«, sagte Kristin.

»Meine Geschäftsinteressen«, sagte er, »sind alle legitim. Die paar schweren Jungs, die für mich gearbeitet haben, sind weitergezogen und wenn sie immer noch Verbrechen begehen, dann für jemand anderen. Ich bin stiller Teilhaber in mehreren Unternehmen; vielleicht bin ich durch das Streichen der einen oder anderen Schuld oder dadurch, dass ich jemandem einen illegalen Gefallen getan habe, zu meinen Anteilen gekommen, aber die Unternehmen selbst sind rechtmäßig, ebenso wie meine Beteiligungen.«

»Und Grogan's ist eine Besonderheit?« Elaine runzelte die Stirn. »Ich sehe nicht genau, warum. Es hat sich wie der Rest deines Lebens entwickelt, und jetzt ist es mehr eine Kneipe für Yuppies als ein Ganoventreff.«

Er schüttelte den Kopf. »Nein, darum geht es nicht. Im Kneipengeschäft gibt es eine Unmenge an Leuten, die dich übers Ohr hauen wollen. Lieferanten stellen Waren in Rechnung, die sie nie geliefert haben, Barkeeper machen sich zum stillen Teilhaber, harte Jungs versuchen es mit Erpressung und nennen es Werbung oder Nächstenliebe. Aber sie haben immer einen Bogen um mich gemacht, müsst ihr wissen, weil sie wussten, dass sie Angst vor mir haben mussten. Wer würde sich mit einem Mann mit meinem Ruf anlegen wollen? Wer würde es wagen, von mir zu stehlen, mich zu betrügen oder Druck auf mich ausüben zu wollen?«

»Wer auch immer das tun würde, er würde sein Leben aufs Spiel setzen.«

»Früher«, sagte er. »Früher war das wahr. Jetzt ist der Löwe alt und zahnlos und will nur noch am Feuer liegen. Und früher oder später würde irgendein Kerl etwas unternehmen, und ich müsste etwas dagegen tun, etwas, das ich lieber nicht tun würde, etwas, das ich nicht mehr tun will. Nein, ich hab nichts mehr damit zu tun.« Er seufzte. »Werde ich es vermissen? Es gibt Aspekte des alten Lebens, die ich vermisse, es ist keine Schande, das zuzugeben. Ich würde es nicht zurückhaben wollen, aber es gibt Zeiten, zu denen ich es vermisse.« Sein Blick fand den meinen. »Und du? Ist es bei dir nicht dasselbe?«

»Ich würde es nicht zurückhaben wollen.«

»Um nichts in der Welt. Aber vermisst du es? Das Trinken und alles, was damit einherging?«

»Ja«, sagte ich. »Es gibt Zeiten, zu denen ich das tue.«

Es war spät, als wir aufbrachen. Mick schaltete die Lampe aus, schloss ab, bezeichnete Letzteres als Zeitverschwendung. »Wenn irgendjemand reinkommen und etwas nehmen will, welche Rolle spielt das? Mir gehört nichts mehr davon.«

Er hatte seinen Wagen dabei, den großen silbernen Cadillac, und fuhr uns nach Hause. Als wir ausstiegen, hatte niemand viel zu sagen außer ein paar Höflichkeiten, und die Stille dauerte an, während Elaine und ich durch die Lobby des Parc Vendôme gingen und mit dem Aufzug hochfuhren. Sie zog ihren Schlüssel hervor und sperrte uns auf, wir prüften den Anrufbeantworter und unsere E-Mails, sie fand eine Kaffeetasse, die ich neben dem Computer hatte stehenlassen, und brachte sie in die Küche.

Wir probierten ein paar Plätze für den Conor-Pass-Stich aus – im Flur, im Wohnzimmer – und beschlossen, die Entscheidung, wo wir ihn aufhängen würden, aufzuschieben. Elaine war der Meinung, dass er aus der Nähe gesehen werden wollte, weshalb wir ihn fürs Erste gegen den Sockel einer Lampe auf dem Trommeltisch lehnten.

Die kleinen Dinge, die man tut, alle ausgeführt in einer geselligen Stille.

Und dann sagte sie: »Es war nicht so schlimm.«

»Nein. Eigentlich war es ein angenehmer Abend.«

»Ich liebe die beiden einfach so sehr. Einzeln und zusammen.«

»Ich weiß.«

»Und er ist ohne den Laden viel besser dran. Es wird ihm gut gehen, denkst du nicht auch?«

»Ich denke, ja.«

»Aber es ist wirklich so, oder? Das Ende einer Ära.«

»Wie bei *Seinfeld*?«

Sie schüttelte den Kopf. »Nicht ganz«, sagte sie. »Es wird keine Wiederholungen geben.«

ÜBER DIESE KURZGESCHICHTEN

Ich begann Mitte der siebziger Jahre damit, über Matthew Scudder zu schreiben. Meine erste Ehe war gerade in die Brüche gegangen und ich wohnte allein in einer Wohnung einen Block von Columbus Circle entfernt. Ich arbeitete einen Vorschlag für eine Romanreihe aus, mein Agent schloss einen Deal mit Dell ab und drei Bücher flossen eines nach dem anderen aus meiner Schreibmaschine: *Die Sünden der Väter, Drei am Haken* und *Mitten im Tod*.

Die Veröffentlichung von Taschenbüchern war in jenen Jahren allgemein mit Problemen behaftet, und bei Dell waren sie größer als bei fast allen anderen; der Verlag gab damals einen großen Teil seiner bezahlten, aber nicht veröffentlichten Manuskripte an Autoren und Agenten zurück, und ohne die persönliche Begeisterung des Lektors Bill Grose wären die Abenteuer von Scudder vielleicht niemals gedruckt worden.

Die Romane wurden veröffentlicht, aber der Vertrieb ließ zu wünschen übrig und die Verkaufszahlen waren niedrig, auch wenn die Bücher denen, die sie lasen, zu gefallen schienen. Ausschließlich als Taschenbücher veröffentlichte Romane werden oftmals nicht rezensiert, aber die drei Scudder-Romane erhielten durchaus beträchtliche Aufmerksamkeit von Seiten der Kritiker und *Drei am Haken* wurde für einen Edgar Allan Poe Award nominiert.

Trotzdem gab es gewiss keinen Enthusiasmus, die Reihe über die ursprünglichen drei Bücher hinaus fortzusetzen, und auch keinen Grund anzunehmen, dass ein anderer Verlag sich für die Rechte interessieren würde. Es sah zweifellos so aus, als würde ich gut daran tun, meine Zeit anderen Büchern mit anderen Figuren zu widmen.

Scudder, musste ich jedoch herausfinden, ließ sich nicht so leicht aufgeben. Und so fing ich 1977 an, eine Kurzgeschichte über ihn zu schreiben, »Aus dem Fenster«. Sie wurde lang genug, dass wir sie als Novelle bezeichnen konnten. *Alfred Hitchcock's Mystery Magazine* brachte sie in der September-Ausgabe jenes Jahres, und zwei Monate später druckten sie eine weitere ab, »Eine Kerze für die Stadtstreicherin«. (Letztere wurde zwischenzeitlich in »Like a Lamb to Slaughter« [Wie das Lamm zur Schlachtbank] umbenannt, um als Titelgeschichte einer so betitelten Sammlung dienen zu können, aber das ist eine Geschichte für sich – die ich mir für ein anderes Mal aufhebe.)

Diese beiden Kurzgeschichten hielten die Figur für mich am Leben. Ein paar Jahre später fasste ich mir ein Herz, schrieb auf gut Glück einen vierten Scudder-Roman, den Don Fine bei Arbor House herausbrachte. Das war *Tief bei den ersten Toten*, auf den ziemlich schnell *Acht Millionen Wege zu sterben* folgte.

Acht Millionen Wege war ein entscheidender Band, sowohl für mich als auch für Matthew Scudder. Er war doppelt so lang wie die früheren Romane, und er handelte ebenso sehr von der Dynamik des Alkoholismus und der allgemeinen Brüchigkeit der menschlichen Existenz wie von der spezifischen Morduntersuchung, um die sich die eigentliche Handlung dreht. Das Buch fand große Aufmerksamkeit auf Seiten der Kritiker, wurde für einen Edgar nominiert und gewann einen Shamus Award. Aber während es wie der Beginn von etwas Großartigem schien, sah es gleichzeitig so aus, als wäre die Party bereits vorüber.

Denn: Wie konnte ich noch weiter über Scudder schreiben? In gewisser Weise waren die fünf Romane und zwei Kurzgeschichten ein einziger Mammutroman gewesen, und in *Acht Millionen Wege zu sterben* hatte sich alles geklärt. Indem er sich seinem Alkoholismus stellte und ihn sich eingestand, hatte mein Protagonist das zentrale Problem seiner Existenz aufgearbeitet. Er hatte eine Katharsis erlebt, und welcher Mensch, erfunden oder nicht, bekommt mehr als eine davon?

Ich glaubte, mit Scudder fertig zu sein. Sein être, könnte man sagen, hatte die *raison* verloren. Ich wünschte mir, es wäre anders, denn ich genoss es, die Welt durch seine Augen zu sehen und mit seiner Stimme zu beschreiben, aber ich war nicht bereit, ein weiteres Buch in die Welt zu zwingen.

Das hätte sehr gut das Ende sein können – wenn da nicht die dritte Geschichte in diesem Band, »Im frühen Licht des Tages«, gewesen wäre.

Ein paar Jahre zuvor hatte Robert J. Randisi mir erzählt, er hoffe, einen Verleger für eine Anthologie mit neuen Detektivgeschichten zu finden.

Wenn ihm das gelingen würde, wäre ich dann bereit, eine Geschichte für den Band zu schreiben? Es fiel mir nicht schwer zuzusagen, denn die Wahrscheinlichkeit, dass ich jemals wieder etwas davon hören würde, schien äußerst gering.

Aber Bob, der unermüdliche Gründer der Schriftstellervereinigung Private Eye Writers of America, kam nicht lange nach der Veröffentlichung von *Acht Millionen Wege* zu mir, um mir zu sagen, dass er Erfolg gehabt hatte. Er hatte seine Anthologie an Otto Penzlers Mysterious Press verkauft, und jetzt wollte er eine Kurzgeschichte von mir.

Ich erklärte ihm, dass es so aussah, als hätte ich mit Scudder abgeschlossen. Bob war enttäuscht, aber verständnisvoll. Otto war ebenfalls verständnisvoll, was ihn aber nicht davon abhielt zu jammern, zu drängen und mich zu umschmeicheln. Ich erklärte ihm, dass es ausgeschlossen war, dann ging ich nach Hause und überlegte mir, wie ich es hinkriegen könnte. Die Geschichte könnte ein Rückblick sein, mit einem trockenen Scudder, der ein Erlebnis aus seiner Zeit als Trinker erzählt.

Es klappte ziemlich gut. Alice Turner schnappte sich die Geschichte für den *Playboy*, Bob veröffentlichte sie in seiner Anthologie und die MWA zeichnete sie mit einem Edgar in der Kategorie Beste Kurzgeschichte aus. Ein Jahr später fügte ich ein paar zusätzliche Handlungsstränge hinzu und erweiterte sie so von 8.500 auf 90.000 Wörter. Das Ergebnis, *Nach der Sperrstunde*, ist der Lieblingsroman einer großen Zahl von Scudder-Fans.

Es sollte mehrere Jahre dauern, bis ich mich in der Lage fand, die Scudder-Saga in Echtzeit mit seiner Geschichte als trockener Alkoholiker weiterzuführen. Ich kam 1989 mit *Am Rand des Abgrunds* zu ihm zurück und im Anschluss folgten die Bücher in ziemlich regelmäßigen Abständen. Im Jahr 2011 begab ich mich in die Vergangenheit, um eine Lücke aufzufüllen: *Ein Schluck vom harten Zeug* spielt, eingerahmt von einem nächtlichen Gespräch von Matt und Mick Ballou, 1982 bis 83, etwa ein Jahr, nachdem Matt am Ende von *Acht Millionen Wege zu sterben* einen unberührten Drink auf dem Tresen zurückgelassen hat.

Im Laufe der Jahre schrieb ich weitere Kurzgeschichten mit Matthew Scudder. »Batmans Gehilfen« entstand auf der Basis der Erfahrungen eines Freundes beim Versuch, das Markenrecht auf der Straße durchzusetzen; Bob Randisi fand Platz dafür in *Justice For Hire*. »Der barmherzige Engel des

Todes« wurde als Reaktion auf die AIDS-Krise geschrieben und erschien in *New Mystery*, Jerome Charyns Anthologie mit Kurzgeschichten von Mitgliedern der International Association of Crime Writers.

Ich bin mittlerweile mit dem Jazzexperten Howard Mandel befreundet, kannte ihn aber noch nicht, als er über meinen Agenten mit mir in Kontakt trat. Howard war mit der Promotion für ein lokales Jazzfestival beauftragt und dachte, dass sich ein kurzer, auf Jazz bezogener Text von mir, mit Matt Scudder in der Hauptrolle, sehr gut im Programmheft des Festivals machen würde. »Die Nacht und die Musik« war das Ergebnis, eher eine Vignette als eine Geschichte, aber mir gefiel sie so, vor allem das Gefühl, das man von Matt, Elaine und ihrem bestimmten Teil der Stadt bekommt. Über die Jahre ist sie zu meiner Stammnummer geworden; ich neige dazu, auf sie zurückzugreifen, wenn eine kurze Lesung erwünscht ist.

Die nächsten drei Geschichten besitzen eine ähnliche Struktur. In jeder von ihnen blickt Scudder auf ein Ereignis in der Vergangenheit zurück, aus seinen Tagen als Streifenpolizist und später als Detective beim NYPD. In »Auf der Suche nach David« kommt das Motiv eines Mörders erst Jahre später ans Tageslicht, als Matt und Elaine ihn in Florenz treffen. »Verloren und gefunden«, deren Originaltitel »Let's Get Lost« Chet Bakers unvergesslichen Song anklingen lässt, ruft einen Fall inoffizieller Polizeiarbeit aus der Zeit wach, als Matt ein verheirateter Cop und Elaine seine Callgirl-Freundin war. Und »Ein Moment falschen Denkens« stellt Vince Mahaffey ins Rampenlicht, einen altgedienten Cop, dessen Partner Matt in seinen frühen Tagen in Brooklyn war. Mahaffey wird in mehreren der Romane erwähnt, aber hier können wir einen näheren Blick auf ihn werfen.

Alle drei Geschichten erschienen in *Ellery Queen's Mystery Magazine*.

»Mick Ballou starrt den schwarzen Bildschirm an« wurde durch die letzte Episode der *Sopranos* inspiriert und für den limitierten Einblattdruck durch Mark Lavendier geschrieben. Abgesehen davon erscheint die Geschichte in dieser Sammlung zum ersten Mal. Wie »Die Nacht und die Musik« handelt es sich eher um eine Vignette als um eine Kurzgeschichte, aber sie berichtet von einer wichtigen und vielleicht auch überraschenden Entwicklung in Ballous Leben. (Obwohl Elaine schwört, dass sie es hat kommen sehen ...)

»Ein letzter Abend im Grogan's« schließlich bringt Matt und Elaine

Scudder mit Mick und Kristin Ballou für einen Abend voller Nostalgie und Enthüllungen zusammen, eine weitere Nacht mit Musik. Die Geschichte wurde speziell für diesen Band geschrieben und erscheint hier zum ersten Mal.

Lawrence Block

Wenn Sie über zukünftige Veröffentlichungen meiner Bücher auf Deutsch informiert werden möchten, schicken Sie einfach eine E-Mail mit dem Betreff "German mailing list" an lawbloc@gmail.com. (Ich versende auch einen Newsletter auf Englisch und würde Sie mit Freude auch auf diese Liste setzen; falls gewünscht, fügen Sie einfach "English also" hinzu.)

ÜBER DEN AUTOR

Lawrence Block schreibt seit einem halben Jahrhundert preisgekrönte Kriminalromane und Spannungsliteratur. In seinem neuesten Buch, einer Fortsetzung seiner erfolgreichen Hopper-Anthologie *Nighthawks*, finden sich unter dem Titel *Im Reich der Lichter* 17 von bekannten Kunstwerken inspirierte Kurzgeschichten von Autoren wie Lee Child, Joyce Carol Oates, Michael Connelly, Joe Lansdale, Jeffery Deaver und David Morrell.

Blocks zuletzt erschienener Roman ist *The Girl with the Deep Blue Eyes*, von seinem Hollywood-Agenten als »James M. Cain auf Viagra« gerühmt. Zu seinen neueren Romanen zählen außerdem *The Burglar Who Counted the Spoons*, in dem Bernie Rhodenbarr im Mittelpunkt steht, *Hit Me* mit dem Briefmarkensammler und Auftragsmörder Keller sowie *A Drop of the Hard Stuff* mit Matthew Scudder. 2014 wurde Scudder von Liam Neeson in der Verfilmung von *Ruhet in Frieden – A Walk Among the Tombstones* brillant auf der Leinwand verkörpert. Auch andere Romane Blocks wurden verfilmt, allerdings mit geringerem Erfolg.

Block erhielt auch für seine Bücher für Autoren große Anerkennung, darunter Klassiker wie *Telling Lies for Fun & Profit* und *Write for Your Life*. Zuletzt hat er mit *The Crime of Our Lives* eine Sammlung von Aufsätzen über das Genre des Kriminalromans und dessen Vertreter veröffentlicht.

Neben seinen Prosawerken hat Block auch Drehbücher für die Fernsehserie *Tilt* und den Film *My Blueberry Nights* von Wong Kar-wai geschrieben. Block soll ein zurückhaltender und bescheidener Mann sein, auch wenn man das aufgrund dieser autobiographischen Skizze keinesfalls erwarten würde.

Email: lawbloc@gmail.com
Twitter: @LawrenceBlock
Facebook: lawrence.block
Homepage: lawrenceblock.com

ÜBER DEN ÜBERSETZER:

Stefan Mommertz arbeitete nach dem Studium für einen Fachzeitschriftenverlag in München. Seit 2004 lebt er in Ungarn.

Homepage: stefanmommertz.wordpress.com

DIE MATTHEW-SCUDDER-ROMANE:

#1 *Die Sünden der Väter* (*The Sins of the Fathers*)

#2 *Drei am Haken* (*Time to Murder and Create*)

#3 *Mitten im Tod* (*In the Midst of Death*)

#4 *Tief bei den ersten Toten* (*A Stab in the Dark*)

#5 *Acht Millionen Wege zu sterben* (*Eight Million Ways to Die*)

#6 *Nach der Sperrstunde* (*When the Sacred Ginmill Closes*)

#7 *Am Rand des Abgrunds* (*Out on the Cutting Edge*)

#8 *Ein Ticket für den Friedhof* (*A Ticket to the Boneyard*)

#9 *Tanz im Schlachthof* (*A Dance at the Slaughterhouse*)

#10 *Ruhet in Frieden* (*A Walk Among the Tombstones*)

#11 *In Teufels Küche* (*The Devil Knows You're Dead*)

#12 *Der Club der Toten* (*A Long Line of Dead Men*)

#13 *Im Namen des Volkes* (*Even the Wicked*)

#14 *Alle Sterben* (*Everybody Dies*)

#15 *Der zweite Tod* (*Hope to Die*)

#16 *All the Flowers are Dying*

#17 *A Drop of the Hard Stuff*

#18 *Die Nacht und die Musik* (*The Night and the Music* – die gesammelten Kurzgeschichten)

AUF DEUTSCH ERSCHIENENE MATTHEW-SCUDDER-KURZGESCHICHTEN:

#1 Aus dem Fenster (Out the Window)

#2 Eine Kerze für die Stadtstreicherin (A Candle for the Bag Lady)

#3 Im frühen Licht des Tages (By the Dawn's Early Light)

#4 Batmans Gehilfen (Batman's Helpers)

#5 Der barmherzige Engel des Todes (The Merciful Angel of Death)

#6 Die Nacht und die Musik (The Night and the Music – *nur in Die Nacht und die Musik*)

#7 Auf der Suche nach David (Looking for David)

#8 Verloren und gefunden (Let's Get Lost)

#9 Ein Moment falschen Denkens (A Moment of Wrong Thinking)

#10 Mick Ballou starrt den schwarzen Bildschirm an (Mick Ballou Looks at the Blank Screen – nur in *Die Nacht und die Musik*)

#11 Ein letzter Abend im Grogan's (One Last Night at Grogan's)

WEITERE BÜCHER VON LAWRENCE BLOCK:

Mit leichtem Gepäck (*Resume Speed*)

www.ingramcontent.com/pod-product-compliance
Lightning Source LLC
Chambersburg PA
CBHW051645260626
47170CB00004B/1350